# EN HAUTE VOLTIGE
## J. KENNER

AUTEURE DE BEST-SELLERS CLASSÉS AU NEW YORK TIMES

DU MÊME AUTEUR

---

Délivre-moi

Possède-moi

Aime-moi

Comble-moi

Prends-moi

Joue mon jeu

Sur tes lèvres

Sur ta peau

À tes pieds

Séduis-moi

Surprends-moi

Retiens-moi

Tout contre toi

Tout pour toi

Protège-moi

Damien

---

Apprivoise-moi

Tente-moi

Attise-moi

---

Mon Ange Déchu

Mon Doux Péché

Ma Cruelle Rédemption

---

Te désirer

T'enflammer

T'envoûter

---

En mille éclats

En mémoire de nous

En demi-teinte

---

Droit au cœur - Mister Janvier

Vague à l'âme - Mister Février

Raison d'être - Mister Mars

Coup de sang - Mister Avril

État d'âme - Mister Mai
Droit au but - Mister Juin
Au beau fixe - Mister Juillet
Diable au corps - Mister Août
Cri du cœur - Mister Septembre
Corps à corps - Mister Octobre
État d'esprit - Mister Novembre
Force d'âme... - Mister Décembre

---

Nos adorables mensonges
Nos drôles de jeux
Nos belles erreurs

# EN HAUTE VOLTIGE
## J. KENNER

AUTEURE DE BEST-SELLERS CLASSÉS AU NEW YORK TIMES

Traduit de l'anglais par Laure Valentin

STARK SÉCURITÉ

**Charismatiques. Dangereux.
Terriblement Sexy.**

**Découvrez les hommes de Stark Sécurité.**
En mille éclats
Dans ton ombre (prequelle)
En mémoire de nous
En demi-teinte
En haute voltige
En ton nom
En crescendo (nouvelle)
En plein cœur

*En haute voltige* est une œuvre de fiction. Les noms, les lieux, les personnages et les incidents sont le produit de l'imagination de l'auteur et sont fictifs. Toute ressemblance avec des personnes réelles, existantes ou ayant existé, des événements ou des organismes serait une pure coïncidence.

En haute voltige © 2019, 2021 par Julie Kenner
Conception graphique de la couverture par Michele Catalano, Catalano Creative
Image de couverture par Annie Ray/Passion Pages
Traduit de l'anglais par Laure Valentin pour Valentin Translation
ISBN : 978-1-953572-49-3

Publié par Martini & Olive Books
V-2021-10-22-P

Tous droits réservés. Aucune partie de ce livre ne peut être reproduite, scannée ou distribuée sous quelque forme que ce soit, imprimée ou électronique, sans permission. Veillez à ne pas participer ni encourager le piratage de contenus déposés légalement en violation des droits d'auteur.

PROLOGUE

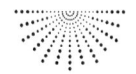

L*e monde est un endroit de merde.*
*C'est peut-être la première leçon que j'ai apprise dans la vie. Une leçon bien inculquée quand il me criait dessus ou me giflait. Ou pire encore.*

*Il était censé nous aimer. Nous protéger.*

*Mais « censé » n'est valable que dans un monde de conte de fées. Nous vivions dans le monde réel, ma sœur et moi. Et quand il y avait trop de choses à faire, quand il n'y avait rien ni personne vers qui nous pouvions nous tourner à part l'une l'autre, c'est là que nous avons fui.*

*J'ai fait des choses dont j'ai honte. Des choses que j'ai dû faire pour survivre. Pour nous garder en sécurité.*

*Et j'ai appris, il y a longtemps, à ne faire confiance à personne d'autre qu'à moi-même et à ma sœur. Parce que les gens qui sont censés vous protéger vous laisseront toujours tomber. Et les gens qui sont censés vous aimer peuvent tout aussi bien être des monstres.*

*Ces derniers temps, pourtant, les choses ont commencé à*

*changer. Mon monde s'ouvre et certaines personnes me surprennent. Je baisse ma garde, je laisse les gens entrer.*

*C'est une erreur, et je le sais. Parce que maintenant, il est entré dans ma vie.*

*Et même si je suis consciente que je dois garder mes distances, même si je sais très bien qu'il va me briser le cœur, je ne peux pas m'empêcher de glisser vers lui, inexorablement, terrifiée qu'il ne soit pas assez fort pour me rattraper.*

*Et encore plus terrifiée qu'il le soit.*

CHAPITRE UN

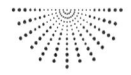

— Du nouveau ?
Les bras croisés, Antonio Santos regardait par-dessus l'épaule de Noah la série absurde de chiffres, de lettres et de symboles qui défilait sur l'écran à mesure des tapotements de ses doigts sur le clavier.

— On y est presque, dit Noah sans détacher son attention de l'écran.

Tony déplaça son poids, puis il recula et s'appuya contre la table en chêne massif qui occupait l'un des trois côtés de l'espace de travail encombré de Noah. Bien que son bureau soit le meilleur de la division de Stark Technologies Appliquées à Austin, on aurait dit le garage où se serait installé un adolescent fan de codage informatique et de jeux vidéo.

Mais Tony ne pouvait pas vraiment le reprocher à son ami. Noah Carter avait des compétences dingues en informatique, en électronique, et tout ce qui touchait à la technologie. Tony aussi en connaissait un rayon, mais ses talents s'exerçaient plutôt sur un terrain dangereux. Des talents pour lesquels il avait été bien payé dans le passé, mais seulement dans des missions qui lui permettaient de garder une conscience tranquille.

Cependant, ces missions rémunérées n'étaient qu'un moyen pour parvenir à une fin. Même le temps que Tony avait passé à travailler avec Noah pour un groupe de miliciens appelé Délivrance n'était pas anodin. Il soutenait pleinement le travail que ce groupe avait accompli pour sauver les victimes d'enlèvement et faire tomber leurs bourreaux, mais il avait également mis à profit les ressources considérables de l'organisme pour ses propres besoins.

Plus précisément, pour la traque d'un homme connu sous le nom de Serpent.

Tony ne pourrait jamais récupérer ce que le Serpent lui avait volé. Sa mère. Son oncle. Toute sa putain de vie. Mais il pouvait se venger.

Et il était à deux doigts de remporter le prix.

Il devait remercier Noah pour une grande part de ses récents progrès. C'était son ami qui avait fourni à Tony une identité secrète sur un forum de discussion tristement célèbre du dark web. Un endroit où, au fil des ans, Tony s'était forgé une réputation de mercenaire malhonnête avec des compétences à louer. Ce n'était pas un mensonge… mais pas exactement la vérité non plus.

Il avait affiché de faux détails pour renforcer sa réputation, acceptant juste ce qu'il fallait de véritables missions pour corroborer sa couverture. Mais seulement des emplois qu'il avait d'abord vérifiés, s'assurant soigneusement que les cibles ne soient pas innocentes. C'était d'ailleurs loin d'être le cas : des meurtriers, des prédateurs sexuels et autres.

Il avait fondé sa réputation lentement, jusqu'à avoir suffisamment de crédit pour poser des questions sur le Serpent sans attirer trop d'attention indésirable.

Pourtant, les progrès avaient été lents. Pendant plus de trois mois, il n'avait obtenu aucune piste. Puis quelques-unes étaient arrivées, sans qu'aucune n'aboutisse.

Les mois étaient passés, et même s'il savait que c'était un jeu de longue haleine, il commençait à perdre espoir.

Enfin, un message privé de la part d'une certaine The-Asst était apparu. C'était une femme, ou du moins, elle le prétendait. Bien qu'elle ne sache pas où se trouvait le Serpent pour le moment, elle avait promis à Tony qu'elle pouvait lui faire connaître sa véritable identité.

Plus important encore, elle avait promis de partager cette information si Tony la rencontrait au Debauchery Resort, une île des Caraïbes complètement débridée en matière de sexe.

Elle lui avait donné une date, dans cinq jours exactement, et c'était un rendez-vous qu'il avait l'intention d'honorer. Tant qu'il ne s'agissait pas d'un piège.

Tout comme sa propre identité sur le dark web, le profil d'Asst n'avait aucune information permettant de l'identifier. Il n'avait donc aucun moyen de vérifier si elle était vraiment une femme, et encore moins de savoir si elle était en mesure de lui fournir des informations sur le Serpent.

C'était précisément pour cette raison que Tony était

venu à Austin pour voir Noah. Parce que si quelqu'un pouvait faire le tri dans les méandres du net pour découvrir qui était The-Asst, c'était bien son ami, le génie des technologies.

Passant les doigts dans ses cheveux courts, il s'avança de nouveau derrière Noah alors que des mots et des symboles défilaient à toute vitesse sur l'écran.

— Qu'est-ce que...

Son ami leva la main, interrompant la question de Tony.

— Presque fini. Encore un... Ça y est ! Je t'ai eu, sale petit fuyard...

Tony se détourna du charabia à l'écran pour fixer Noah du regard, avant de revenir à ce qui l'occupait. S'il n'était pas un pro de l'informatique, c'était pour des raisons évidentes : il n'y avait là absolument rien d'intéressant à ses yeux.

— Je pourrais l'expliquer, dit Noah en regardant Tony par-dessus son épaule. Mais ensuite, il faudrait que je te tue.

— Très drôle.

Tony se laissa tomber sur l'une des chaises, qu'il fit rouler plus près pour mieux voir ces enchaînements énigmatiques à l'écran.

— Pas la peine de m'expliquer. Dis-moi simplement ce que tu as appris.

— Je n'arrive pas à te trouver un nom. Pas encore. Mais je travaille sur un logiciel qui va...

— ... faire quelque chose de magique avec des bits, des octets et de la physique quantique. Ça va, mon vieux, le monde entier sait que tu es un génie. Qu'est-ce que ça veut dire ?

— Il y a 87 % de chances que ton contact soit réellement une femme. Je l'ai déduit de…

— Abrège. Est-ce que je t'ennuie, moi, avec du jargon sur la balistique ?

Noah leva les yeux au ciel.

— Il n'y a absolument rien d'ennuyeux dans la balistique, et je suis un sacré bon tireur, aussi.

— Je suis meilleur, répondit Tony, amusé.

La première fois qu'il avait ri depuis des mois, c'était hier soir, dans la nouvelle maison de Noah et Kiki, en surplomb du lac Travis.

— En ce moment, les seules *cojones* qui comptent, ce sont les miennes. Alors, tu veux l'info ou pas ?

— Tu sais bien que oui.

Il s'adossa dans sa chaise et leva les pieds, prêt à entendre un long discours.

Contre toute attente, Noah laissa de côté les miracles des circuits intégrés et des langages de programmation en vogue ces temps-ci pour en venir directement aux résultats de son logiciel encore en version bêta.

— Je ne peux pas confirmer que ton contact est une femme, mais la probabilité est élevée. Et d'après ce que je peux déduire à partir de ses messages, elle est située en Californie du Sud.

— Je ne pensais pas qu'on pouvait retracer ce genre d'infos sur le dark web.

— La plupart des gens en sont incapables. Mais pas

moi. Enfin, à un taux de certitude de 72 %. Comme je l'ai dit, c'est encore en développement.

— Il y a donc de fortes chances qu'elle soit en Californie.

— Ou alors, elle sait aussi bien que moi comment tirer son épingle du jeu en matière de technologies et elle protège délibérément sa position, et aussi ce qu'on appelle son ombre numérique, que je suis en train d'examiner.

— Je suis impressionné.

Noah continua en souriant.

— Puisque tes renseignements suggèrent que le Serpent est basé quelque part aux alentours de Los Angeles, la probabilité en est d'autant plus forte.

— Tout cela signifie que ça vaut la peine d'essayer de rencontrer cette femme.

— Il me semble que c'est la meilleure piste dont tu disposes.

— C'est même la seule piste, ces derniers temps.

Il avait cru tenir le Serpent, des années auparavant, mais le plan avait dramatiquement mal tourné. Tony y avait perdu plus d'une année de préparation.

— Les femmes sont autorisées à venir non accompagnées à Debauchery, reprit Noah.

Tony acquiesça. Il le savait pertinemment.

— Contrairement aux hommes.

— Et elle a l'intention de me rencontrer là-bas. Oui, j'y ai pensé. Ça signifie qu'elle suppose que je trouverai quelqu'un pour m'accompagner. En tout cas, elle n'essaie pas de m'inciter à voyager avec elle. Elle s'y rend certainement à l'avance pour se protéger ou pour me tendre un piège.

— En ce moment, les probabilités sont à peu près égales. Mais j'ai trouvé quelques places individuelles réservées dans les jets privés de Debauchery, la veille du jour où tu dois la rencontrer.

— Des noms ?

— Non. Leur sécurité est stricte. Ce n'est pas surprenant, vu la nature de la station. Je suis sûr que je peux la contourner si tu penses que c'est important. Tu veux que je continue à fouiller ?

Tony secoua la tête.

— Ne te dérange pas. Il y a de fortes chances que je ne puisse pas dire si elle est là pour m'aider ou me tuer à partir d'un simple nom sur un billet.

Son ami soupira.

— C'est vrai. Toute cette mission est un point d'interrogation. C'est peut-être un traquenard. Peut-être pas. Elle pourrait avoir des informations sur le Serpent qu'elle veut partager avec toi, Dieu seul sait pourquoi. Ou alors, elle pourrait être quelqu'un de ton métier, et dans ce cas, elle irait sur l'île pour te tuer. Peut-être que le Serpent lui a causé du tort, à elle aussi, et qu'elle veut le tuer en espérant que tu feras équipe avec elle.

— La seule façon de le savoir, c'est d'y aller, déclara Tony sans hésiter.

Ce voyage était une affaire conclue depuis le moment où Ashton l'avait suggéré. Après tout, il avait risqué sa peau pour des choses bien plus banales que la vendetta de sa propre vie.

— Je pensais bien que tu dirais ça. Tu vas devoir y aller en couple. Tu vois quelqu'un, ces jours-ci ? Quelqu'un que tu serais prêt à accepter en mission ?

— Non aux deux questions, admit Tony, ignorant le coup au cœur que lui causait cet aveu.

Noah le regarda un instant, ses yeux d'un vert profond ne quittant jamais le visage de Tony.

— Ce n'est pas si mal, mon vieux, insista ce dernier. Honnêtement, c'est même sacrément bien.

Ce coup au cœur se transforma en véritable douleur alors qu'il haussait les épaules en silence. Il allait très bien, du moins tant qu'il vivait dans l'instant présent. Ce n'était difficile que lorsque les nuits sombres et solitaires arrivaient, un rappel qu'il ne pouvait jamais véritablement se rapprocher de quelqu'un, car cela reviendrait à peindre une cible dans son dos...

*Merde.*

Il prit la tasse de café à présent froide et but une longue gorgée, afin de camoufler son humeur aigrie.

— Je suis content pour toi, dit-il à Noah après avoir posé la tasse un peu trop brutalement. Sincèrement.

Il sourit. C'était une expression authentique, provoquée par le souvenir du dîner de la veille, chez eux.

— Kiki et toi, vous allez tellement bien ensemble.

Il le pensait. Tony ne connaissait pas toute l'histoire, mais il savait que Noah avait perdu une femme et un enfant, et que cette tragédie l'avait bouleversé. Kiki l'avait aidé à guérir de ses blessures.

— Oui, dit Noah, souriant si fort que Tony pouvait

voir toutes ses dents. Nous sommes vraiment bien ensemble.

Il hésita et Tony se crispa, redoutant que Noah ne lui fasse son traditionnel discours sur le ton de : tu sais, tu devrais songer à t'installer...

Au lieu de ça, Noah s'éclaircit la gorge et dit en toute décontraction :

— Alors, qui vas-tu emmener ? À moins que tu prévoies d'y aller illégalement.

— Je me suis un peu renseigné sur l'endroit. La seule zone habitable est la station balnéaire. Au-delà, il y a une petite jungle dense. Une route conduit jusqu'à l'aéroport, mais c'est à peu près tout. Donc si je vais sur l'île, je dois aller au resort.

— Et tu as besoin d'une femme. Quelqu'un en tête ?

— Non. De toute façon, tout ce que j'ai, je le mets en danger.

Quand bien même, il n'avait personne en tête. S'il était sorti avec quelques femmes ici et là, ce n'était pas le genre de rencontres après lesquelles il gardait leur numéro de téléphone. Quant à avoir les compétences nécessaires pour être une véritable partenaire et non une décoration à son bras ? Eh bien, sa liste de contacts était courte. Il préférait travailler seul et il œuvrait en solitaire depuis la dissolution de Délivrance.

— Tu as besoin de quelqu'un qui puisse se défendre, décréta Noah.

— D'accord. Mais qui ?

Son ami secoua la tête.

— Aucune idée. Je suis assis à un bureau depuis trop

longtemps et mes contacts sont plutôt limités. J'aimerais pouvoir te donner un coup de pouce.

— Moi aussi. J'ai besoin de quelqu'un de connecté. Quelqu'un qui disposerait d'un vaste réseau... bien sûr !

Il sourit.

— Stark.

— Stark ? répéta Noah. Tu veux dire, mon patron ? Damien Stark, de Stark Technologies Appliquées ?

— Et l'agence Stark Sécurité, lui rappela Tony.

Après l'enlèvement de sa fille, Damien Stark avait fondé le groupe de sécurité d'élite pour s'attaquer aux malfrats, comme les kidnappeurs et pire encore. Le but de l'agence, d'après ce que Damien lui avait dit, était d'agir dans l'ombre, mener les batailles que les forces de l'ordre ne pouvaient pas – ou ne voulaient pas – mener, et aider ceux qui, autrement, passeraient entre les mailles du filet.

L'agence était relativement nouvelle, mais elle avait déjà acquis une excellente réputation. Et même si Tony avait décliné l'offre de Stark de rejoindre l'équipe, cela ne signifiait pas qu'il ne respectait pas sa mission ou ses agents.

— Bonne idée, dit Noah en hochant lentement la tête. Tu veux que je l'appelle pour voir si une des femmes de l'équipe est dispo pour un travail ? Ou alors... bon sang, Liam et Quincy travaillent tous les deux à l'agence, ajouta-t-il, faisant référence à deux autres anciens membres de Délivrance. Tu pourrais les contacter pour approcher Stark.

— Pas de soucis. Je l'appellerai moi-même.

Les yeux de Noah s'écarquillèrent et Tony partit d'un

petit rire. Il savait que Stark était un homme formidable, mais on ne pouvait nier que le milliardaire était terriblement intimidant. Et Noah n'avait aucun moyen de savoir que Tony avait rencontré Stark à plusieurs reprises, ni que Stark avait activement cherché à le recruter.

— Il me doit un service, expliqua Tony.

Noah se pencha en arrière, visiblement intrigué.

— C'est un sacré avantage, ça.

— Oui, eh bien, disons qu'il pense que je le mérite. J'ai aidé sa femme à sortir d'un pétrin à Paris, il y a quelque temps.

Un agresseur s'en était pris à Nikki et, fort heureusement, Tony s'était trouvé au bon endroit au bon moment.

— Stark m'a dit de l'appeler si jamais j'avais besoin de quelque chose. Le moment est venu de lui demander ce service et de lui dire que j'ai besoin d'une femme.

CHAPITRE DEUX

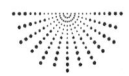

Je suis suspendue à l'envers par la fenêtre de l'un des hôtels Burbank, et je ne peux m'empêcher de penser que le monde est à peu près le même à vingt-quatre étages au-dessus du sol qu'au niveau de la mer.

Cela dit, je ne suis pas du genre couchers de soleil et pétales de rose. Au contraire, j'ai toujours pensé que le monde était un endroit pitoyable, plus souvent sens dessus dessous que sécuritaire et parfaitement compréhensible. La plupart du temps, c'est surtout un monde de merde. Le monde chaleureux et réconfortant que l'on voit dans les pubs à la télé ? Dont toutes les grands-mères prétendent se souvenir ? Il n'existe pas vraiment. Je crois qu'il n'a jamais existé.

C'est dur, peut-être. Mais c'est souvent le cas, avec la vérité.

J'ai appris à connaître la dure réalité lorsque j'étais encore en couches-culottes. Je n'ai pas eu une enfance extraordinaire, c'est le moins qu'on puisse dire, mais ma vision du monde m'a donné un avantage. Et tous les boulots intéressants que j'ai occupés au fil des ans m'ont permis d'acquérir des compétences très particulières. Le genre d'expertise dont une femme a besoin si elle prévoit de recueillir une tonne d'informations compromettantes auprès d'un connard de blanchisseur d'argent qui, à ses heures perdues, ne s'est pas non plus gêné pour négocier la vente de petites filles sur le marché noir.

Malheureusement pour moi, Billy Cane n'est pas un gars facile à approcher. C'est pourquoi je suis suspendue la tête en bas, devant la fenêtre de son hôtel, un câble et un harnais renforcé me maintenant en place. J'essaie de brandir mon appareil photo tout en zoomant sur son ordinateur, où il se déroule des choses pour le moins douteuses.

Mais pas sexuelles.

Je n'aperçois aucune prostituée en petite tenue. Aucune révélation sur les préférences personnelles de Monsieur Billy Cane. De toute façon, je n'essaie pas de le pincer dans ce genre de position compromettante. J'essaie de l'attraper en train de déplacer de l'argent. Beaucoup d'argent, pour beaucoup de clients de la pègre.

Je veux des captures d'écran, les numéros de compte. Je veux tous les détails croustillants. Parce que plus j'aurai d'informations à négocier, moins il y a de risques que l'on s'intéresse au fait que j'ai descendu ce type.

Bien sûr, c'est la véritable raison de ma présence ici.

Un crachotement électrique dans mon oreillette attire mon attention, puis les voyelles prononcées à la britannique par Quincy se font entendre :

— Rapport, Tata ?

C'est un surnom un peu idiot, mais le protocole exige de ne pas employer nos véritables noms à la radio. Le nom de code vient de Tante Em, du *Magicien d'Oz*, l'un de mes films préférés. Et comme je m'appelle Emma, c'est un nom que je choisis souvent dans le cadre de mes missions.

— Cinq sur cinq. Je profite juste de la vue.

— Aussi amusant que ce soit d'attendre de pouvoir te remonter comme un poisson au bout d'une canne à pêche, cette mission est un poil en dessous de mes compétences.

Quincy Radcliffe est non seulement l'une des premières recrues de l'agence Stark Sécurité, mais c'est aussi un ancien agent de Délivrance ainsi que du MI6. Ce qui signifie qu'il a tout à fait raison.

— Tu ne te sens pas à ta place ?

— Tu as dit que tu avais besoin de moi spécifiquement, me rappelle-t-il. Et tu m'as demandé d'apporter du matériel de la société, même si tu ne bosses pas chez nous.

— C'est tout comme.

La société en question est l'agence Stark Sécurité, l'actuel employeur de Quincy.

— Vraiment ? Continue, ça m'intéresse. Quand tu as fait appel à moi, j'ai eu l'impression que tu étais sur le point de signer au bas du contrat d'un jour à l'autre. Et nom d'une pipe, je ne crois pas que tu aies signé quoi que ce soit, pour l'instant.

Je souris presque.

— Tu es tellement british, quand tu t'y mets.

— Je *suis* british, nom d'un chien. Je suis aussi l'homme qui a le pouvoir de décider si, oui ou non, il accepte de te remonter. Alors je veux une réponse claire. As-tu signé chez nous ?

Si je n'étais pas suspendue la tête en bas, je hausserais les épaules.

— Techniquement, non.

Damien Stark me demande de rejoindre son agence de sécurité d'élite depuis que j'ai sauvé une princesse kidnappée et que Quincy m'a aidée à faire tomber le connard qui s'en était pris à elle.

J'admire l'agence, mais j'aime aussi ma liberté. Je travaille selon mes propres conditions. J'ai passé trop d'années en tant qu'agent secret d'une organisation de renseignements gouvernementale. Au vu des circonstances, c'était un contrat très intéressant pour moi. Bien mieux que le couloir de la mort, disons.

Maintenant que je ne suis plus sous le joug du gouvernement, ma liberté est précieuse à mes yeux. Quincy le sait. Ma sœur le sait. Je le sais.

J'essaie toujours de savoir si Stark Sécurité en a conscience.

— Ça veut dire quoi, *techniquement non* ? demande-t-il.

— Eh bien, tu es ici, tu fais partie de l'agence et tu es le petit ami de ma sœur. Ça en fait, des signes, non ? Fais le calcul.

Son lourd soupir souffle à mon oreille et je suis forcée de sourire. En ce moment, aussi à l'envers que je sois, je passe un excellent moment.

— Ce qui pose la question de savoir pourquoi j'ai accepté ta demande absurde.

Dans l'interstice entre les rideaux de la chambre d'hôtel, je vois Cane se déplacer dans son fauteuil, révélant encore plus l'écran de l'ordinateur. Je souris avant de zoomer pour obtenir une bien meilleure image du tableur qu'il est en train de modifier. Il est rempli de noms et de numéros de compte.

— C'est ça, enfoiré. Et merci d'être si bien organisé.

— Tata...

— Bon, j'imagine que tu as accepté parce que tu couches avec ma sœur. En tout cas, c'est en grande partie pour ça que je t'ai demandé.

— Fais-moi confiance. Même si j'adore cette activité particulière, ce ne serait pas suffisant.

— Alors, ce doit être parce que tu aimes ma sœur.

— Oui, c'est plutôt ça.

— Elle a de la chance de t'avoir, lui dis-je. Et je ne dis pas ça seulement parce qu'il te suffirait de pousser un levier pour me faire tomber la tête la première.

— J'ai de la chance de l'avoir, moi aussi.

— Évidemment.

— Et en ce moment, tu as de la chance de m'avoir.

Je ris tout bas.

— Je ne peux pas non plus discuter ce point-là.

— Tu veux bien me donner plus d'informations sur ce que tu fais exactement ? La nature de la mission ? Son objectif ?

— Non.

— Parce que je pourrais le dire à ta sœur ?

— Tout juste.

— Tu sais qu'elle...

— Attends !

Le salaud s'écarte du bureau, et je comprends pourquoi : mon propre reflet est apparu sur son putain d'écran d'ordinateur. *Oh, merde, merde, merde.*

Je voulais plus d'images. Beaucoup plus.

Tant pis, je vais devoir faire avec ce que j'ai, parce que c'est le moment ou jamais. Et je ne suis pas prête à m'arrêter en si bon chemin.

Je fais un saut rapide dans le baudrier pour me remettre à l'endroit, puis j'utilise l'attache en haut du harnais pour m'accrocher dans cette position. Ce ne sont pas des conditions idéales, mais on ne choisit pas !

Je prends le Smith & Wesson .45 à ma hanche, je prie pour que le vent ne tourne pas et je vise rapidement. Je l'ai déjà fait auparavant, mais pas alors que j'étais suspendue dans le vide. Et puis, on m'a toujours assigné un partenaire pour ces missions. L'un de nous était chargé de tirer sur la fenêtre, l'autre de tirer presque simultanément sur la cible, éliminant ainsi le besoin de tenir compte de la déviation du tir mortel au moment où la balle traverse la vitre.

Mais je n'ai pas de partenaire à mes côtés, et je n'ai pas le temps de faire des calculs de cet ordre. Je vais devoir tirer une première fois, puis une seconde dans la foulée. Si ça marche, tant mieux. Sinon, j'espère vraiment que Quincy pourra me hisser sur le toit avant que Cane ne me tire dessus.

Le temps semble s'écouler à une lenteur redoutable, mais c'est une illusion. Le monde bouge au ralenti, maintenant. Mes pensées affluent à une vitesse telle que l'homme n'a même pas eu le temps de se mettre complètement debout. Cependant, mon arme est prête, et dès qu'il est bien campé sur ses jambes, tourné vers moi, je tire. La vitre explose, et il est assez proche pour en être pulvérisé.

Si les éclats de verre peuvent causer des dégâts, je ne veux pas prendre de risque. La fenêtre n'a pas encore fini de se briser que je vise à nouveau et appuie une seconde fois sur la gâchette, envoyant la balle à travers l'ouverture ainsi pratiquée dans la fenêtre... droit dans la tête de ce fils de pute.

Je pousse un juron, non sans ironie. Ironie, car même si j'ai visé sa poitrine, je l'ai touché en pleine tête, ce qui est encore mieux. Je déteste quand les conditions du tir nuisent à ma visée.

Je respire pour me calmer et demande à Quincy de me hisser.

Immédiatement, je commence à monter à un rythme assez rapide. Mais c'est aussi à ce moment-là que je me rends compte qu'il n'a pas dit un seul mot. Oh là, il est furieux.

— Écoute, Bond, dis-je, utilisant ce nom de code parce que... eh bien, parce qu'il est britannique, évidemment. C'était...

— Nom d'une pipe ! grommelle Quincy.

Au début, je pense qu'il est encore plus énervé que je ne l'avais prévu, mais une fraction de seconde plus tard, je commence à dégringoler en chute libre et je me rends compte qu'il s'est heurté à une défaillance de matériel.

L'attache qui me retient n'est pas conçue pour résister à une pression intense, et lorsque je me balance à quelques mètres au-dessus de la chambre de Cane, je pivote brutalement vers l'autre côté. Tout l'air est expulsé de mes poumons. Soudain, je suis de nouveau à l'envers, tournée vers la fenêtre de Cane.

Il est toujours là, toujours mort, et toujours seul. Il n'y a pas de sirènes. Aucun signe que quelqu'un, à trois heures du matin, ait remarqué la pluie de verre qui tombait sur le parking en contrebas. Et rien n'indique que la sécurité de l'hôtel accourt en ce moment même.

Pourtant, j'ai un problème. Quand j'ai basculé, la caméra s'est déplacée. Maintenant, elle est suspendue à mon bras, rattachée seulement par la courroie que je porte autour du corps.

Comme j'ai la tête en bas, ce n'est pas la position la plus sûre.

— Mais qu'est-ce que tu fous, là-haut ?

— J'ai un blocage dans le système de recul. Laisse-moi le... *c'est bon !*

Son dernier mot est inutile, car il est évident que je remonte déjà, le moteur de la manivelle ayant manifestement repris du service.

L'appareil photo commence à glisser, mais il ne peut pas aller bien loin avec la courroie autour de mon corps.

Le problème, c'est que je me trompe. Je me rends compte trop tard que l'attache métallique qui retient la courroie d'un côté de l'appareil s'est desserrée, et maintenant, son poids le fait dégringoler plus vite que je ne peux réagir.

— Fait chier, grogné-je lorsque mes doigts effleurent le bout de la sangle sans que je parvienne à m'en saisir.

Impuissante, je regarde l'appareil disparaître dans la nuit pour s'écraser sur le parking obscur en dessous.

Il y a une chance infime que la carte SD ait survécu. Mais je ne parierais pas. Je peste dans le micro :

— Dis-moi que le wi-fi fonctionnait. Dis-moi que tu as reçu le transfert d'images.

— Tout va bien, m'assure Quincy. Je confirmerai que les images ont été transférées une fois que tu seras ici. Tu peux voir où il a atterri ?

— Plus ou moins. On le récupérera en quittant les lieux.

Un instant plus tard, mes pieds ont atteint la barrière qui marque le bord du toit. Je me relève et me réoriente, la tête en haut, comme si j'étais une sorte de trapéziste.

Je m'accroche au rebord et me hisse juste à temps pour le voir à côté de la manivelle désormais verrouillée, son attention sur la tablette devant lui.

— Je les ai. Allons-y.

Très professionnel, il ne dit rien d'autre. Nous remballons le matériel en quelques secondes, puis nous utilisons le monte-charge pour descendre au sous-sol. Là, nous sortons par une entrée de service, la tête baissée et protégée par des casquettes de baseball noires.

Ce n'est qu'après avoir récupéré l'appareil cassé et confirmé que les images ont été transférées en toute sécurité sur la tablette à distance, et une fois que nous avons roulé sur plusieurs kilomètres dans la Toyota noire sans plaques d'immatriculation, que Quincy se tourne enfin vers moi et me demande :

— Mais enfin, qu'est-ce qui se passe ?

Il s'arrête dans un parking désert, devant une banque. Je ne fais même pas de grimace. Ce n'est pas comme si je ne m'y attendais pas.

— C'est personnel, lui dis-je. Et autorisé. Ne t'inquiète pas. Il n'y aura pas de retour de bâton.

— Autorisé, répète-t-il. Mais pas par ma société.

Il coupe le moteur et me regarde, son expression dure comme du verre. Puis il jette un coup d'œil à la banquette arrière, où notre matériel, dont l'une des tablettes de Stark Sécurité, est à l'abri dans un sac à dos.

— Je suppose que les photos sont importantes et que tu ne faisais pas que pratiquer tes talents de composition artistique avant de descendre ce type.

Je redresse le menton sans même prendre la peine de répondre.

— Bon, voilà comment ça va se passer, me dit-il. Explique-moi de quoi il s'agit et je te donnerai les images. Si tu me laisses dans l'ignorance, tu devras me voler la tablette et pirater le code d'accès. Et sans vouloir t'offenser, je ne pense pas que tu sois aussi douée avec la technologie. Personne ne l'est. L'agence prend les questions de sécurité très au sérieux. Tu pourrais trouver quelqu'un pour le pirater, mais je ne prendrais pas ce risque si j'étais toi.

— Quincy...

Au fil des ans, j'ai cultivé une voix ferme et intimidante. Malheureusement, le petit ami de ma sœur n'est pas du genre à s'en laisser conter.

— Non.

Sa voix est sèche et franche. Cet homme a résisté à la

torture. Il a sauvé ma sœur et il la protège maintenant, tout comme je l'ai fait autrefois.

Je sens que ma résolution vacille.

— Ce n'est pas une mission de l'agence, poursuit-il. Même si tu l'as sous-entendu en me demandant de t'accompagner, tu n'es pas vraiment sur le point de te joindre à nous, n'est-ce pas ?

Je ne dis rien.

— Bon. Explique-moi ce qui se passe, sinon tout cet exercice n'aura servi à rien.

— Eliza m'a dit que tu étais coriace quand il s'agissait de tes principes.

— Elle me connaît bien. Allez, parle.

— C'est personnel. Ça ne concerne qu'Eliza et moi.

— Alors, ça me concerne aussi.

— Vraiment ? Tu lui as fait ta demande en mariage ?

Sa bouche frémit, et même dans la faible lumière ambiante, je peux voir un soupçon de rouge lui monter aux joues.

— Oh, mon Dieu. Tu as fait ta demande. Je n'en reviens pas qu'elle ne me l'ait pas dit.

— Pas encore. Mais bientôt. J'ai la bague dans ma poche.

— Dans ta poche, répété-je. Ici ? Maintenant ?

Il hausse une épaule.

— Tant qu'elle n'est pas à son doigt, je ne la quitterai pas des yeux. Et même là, je ne la laisserai pas s'éloigner trop loin.

Je sens mon cœur fondre un peu, ce qui n'est pas un sentiment courant pour moi. Certes, il m'est arrivé de pleurer à l'occasion d'un film à l'eau de rose, quand ma sœur m'obligeait à en regarder, mais dans l'ensemble, les relations et le chaos qui les accompagne ne sont pas vraiment mon truc.

Bien sûr, j'ai connu quelques plans cul au fil des ans, mais ce n'était que du sexe, des rires et du bon temps. Rien de sérieux. À quoi bon ? J'ai Eliza. J'ai mon cercle d'amis. C'est déjà bien. Le monde est assez dur comme ça, et plus on s'en approche, plus on devient vulnérable.

Malgré tout, je suis heureuse pour elle. Elle traverse la vie sur un nuage depuis que Quincy et elle se sont retrouvés après une séparation particulièrement difficile, il y a de nombreuses années.

Depuis, il s'est racheté au centuple. Et comme il a largement contribué à me sauver la vie et celle de la princesse, je dois admettre que je suis prédisposée à l'apprécier.

Le plus important, c'est que je sais qu'il l'aime.

— La mission, insiste-t-il.

J'hésite, puis je hoche la tête. Il est venu ce soir pour m'aider sans poser de questions. Bon, j'ai peut-être suggéré que Stark était d'accord, mais je sais très bien qu'il ne l'a pas cru. Pas alors que le briefing consistait à discuter des détails de la mission dans ma Jeep, garée devant un fast-food.

Et il se pourrait que j'aie oublié de mentionner la partie concernant l'assassinat de Cane.

En fin de compte, il mérite de savoir. Je devrais probablement m'habituer au fait que Quincy Radcliffe fait partie de la famille, désormais.

La *famille*. Quel putain de mot bizarre. Quand j'étais petite, je pensais que cela impliquait des liens de sang, de naissance et cette connerie d'arbre généalogique, l'ADN, les gènes et tout le tralala.

Mais c'est n'importe quoi. Le sang n'est pas synonyme de famille. Ce n'est pas le genre de famille qui compte, du moins.

— Notre père avait l'intention de nous vendre, lui dis-je, étonnée que le brouhaha furieux dans ma tête se traduise par un murmure à peine audible, dans l'habitacle obscur.

Je vois la douleur transparaître sur son visage, mais il n'y a pas de surprise. Je sais déjà qu'Eliza lui a raconté notre histoire. Même si elle n'a jamais eu vent de ce projet en particulier, ce n'est pas vraiment un choc quand on connaît tout le mal dont notre cher papa était capable.

— Je ne l'ai jamais dit à Eliza, mais je comprendrais si tu décidais de lui en parler. Je sais que vous n'aimez pas avoir de secrets, tous les deux, et j'aurais certainement dû le lui dire il y a longtemps.

Il secoue la tête.

— Elle n'avait pas besoin de le savoir, et tu as toujours fait tout ton possible pour prendre soin d'elle.

Il me tend la main et me la serre doucement.

— Ça ne change rien, mais je veux que tu saches que c'est important pour moi.

Je hoche la tête avant de réaliser que je garde les yeux baissés parce qu'ils sont baignés de larmes. Cela n'a aucun sens. À moins que si... Parce qu'il aime une personne que j'aime, et j'en suis heureuse.

— Alors, Cane était l'acheteur ?

Je secoue la tête.

— Non, c'était quelqu'un d'autre. Un connard au bras long, avec la mainmise sur des affaires légales et d'autres un peu moins. Mais il est mort maintenant.

— Et Cane était le suivant sur la liste.

Je hoche la tête.

— C'est lui qui a négocié l'accord. Il a négocié beaucoup de marchés. C'est son rôle.

Il acquiesce lentement.

— Tu aurais dû me le dire avant.

— Tu serais venu avec moi ?

— Bien sûr.

Je hausse les épaules.

— Alors, quelle différence ?

Il se masse les tempes.

— Emma...

Sa voix reste en suspens et il continue à se frotter les côtés de la tête, pensif.

— Bien sûr que je t'aurais aidée. Tu sais bien ce que j'ai fait, pour qui j'ai travaillé.

C'est vrai. Il était avec le MI6 et avec Délivrance, un groupe de miliciens formé pour éliminer les hommes comme Cane et sauver les victimes d'enlèvement.

— Tu n'es pas obligée de toujours travailler seule, dit-il.

— Je ne suis pas seule. Il y a Lorenzo. Il y en a eu d'autres.

Quand je travaillais comme détective privée, je me suis associée avec un ancien flic. Lorenzo nous avait aidées à nous sortir de la rue, Eliza et moi. Mais la vérité, c'est que même lorsque nous travaillions ensemble, nous avions nos propres enquêtes, chacun de son côté. La plupart du temps, comme l'a dit Quincy, je travaille seule. J'aime cette façon de faire.

— Tu sais que ça pourrait être compliqué. Je t'aurais aidée. Mais tu aurais dû me tenir au courant. Quand les flics sont impliqués... si ça nous revient...

— Personne n'en saura rien.

Il fronce les sourcils.

— Le site sera propre dès le matin, précisé-je. Et si le corps est découvert avant, l'affaire sera étouffée. Crois-moi, il n'y aura pas de retour de bâton.

Il garde le silence pendant un moment. Il sait pour qui je travaillais, le genre de relations que j'entretiens.

— Tu voulais descendre Cane. Et le gouvernement voulait savoir pour qui il blanchissait de l'argent.

— Vous êtes un malin, Monsieur Bond.

Il attend que j'en dise plus, mais je reste silencieuse. Il connaît la chanson. Je pense même qu'il comprend ce qui me motive.

Je n'ai pas changé le passé en tuant Cane, mais je pense avoir obtenu justice. Ne serait-ce qu'un peu.

Eliza le mérite. Et moi aussi, je crois.

CHAPITRE TROIS

Je suis assise au bord de la piscine à débordement, avec vue sur les collines de Malibu et l'océan Pacifique au-delà. Ce n'est pas la première fois que je me trouve dans le jardin de Damien Stark, mais je ne me lasse jamais de cette vue.

Comment le pourrais-je ? C'est tout ce que je n'ai pas eu quand j'étais enfant. J'ai grandi dans une maison minable, sans rien de tout ça. Je partageais une chambre sans fenêtres au sous-sol avec ma petite sœur, grâce à notre connard de père. Un homme que nous avons fui quand j'avais quinze ans et Eliza huit. Un homme qui ne se souciait pas des beaux paysages, de ses enfants ni de rien d'autre que lui-même, ses pulsions perverses et le whisky bas de gamme qu'il buvait au litre.

*Le fumier.*

*Un être abject, abusif et pitoyable, heureusement mort aujourd'hui.*

J'ai fait beaucoup de choses dans ma vie. Des choses

très risquées. Mais elles ont toutes mené à cela. À une vie honorable et, la majeure partie du temps, relativement sereine. Pour moi, bien sûr, mais surtout pour Eliza.

Je jette un regard autour de moi pour la chercher, par pur réflexe. Même si elle a grandi, et même si nous sommes souvent séparées physiquement, je ne peux pas m'empêcher de veiller sur elle. Je la repère avec Quincy, ses cheveux auburn brillant autour de ses épaules et l'ourlet d'une robe d'été flottant au vent autour de ses genoux.

À ses côtés, Quincy porte un t-shirt bleu clair et un jean délavé. Il ne ressemble en rien au partenaire tout en noir qui m'a sauvée d'une chute vertigineuse, il y a deux nuits de cela. Et pas seulement à cause de ses vêtements. Non, lors de notre mission, il était concentré à cent pour cent sur son travail. Maintenant, c'est juste un homme amoureux.

Et malgré toutes les années au cours desquelles j'ai été la personne la plus importante dans la vie d'Eliza, non seulement leur couple a ma bénédiction, mais je suis sincèrement heureuse pour elle.

Pour moi aussi, en fait. Toutes les deux, nous n'avons jamais eu de famille. Nous n'avons jamais eu d'amis proches. Il y a Lorenzo, bien sûr, l'associé du cabinet de détective privé que je possède. Ou plutôt, que je *possédais*. C'est du passé, maintenant que je lui ai vendu mes parts. Mais c'est à peu près tout.

À présent, Eliza a Quincy, tous les gens de Stark Sécurité et leur entourage. Moi aussi, je profite un peu de cette abondance.

C'est pour ça que je suis ici, à une fête en l'honneur de Dallas et Jane Sykes et leur nouveau bébé. Un couple que je ne connais pas vraiment, même si j'ai eu l'occasion de lire de nombreux articles à leur sujet depuis des années, en ligne et dans les journaux. Difficile d'éviter les scoops sur ce play-boy héritier qui finit par épouser sa sœur.

— Salut.

Je sursaute en entendant la voix derrière moi, puis je pousse un juron inaudible. Ce n'est pas que je n'ai pas envie de parler à Cass, mais j'étais tellement détendue que j'ai baissé ma garde. Et en temps normal, je ne baisse *jamais* ma garde.

C'est donc ma première leçon : jouer en équipe, peut-être, mais ne jamais cesser de surveiller mes environs.

J'affiche un sourire, puis je me retourne pour faire face à mon ex. Enfin, si on peut l'appeler comme ça. À vrai dire, entre nous, il n'y a jamais eu rien de plus que de bons moments. Cass sortait d'une rupture difficile. Quant à moi... ?

Eh bien, je suis qui je suis. J'apprécie Cass. J'apprécie le sexe. Voilà tout, il n'y a pas grand-chose à ajouter.

— Je ne m'attendais pas à te voir ici, dit-elle, me volant ma réplique.

Honnêtement, j'aurais dû m'attendre à ce que Cassidy Cunningham soit ici, dans le jardin de Damien Stark.

Sa meilleure amie n'est autre que Sylvia, la belle-sœur du milliardaire. Et comme il ne s'agit pas d'une fête de travail, il est logique que Sylvia soit ici, avec Cass à ses côtés. Même si c'était un événement professionnel de Stark Sécurité, rien ne l'aurait empêchée d'y participer en tant qu'invitée. Après tout, elle est devenue très amie avec Denny pendant les années où son mari, Mason, avait disparu. Denny est l'un des premiers agents à avoir été recrutés par Stark Sécurité, et elle est excellente. Elle arbore un joli ventre de femme enceinte, en ce moment, et je me demande comment l'agence va s'en sortir sans elle quand elle prendra son congé de maternité.

Un frisson me traverse lorsque je songe à tout ce qu'elle a enduré. Je n'ai aucune envie de me fixer, mais cela ne veut pas dire que je ne comprends pas le cauchemar que ce doit être de perdre son mari sans savoir où il est. Le pire, c'est qu'il a réapparu sans savoir qui elle était.

Tout cela était horrible. Et peut-être même une raison de plus pour ne pas trop s'attacher aux gens. J'ai passé ma vie à m'inquiéter pour Eliza. Et je ne suis pas sûre qu'il y ait de la place dans mon cœur pour d'autres peurs et chagrins potentiels.

*Et l'amour, dans tout ça ?*

Cette petite voix sort de nulle part, mais je la repousse. Depuis qu'Eliza et Quincy se sont remis ensemble, j'ai développé un côté sentimental, en quelque sorte. L'ennui, c'est que les sentiments, ça ne me va pas. Pas du tout.

— Allô, Emma, ici la Terre.

Je secoue la tête comme pour en chasser des toiles d'araignée.

— Désolée. Honnêtement, je ne m'attendais pas non plus à te voir ici. J'espère que ce n'est pas gênant.

Cass balaie mes paroles d'un geste, puis elle retire ses sandales et s'assoit au bord de la piscine, les pieds dans l'eau, elle aussi. Elle est superbe, comme toujours. Ses cheveux sont blond platine aujourd'hui, et elle ne porte aucun bijou à l'exception d'un petit anneau de nez. Son haut est sans manches, de sorte que je peux encore voir la plupart des oiseaux exotiques tatoués sur son épaule, leurs plumes de queue bariolées tombant en cascade le long de son bras.

— Non, ça va, me dit-elle. On est toujours amies, n'est-ce pas ?

Je croise son regard.

— Toujours.

— Je comprends pourquoi tu as filé. J'aurais seulement aimé qu'on puisse en parler.

Je hausse mollement une épaule.

— C'était il y a trois mois. De l'eau a coulé sous les ponts.

Je ne vais pas parler de mes sentiments. Et certainement pas de la façon dont Cass a gâché une parfaite amitié en suggérant que nous nous engagions plus sérieusement, toutes les deux. J'aurais dû m'y attendre. Elle est du genre à vouloir un partenaire stable. Moi, pas du tout.

Cass soupire.

— Quoi ?

— Rien. J'espère seulement qu'un jour, tu trouveras quelqu'un avec qui tu pourras vraiment t'ouvrir. Quelqu'un d'autre qu'Eliza, je veux dire.

Je garde le silence. Je sais qu'elle a de bonnes intentions, mais je ne tiens absolument pas à m'ouvrir et à raconter toutes mes emmerdes à quelqu'un. Ce n'est pas ce que je suis. Ce n'est pas ce que je veux être. Et si jamais j'ai besoin de me défouler, il y a Eliza. Elle m'aime et elle sera toujours là pour moi. Pourquoi cela ne suffirait pas ?

— C'est vrai, insiste Cass alors que mon silence s'attarde. Tu devrais recommencer à faire des soirées entre filles chez toi. Même si tu ne m'invites pas.

— Ce n'est pas à cause de toi que j'ai arrêté.

J'organisais des soirées hebdomadaires entre filles. Y participaient les femmes qui entourent Eliza en ce moment même, la félicitant de son installation permanente à Los Angeles auprès de Quincy. J'endossais ma personnalité d'hôtesse guillerette et j'essayais d'être pétillante. Au fil des ans, j'ai développé de nombreuses personnalités différentes. Mieux vaut toutes les exercer. Après tout, qui sait quand je vais devoir devenir quelqu'un d'autre pour une mission, ou pour me cacher ?

— Vraiment, ajouté-je devant la mine dubitative de Cass. J'ai bossé en dehors de la ville pendant la majeure partie de ces trois derniers mois.

La mission consistait à rassembler les informations au sujet de Cane avant d'aller voir mon ancien patron pour lui proposer le contrat. En échange de ma couverture, le SOC recevait les renseignements que je recueillais sur les clients de Cane.

— Depuis qu'Eliza a repris le flambeau, je n'ai pas pensé à les faire revenir chez moi.

— Aucun souci, me dit Cass. Je voulais juste m'assurer que tout allait bien entre nous.

— Oui, totalement.

Elle fronce les sourcils et je soupire presque, espérant

que nous n'allons pas de nouveau aborder un sujet délicat. Au lieu de quoi, elle lance :

— Tiens, tiens, regarde ça.

Je réalise que sa mine concentrée est destinée à quelque chose derrière moi et je me retourne. En le voyant, je retiens mon souffle.

Je ne connais pas le nouveau venu, un homme aux cheveux noirs, au regard troublant et juste assez de barbe pour lui donner un petit côté cavalier. Je ne sais pas pourquoi, mais quelque chose en lui me met sur les charbons ardents.

— Pas mal, dis-je. Qui est-ce ?

Il parle avec Damien, alors je suppose qu'il doit être un invité de la fête.

— Il s'appelle Antonio Santos.

— Tu le connais ?

Cass secoue la tête.

— J'étais tout près quand il est entré. Le gardien au portail lui a demandé son nom et sa carte d'identité avant d'appeler Damien.

— Intéressant.

Cass ricane.

— Qu'est-ce qu'il y a de drôle ?

Un sourire fait frémir ses lèvres.

— Je suis soulagée, c'est tout. J'en déduis que tout est redevenu à la normale entre nous, comme deux bonnes amies, si tu baves devant un mec alors que tu es juste à côté de moi.

— Je ne bave pas. J'admire la vue, c'est tout.

— Pas mal, mais je ne suis pas intéressée, répond Cass. Ce n'est pas mon type. Question de pronom.

Je laisse délibérément mon regard vagabonder sur le spécimen.

— Personnellement, je suis pour l'égalité des chances.

Elle lève les yeux au ciel.

— Viens. Si on va prendre un verre, on passera devant lui. Tu peux faire ce truc sexy avec tes yeux. Il va peut-être mordre à l'hameçon. Je suis sûre que ça ne dérangera pas Damien si tu essaies de draguer l'un de ses invités.

— Je ne fais rien avec mes yeux.

— C'est ça, tu sais très bien de quoi je parle.

J'envisage de me disputer à ce propos, mais je me ravise. Pour ce qui est d'aller nous dégourdir les jambes, je suis totalement d'accord. Et ce n'est pas pour faire les yeux doux au nouveau venu. Je suis simplement contente de ne plus avoir à marcher sur des œufs en présence de Cass.

Malheureusement, nous n'avons parcouru que quelques mètres lorsque Damien et Antonio Santos se retournent et s'éloignent sur l'un des longs chemins qui serpentent sur le domaine. Je reste immobile un instant, réalisant avec agacement que je suis plus déçue que je ne devrais l'être.

— On va quand même prendre un verre ? demande Cass.

— Ça me va.

En tout cas, j'en ai bien besoin.

Nous sommes presque au bar quand Quincy nous

rejoint. Il s'approche de moi, mais c'est à Cass qu'il s'adresse.

— Je peux te l'emprunter ?

Je regarde Cass, qui hausse les épaules.

— D'accord, dis-je alors à Quincy avant de me tourner vers mon amie. Je te vois plus tard ?

— Ça marche, je serai dans le coin.

Une fois qu'elle s'éloigne, je penche la tête en attendant ce que Quincy va me dire. Je sais déjà de quoi il retourne.

— Tu as intégré Stark Sécurité. Pourtant, tu m'as laissé entendre il y a deux jours, sur un certain toit, que tu n'avais absolument aucun intérêt à rejoindre l'équipe. D'ailleurs, vu la mission, j'avais des raisons de penser que tu retournerais au SOC.

— Déçu ?

Il rayonne.

— Pas du tout, je suis ravi. Tu es un formidable atout, et tu as rendu ta sœur très heureuse. Mais je suis un peu ronchon que tu m'aies laissé mariner.

J'envisage de lui donner une réponse cinglante, mais j'opte pour la vérité. Il la mérite.

— Tu étais un test, figure-toi.

Il ne dit rien, mais son expression montre clairement qu'il s'attend à ce que je continue.

— J'aime ma liberté, d'accord ? Mais j'accorde aussi beaucoup de valeur au talent et à la loyauté. Et un peu de rébellion et d'infractions aux règles, à l'occasion, ça ne me déplaît pas. La proposition de Stark était vraiment généreuse, et c'est une super équipe, alors...

— En gros, tu as testé l'agence à travers moi.

— On peut dire ça.

Il réfléchit.

— Dans ce cas, je dois te remercier.

Je fronce les sourcils.

— Pourquoi ?

— Parce que j'imagine à peine combien Eliza sera excitée lorsqu'elle apprendra que j'ai joué un rôle si important dans ta décision. J'ai bien l'intention d'en profiter.

Il y a un scintillement diabolique dans ses yeux gris et je colle mes mains sur mes oreilles.

— Je ne veux pas connaître tes plans débauchés avec ma sœur.

— Débauchés ? fait alors la voix amusée d'Eliza, derrière moi.

Je me retourne pour la voir sourire. Pas à moi, mais à Quincy.

— Tu veux bien développer ?

— Ne t'avise pas, m'exclamé-je en riant, alors que Quincy lève la main comme pour énumérer cinq choses follement débauchées qu'il a prévues avec ma petite sœur.

Un grand sourire aux lèvres, Eliza se glisse dans ses bras et penche la tête en arrière pour un baiser rapide. Une fois de plus, j'éprouve un pincement inattendu dans la poitrine. Je me dis que c'est juste de la mélancolie. Comme ce que ressentirait une mère quand sa fille se marie et qu'elle n'est plus seule.

— Je n'en reviens pas que tu ne m'aies pas parlé de ton recrutement par l'agence, me lance Eliza après avoir interrompu le baiser avec un soupir.

— Je dois bien avoir mes petits secrets.

— Et maintenant, je dois l'emmener voir Damien, dit Quincy. Prends-moi un verre et je te retrouve ici, d'accord ?

— D'accord.

Elle m'adresse un sourire malicieux :

— Déjà des ennuis avec le patron ?

— Va-t'en, petite peste.

Elle rit, puis s'éloigne, ses doigts frôlant ceux de Quincy jusqu'à ce qu'ils soient suffisamment distants pour que le contact devienne impossible.

— Vous allez très bien ensemble.

— C'est vrai. Allez, viens.

Je lui emboîte le pas, réjouie par son amour évident pour ma sœur. J'ai beau avoir fait mon possible pour que sa vie soit douce, il est impossible d'échapper à la réalité de notre enfance difficile. Eliza mérite d'être heureuse, et je suis contente qu'ils se soient retrouvés, tous les deux.

Je secoue mentalement la tête, chassant ce lourd bagage émotionnel. À défaut de participer à la fête pour le nouveau bébé des Sykes, je dois au moins me demander pourquoi Stark veut me voir. Je me concentre sur ce dernier point.

— J'ai parlé à Damien et Ryan tout à l'heure, quand j'ai accepté le poste. Il y a du nouveau ?

Si Damien Stark a fondé Stark Sécurité, c'est Ryan Hunter qui dirige l'agence.

— Je n'en ai pas la moindre idée. Il m'a juste demandé d'aller te chercher. Je ne fais que suivre les ordres. Je ne suis pas un rebelle dans l'âme.

— Très drôle.

Je le suis vers la maison avec un sentiment de crainte. Si Stark veut me voir, c'est certainement pour me confier une mission – mais dans ce cas, il aurait pu attendre lundi –, ou parce qu'il a appris pour mon excursion de jeudi dernier avec Quincy. Et comme Quincy et moi entrons ensemble dans la maison des Stark, j'en déduis qu'il va nous passer un savon.

Et par *nous*, je veux dire *me*.

Il s'avère que nous n'entrons pas à l'intérieur. Au lieu de ça, nous contournons l'angle du mur pour nous engager sur un chemin qui mène jusqu'au court de tennis grand luxe. Je ne suis pas une experte en tennis, mais puisque Damien était un joueur professionnel, j'imagine qu'il n'a pas lésiné sur les moyens. Il est assis à une petite table, à l'intérieur de la zone grillagée. Antonio Santos est juste à côté de lui, son menton barbu posé sur son poing alors qu'il me dévisage.

Je trépigne un peu. En temps normal, je ne suis pas timide, mais quelque chose dans ses yeux m'empêche de me redresser de toute ma hauteur. Au lieu de quoi, je m'assure que ma posture soit décontractée et je lui renvoie son regard sans ciller.

Il ne bronche pas. Pas même lorsque Damien se répète pour attirer son attention. Il jette négligemment un coup d'œil vers lui, hochant la tête en réponse à ce que Damien lui a dit.

Une fois de plus, il se concentre sur moi tandis que mon nouveau patron s'avance dans notre direction, traversant le court jusqu'à arriver juste devant nous.

Le regard de Damien alterne entre Quincy et moi. Je redoute qu'il nous annonce qu'il est au courant pour notre mission à l'hôtel. Mais il se contente de lui dire :

— Merci de m'avoir amené Emma. Je prends la relève.

D'après la surprise de Quincy, je vois bien qu'il s'attendait lui aussi à se faire remonter les bretelles. Mais il me lance un coup d'œil qui me laisse comprendre que je suis toute seule dans cette galère, puis il salue Antonio qui est toujours à la table avant de s'en aller. Je comprends que j'ai raté une occasion. Apparemment, Quincy connaît ce mec. Et j'aurais aimé avoir au moins un indice quant à l'identité de ce Santos.

— J'ai parlé avec Anderson, m'annonce Damien.

Il me faut une minute pour interpréter cette phrase.

— Le colonel Seagrave, dis-je.

Cette précision est inutile. Bien sûr que Damien parle de lui, mon ancien patron et mentor au commandement des opérations sensibles, le SOC, où je travaillais jusqu'à présent en tant qu'agent infiltrée, et ce pendant une bonne partie de ma vie. L'homme à qui j'ai promis la liste de Cane en échange d'un permis à la James Bond, l'autorisation de descendre ce petit fils de pute.

— Je lui ai dit que tu avais signé avec nous.

Je sens la tension quitter mon corps. Je m'attendais à une leçon de morale sur l'utilisation des ressources de l'agence sans sa permission.

— J'allais le lui faire savoir aujourd'hui, dis-je. Il sait que j'y réfléchis depuis un moment.

— Il était content. Mais notre conversation m'a donné

l'impression que tu travaillais en solo, même au sein du SOC.

— Ça te surprend ?

— Non. Mais je tiens à te rappeler que notre politique à l'agence est basée sur le travail d'équipe. Il y a des exceptions, bien sûr, mais ce n'est pas un groupement d'autodidactes. Le travail que nous faisons est sérieux et sensible. Tous les membres doivent se connaître et se faire confiance : les agents, les techniciens, les employés de bureau et jusqu'au personnel d'entretien. Il n'y a pas de place pour un loup solitaire dans nos rangs.

— Je croyais que c'étaient les rangs de Ryan.

J'ai raison, et je le sais. Damien Stark dirige un empire multinational de plusieurs milliards de dollars, et d'après ce que j'ai lu, il intervient personnellement dans toutes ses entreprises. Mais il n'est pas agent et il n'a aucune expérience dans le domaine judiciaire. Il n'a pas le nez dans la gestion quotidienne de l'agence. C'est d'ailleurs pour cette raison qu'il a nommé Ryan Hunter responsable, un homme au CV impressionnant, parfaitement expérimenté dans l'ordre et le renseignement.

Alors, oui. Ma déclaration était juste. Malgré tout, je grince des dents quand Damien rétorque :

— Mon nom figure sur la porte, Emma. C'est aussi ma boîte.

— Bien sûr, dis-je avant d'ajouter : Monsieur.

Ses épaules se détendent et il passe les doigts dans ses cheveux.

— Ce n'est pas nécessaire. Tout ce que je veux, c'est

mettre l'accent sur le travail d'équipe et la communication.

Il me regarde fixement, et je le regarde en retour sans cligner des paupières.

La vérité, c'est qu'il a raison, et j'en suis consciente. Mais j'ai passé trop d'années à faire exactement ce que les gros bonnets du gouvernement m'ordonnaient sans poser de questions ni émettre d'objections parce qu'ils tenaient ma vie – et, par extension, celle d'Eliza – entre leurs mains. Des années à suivre les ordres, à faire ce que l'on me disait, et rien d'autre.

J'ai fini par avoir une certaine marge de manœuvre, c'est certain. Avec mes compétences, on me l'a autorisée. Et peut-être était-il question de confiance, aussi, je ne sais pas. Tout ce que je sais, c'est que je n'ai été qu'un jouet pour mon père, et ensuite une marionnette pour le gouvernement. Quand j'ai enfin pu lancer ma propre activité et que j'ai commencé à prendre mes décisions par moi-même, la liberté était enivrante.

Et au fond, je ne sais toujours pas si j'ai pris la bonne décision en rejoignant Stark Sécurité.

Rectificatif : ce n'est pas « au fond ». C'est juste sous la surface, au contraire. J'ai souvent failli tout annuler, et pourtant, quelque chose continue de me pousser vers ce groupe. Quelque chose de plus que le lien d'Eliza. Ce n'est pas parce que son homme est un agent que je dois en être un, moi aussi.

Non, la vérité, c'est que j'ai eu un bel aperçu de leurs compétences, sans parler des ressources dont disposent leurs agents. Et il y a beaucoup d'attrait à faire partie d'un groupe qui accomplit du bon travail. C'est ce que je me dis depuis des mois. Je crois même m'en être enfin convaincue. La preuve, j'ai accepté le poste. Dieu sait que le salaire a joué sur ma décision, naturellement.

Malgré cela, j'ai toujours des doutes. Et maintenant, ces doutes sont un peu plus insistants, puisque je me fais subtilement rabrouer pour ma première mission – qui, bien sûr, n'était pas vraiment une mission, et qui, tout aussi sûrement, a enfreint toutes les règles de l'agence.

— Tu comprends ce que je dis, n'est-ce pas ? continue Stark. Pas de missions secrètes. Pas de vendettas cachées. C'est ce que nous attendons de toi. C'est ce que moi, j'attends de toi.

Je hoche la tête, mais je sais déjà que j'enfreindrai ces règles s'il le faut. Si c'est quelque chose de personnel, comme protéger Eliza ou moi-même d'un fantôme de notre passé. Hors de question que j'entraîne l'agence dans mes problèmes. Heureusement, maintenant que Cane est mort, les derniers liens avec le cauchemar de notre enfance ont été rompus. À présent, je compte bien me consacrer au travail pour lequel on me paie. Et si c'est l'agence Stark Sécurité qui signe mon chèque en fin de mois, alors je jouerai volontiers la carte de la transparence.

— Je comprends, dis-je.

— Bien. À part ça, nous n'avons qu'une seule règle incontournable.

— Laquelle ?

— Accomplir le meilleur travail possible.

— Comme toujours.

Il sourit, et je vois clairement cet homme qui a toujours charmé le monde entier.

— C'est pour ça qu'on t'a engagée, me dit-il.

— Est-ce mon premier emploi officiel au sein de l'agence ? Tu me fais travailler en partenariat avec Santos ?

Il jette un coup d'œil par-dessus mon épaule en direction de l'homme.

— Oui et non.

Je ne dis rien, attendant qu'il s'explique.

— Il n'est pas avec l'agence, mais je lui dois une faveur. Il a une réunion prévue avec un informateur sur Debauchery Resort. Mais il ne peut pas y entrer...

— ... sans femme.

Je hoche la tête, essayant de masquer mon agacement, sans parler de mes craintes quant à ma précipitation à rejoindre cette équipe. Je pensais qu'ils me voulaient pour mes compétences. Au lieu de ça, j'accompagne en voyage quelqu'un qui n'est même pas de la boîte pour jouer les potiches à son bras.

— Ça pose un problème ?

— Oui, figure-toi.

Je croise les bras et change de position.

— Je pensais que tu m'avais engagée parce que je suis très douée dans mon travail. Mais là, tu me refiles à un civil qui a juste besoin d'une escorte ?

— Premièrement, je ne te *refile* pas. Et deuxièmement, je suis très conscient de tes compétences. Tu en as fait la démonstration tout récemment, en utilisant très habilement du matériel que tu as récupéré par l'intermédiaire de Quincy.

— Alors, c'est une punition. Tu es contrarié que je n'aie pas demandé la permission, et maintenant je suis punie et obligée à me pavaner en bikini ? Écoute, Stark, j'ai connu assez de missions minables au gouvernement, merci bien.

— Emma, ce n'est pas ça.

— Je sais exactement ce que c'est.

Je me suis menti à moi-même en croyant que je pouvais intégrer cette grande famille dont parle Stark. J'en suis incapable. Je le sais. Et j'aurais dû savoir qu'il ne fallait même pas essayer.

— C'est une erreur, continué-je. Tu sais quoi, Stark ? Si tu lui dois un service, alors enfile-le toi-même, ce putain de bikini. Moi, je me retire.

Les mots sont sortis avant que je puisse les retenir, mais c'est peut-être mieux comme ça. Alors que la bombe qui signe l'arrêt de ma carrière résonne encore sur le court de tennis, je tourne les talons en lançant à Antonio Santos un regard mi-fâché, mi-contrit, et je m'éloigne à grandes enjambées en direction de ma voiture.

CHAPITRE QUATRE

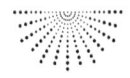

Tout en essayant de conserver un visage impassible, Tony traversa le court en direction de Stark, mais ce n'était pas facile. Il n'était pas sûr d'être amusé, enthousiaste ou tout simplement impressionné. Mais il était certain d'une chose : Emma Tucker avait de sacrées *cojones*.

— Je demanderai à Ryan d'appeler Leah. Elle n'a pas autant d'expérience sur le terrain, mais elle est intelligente et entraînée, et...

Tony leva la main.

— Je veux Emma.

Damien arqua un sourcil et Tony affronta ses yeux bicolores étrangement hypnotiques.

— Comme tu viens de le voir, je peux difficilement la forcer. D'ailleurs, je ne suis pas sûr qu'elle travaille encore pour nous.

— Elle a du culot. Elle peut se débrouiller seule. Et je n'ai pas la moindre idée de ce qui m'attend. Ce sera peut-être une rencontre facile, un simple échange d'informations, comme il se pourrait que je me retrouve avec une arme pointée sur la tête.

Il croisa les bras en déplaçant son poids d'un pied sur l'autre.

Damien hocha la tête, son expression réfléchie.

— Je t'ai dit à Paris que je t'étais redevable, et je le pensais. Mais je ne peux pas l'obliger. Et je n'essaierai pas. Ce n'est pas comme ça que je travaille.

— Je comprends. Je ne te le demande pas. En ce qui me concerne, tu as satisfait à cette obligation.

— Je ne suis pas sûr que...

— Ne t'inquiète pas pour ça, déclara Tony. Je suis venu ici et je t'ai dit que j'avais besoin d'une femme. Tu m'as trouvé la partenaire idéale pour ce travail en moins d'une heure. Tu as fait ta part, ajouta-t-il en haussant les épaules.

— Je me ferai un plaisir de te trouver une autre partenaire pour ce travail, insista Stark. D'ailleurs, tu sais que j'aimerais même aller plus loin que ça. Je te veux dans l'équipe.

— Alors, tu sais ce que je ressens pour Emma. Je la veux, Stark. Et je vais l'avoir.

---

Tony gara sa Land Rover hybride dans l'allée étroite devant la maison d'Emma, à Venice Beach, reconnaissant que Quincy se soit porté garant pour lui avec sa sœur.

— Tu n'arriveras à rien avec elle, lui avait dit Eliza.

Emma est têtue, et elle décrète ses propres règles. Elle a toujours été comme ça. Et on dirait qu'elle a pris sa décision.

Elle avait ajouté avec une grimace :

— Quand elle campe sur ses positions, impossible de lui faire changer d'avis. Mais si tu veux perdre ton temps, je t'en prie.

Sur ce, elle lui avait noté l'adresse.

À présent, Tony était là. Il resta un moment dans son SUV garé, à écouter le blues nostalgique qui pulsait par les enceintes dernier cri qu'il avait installées un mois après avoir acheté son véhicule. Il avait l'intention de prendre un moment pour peaufiner son plan afin de la convaincre.

Il n'en eut pas l'occasion. Ses pensées furent interrompues par un coup sec à sa vitre. C'était elle. La bague en argent qu'elle portait à la main droite vint s'écraser contre la vitre et il regarda sa mine sévère, ses yeux noisette froids et dénués d'expression.

Stark lui avait juré que cette femme était une vraie pro, et un seul regard sur elle le lui avait confirmé.

Comme il n'avait pas encore coupé le moteur, il appuya sur le bouton pour baisser la vitre.

— Un problème ?

— Mais enfin, qu'est-ce que tu fiches dans mon allée ? Je rêve ou Stark t'a donné mon adresse ?

— Je le lui ai demandé, mais il a refusé. Je l'ai obtenu d'Eliza, ajouta-t-il.

C'était une façon agréable et subtile de suggérer que sa sœur était de son côté.

— Oh, putain de merde.

Il s'attendait à ce qu'elle en dise plus, qu'elle lui ordonne de quitter sa propriété ou qu'elle lui demande pourquoi il était là. Quelque chose, n'importe quoi.

Mais elle se contenta de se retourner pour rentrer chez elle.

Pendant un instant, il resta assis là, à regarder l'endroit où elle avait disparu. Puis il prit conscience qu'il souriait. Cette femme était un sacré numéro, pourtant il avait aussi le sentiment qu'elle en valait la peine.

Il coupa donc le moteur, sortit du véhicule et suivit le chemin jusqu'à la porte bleue de son charmant petit bungalow.

Elle l'ouvrit avant qu'il n'atteigne le porche.

— Tu n'abandonnes pas facilement, n'est-ce pas ?

— Tu ne voudrais pas travailler avec moi si c'était le cas.

Sa voix ne comportait aucune ironie lorsqu'elle répondit :

— Je ne veux pas travailler avec toi.

— Mais si, c'est ce que tu veux.

Il attendit qu'elle lui claque la porte au nez. Au lieu de quoi, elle l'ouvrit plus largement.

— Alors, vas-y, essaie de me convaincre, dit-elle en l'invitant à entrer.

Il s'avança dans le hall d'entrée carrelé, puis la suivit dans le spacieux salon à l'ameublement à la fois sobre et chaleureux. Les murs étaient en bois et en pierre, ornés de tableaux colorés et de photographies encadrées. Une bibliothèque occupait tout un mur, et il réprima l'envie d'aller jeter un œil aux dos des livres pour voir ce qu'Emma Tucker lisait. Il n'en fit rien, mais seulement parce qu'elle était déjà dans la pièce voisine. Il s'empressa de la rejoindre dans la cuisine.

— C'est une grande maison. Tu es propriétaire ou locataire ?

— Je l'ai achetée il y a des années. C'était un dépotoir. J'ai fait un tas de rénovations.

Il était évident que la cuisine avait été agrandie. Elle avait sacrifié ce qui était probablement une chambre pour faire place à un immense îlot de granit avec de vastes plans de travail et une salle à manger bien éclairée par le soleil de fin d'après-midi qui entrait à flots par d'immenses fenêtres, au-delà desquelles il découvrit une petite cour fleurie.

Il admira les lieux, essayant de concilier la cuisine bien entretenue, les fleurs et la lumière abondante avec la personnalité qu'il avait imaginée dans sa tête. Mais cela ne collait pas vraiment.

— Tu as l'air perplexe, dit-elle en lui faisant signe de s'asseoir sur l'un des tabourets à l'îlot. Du café ? Du vin ? Du whisky ? Autre chose ?

— Tout me va. Et je ne suis pas perplexe. Je réfléchis, c'est tout.

Elle se pencha dans un meuble et en sortit une bouteille de Charbay Release III. Il s'efforça de ne pas réagir, mais il était certain que ses yeux s'étaient arrondis. Il savait que cette bouteille coûtait plus de quatre cents dollars.

Ses lèvres s'étirèrent aux commissures lorsqu'elle

haussa une épaule, puis remplit un shooter qu'elle fit glisser vers lui.

— Je pense que tu mérites ce qu'il y a de mieux. Tu as fait tout ce chemin pour rien, après tout.

— Pas pour rien, répliqua-t-il avant de désigner son verre d'un mouvement de tête. J'ai droit à la meilleure bouteille, pas vrai ?

Comme il l'avait espéré, elle rit. Il commençait à comprendre Emma Tucker, pensait-il. Il fallait y aller doucement, être franc et honnête. Avec elle, c'était l'authenticité ou rien.

Du moins, c'était son plan pour le moment. Il avait le pressentiment qu'elle continuerait à le surprendre. Bon sang, il adorait cela chez cette femme.

De l'autre côté de l'îlot, elle se hissa sur le plan de travail à côté de l'évier, les jambes ballantes. Il n'avait pas tardé à la suivre à l'intérieur de la maison, mais elle avait pourtant eu le temps de se changer. Elle portait à présent un legging et un débardeur moulant. Il n'avait pu que remarquer ses courbes en la suivant dans les pièces. Après tout, il avait des yeux.

Il avait aussi constaté sa force. La contraction subtile de ses muscles alors qu'elle se relevait. Il y avait une certaine dureté chez elle. Cela se voyait dans son physique clairement affûté, mais c'était surtout dans sa posture. Comme si elle pouvait faire tomber un homme par son regard sévère... et si cela ne marchait pas, elle lui assenait un bon coup de pied à la tête et l'allongeait pour de bon.

Force et puissance. C'était bien l'Emma Tucker qu'il voyait dans cette cuisine, avec des fleurs derrière les fenêtres, des herbes aromatiques dans des pots sur le rebord au-dessus de l'évier et des torchons de cuisine à motifs de petits gâteaux stylisés.

Pour compléter la contradiction, ses ongles de pieds étaient vernis en rose et sa queue de cheval pratique était radoucie par quelques mèches de cheveux roux venant encadrer son joli visage.

— Tu aimes ce que tu vois ?

Il y avait un défi dans sa voix, mais il ne tenta pas de l'esquiver. Au lieu de ça, il répondit sans ambages :

— Qu'y aurait-il que je ne puisse pas aimer ?

Elle éclata de rire. Un point pour l'équipe locale.

— Je n'irai pas avec toi sur une île pour te faire les yeux doux dans un micro-bikini qui me cachera à peine la poitrine.

— Pas de problème. Nous ferons en sorte que le bikini soit bien ajusté. Et les yeux doux, ce ne sera pas nécessaire. Quelques regards d'adoration devraient suffire.

Elle faillit rire à nouveau. Ça se voyait à la façon dont elle pinçait les lèvres pour se retenir. Dommage, elle avait un rire magnifique.

— Tu me surprends, dit-elle.

— Alors, nous sommes quittes. Tu me surprends aussi.

— Vraiment ? Comment ça ?

Elle se pencha en avant, la position révélant un décolleté séduisant, et tout son corps réagit d'une manière qui lui rappela qu'il était célibataire depuis quatre mois maintenant.

— Ohé ! Antonio. Là-haut.

Il leva les yeux sans se sentir honteux d'avoir été pris

sur le fait, optant plutôt pour une honnêteté brutale en disant :

— Raison de plus pour te convaincre de venir avec moi. Ce serait dommage d'être accompagné par une femme qui ne me fait aucun effet.

— Bien rattrapé. Maintenant, dis-moi en quoi je te surprends. À part mon décolleté, bien sûr.

— Ta maison. Non seulement tes torchons ont des petits gâteaux cousus dessus, mais ils sont assortis à tes gants de cuisine.

— C'est gentil à toi de le remarquer.

— Sans compter que pour quelqu'un qui a ta réputation et ton passé, je suis surpris de la facilité d'accès de cette maison. La porte d'entrée est solide, mais ce n'est que du bois, et il y a une fenêtre verticale à côté, même si elle est inamovible. Tu as une porte arrière qui donne sur le salon et sur la cuisine. Et cette baie vitrée ? Si quelqu'un veut entrer ici, ça ne l'empêchera pas.

— Tu crois ?

Il jeta d'autres coups d'œil alentour, à la recherche de caméras de sécurité. Il n'en aperçut aucune, mais il était certain qu'elles étaient là, quelque part.

— Tu ne peux pas monter la garde en permanence. Pour être honnête, je m'attendais à une forteresse.

— Comme chez Stark ? Je n'ai pas le luxe d'acheter des hectares et des hectares, moi. D'autant que j'aime vivre ici. J'ai vécu à Venice Beach toute ma vie. Enfin, toute la partie de ma vie qui compte, disons.

— Je n'ai rien contre cet endroit. Ce que tu sais faire, d'après Stark...

Il laissa sa phrase en suspens, doutant de ce qu'il avait réellement le droit de dire.

— Tu veux parler des opérations sous couverture pour une agence gouvernementale top-secrète ?

— Par exemple. Disons que tu as dû te faire des ennemis.

Elle hocha lentement la tête. Il avait beau essayer de déchiffrer son expression, il y échouait lamentablement. Et lorsqu'elle reprit la parole, ce fut à nouveau pour le surprendre :

— Tu portes une arme, n'est-ce pas ? Un Glock 9mm. Main droite. Je suppose que c'est par habitude, et pas parce que tu ne me fais pas confiance.

Soudain, il prit conscience du poids familier à sa ceinture.

— Par habitude, oui. Comment as-tu...

— Vas-y, tire sur la vitre.

Il cligna des yeux.

— Répète un peu ?

Elle désigna les fenêtres donnant sur le jardin, puis s'en approcha et ouvrit un tiroir. Elle lui lança un petit objet, qu'il attrapa dans une main.

— Vas-y. Tire.

Il ouvrit sa paume. Des bouchons d'oreille. Soit elle était folle, soit elle essayait de lui prouver quelque chose. Dans les deux cas, il n'était pas enclin à discuter. Il mit la protection auditive, dégaina son arme, puis après un dernier regard intrigué vers Emma, il visa la vitre centrale et tira. Immédiatement, il se ramassa sur lui-même dans l'attente du fracas des éclats de verre, qui risqueraient de l'atteindre jusqu'à l'endroit où il était assis à l'îlot.

Mais rien ne se produisit.

Au lieu de ça, la balle s'arrêta net. Vue de loin, elle semblait suspendue dans l'air, figée devant la vitre à la propreté immaculée.

Il lança un coup d'œil à Emma, visiblement très contente de son coup.

— Va voir, lui proposa-t-elle.

Mais il s'était déjà avancé. Il était certain que la balle avait été prise dans ce qui semblait être une vitre de plusieurs centimètres d'épaisseur. Et il n'y avait même pas un soupçon de fissure en forme de toile d'araignée, encore moins de lézarde.

— C'est quoi, cette magie noire ? demanda-t-il en se tournant vers elle.

— On appelle ça de la science, de nos jours.

Elle sauta au bas du plan de travail et alla le rejoindre à la fenêtre.

— Beaucoup de recherche et développement, là où je travaillais. J'ai ajouté quelques petits gadgets à cette maison au fil des ans. Le scan a détecté ton arme et m'a envoyé un message. Si tu essaies de crocheter une serrure ou de forcer une fenêtre, tu recevras un sacré choc. Et si tu cherches à tirer sur la serrure à la place, eh bien, ça deviendra très amusant. Tu veux voir ?

Il refusa.

— Sérieusement, tu veux que je tire sur ta serrure ?

— Non, je vais te montrer ce qui se passerait. Je peux le

faire manuellement. Mais c'est automatisé dans certaines circonstances.

Elle mit son téléphone sur haut-parleur et il regretta aussitôt d'avoir enlevé ses bouchons d'oreille. Au moment où les grilles métalliques tombaient avec fracas du plafond jusqu'au sol, devant chaque fenêtre et porte, une alarme perçante retentit.

Le bruit assourdissant se tut presque aussitôt et la forteresse se démantela, le coffre-fort momentané cédant la place à l'adorable petit bungalow de plage.

— Ça alors, souffla-t-il. Ta tête est mise à prix ou quoi ?

— Plus maintenant, dit-elle avec un haussement d'épaules. Mais on ne sait jamais, n'est-ce pas ? Voilà pour l'essentiel. Bien sûr, il y a d'autres alarmes classiques.

Elle sourit en battant des cils.

— Alors, ne me contrarie pas, d'accord ?

Il éclata de rire, même s'il n'était pas tout à fait certain qu'elle plaisantait.

— Même pas en rêve, promis. Et honnêtement, je sais que tu es déterminée à m'envoyer me faire foutre, mais après avoir vu tout ça, je te veux absolument sur cette île avec moi, plus que jamais.

Elle jeta un coup d'œil dans la cuisine, comme si le système de sécurité était encore pleinement enclenché.

— Les systèmes de haute technologie te font bander ?

*Non, mais toi, très certainement.*

Heureusement, il s'arrêta avant que cet aveu ne lui fasse perdre les pédales. C'était peut-être vrai, mais il avait le sentiment que ce serait une très mauvaise idée de le formuler à haute voix.

Au lieu de quoi, il lui avoua une autre vérité.

— Je cherche quelqu'un capable de se défendre. J'y vais à l'aveugle. Peut-être pour rencontrer quelqu'un qui veut m'aider, ou bien quelqu'un qui veut me tuer. Je n'ai pas besoin d'une potiche à mon bras. J'ai besoin d'une partenaire. Une femme, c'est vrai, mais avec des compétences et de l'expérience.

Elle prit son verre et termina le whisky en une seule gorgée. Quel gâchis, pensa-t-il en songeant à la finesse du mélange. Mais elle s'en servit un autre et emporta la bouteille vers le salon.

— Très bien, dit-elle tout en marchant. Raconte-moi la suite.

Il lui emboîta le pas pour s'asseoir d'un côté du canapé trop rembourré. Dès qu'elle eut posé son verre et la bouteille sur la table basse, il termina le sien et se servit une nouvelle dose. Il en but une gorgée, qu'il savoura avant d'avaler. Elle n'insista pas et il lui en fut reconnaissant. Elle se contenta de s'asseoir, une jambe repliée sous ses fesses en attendant qu'il continue.

Il fit rouler ses épaules, se mettant plus à l'aise, puis il décida de lui raconter toute l'histoire. Il n'était pas du genre à se laisser attendrir. Il ne croyait pas à la confiance absolue et il préférait encore être ligoté dans un coin plutôt que de passer une soirée à parler de ses sentiments. Mais il savait aussi que les gens se battaient mieux et travaillaient plus dur s'ils savaient exactement pourquoi ils le faisaient. On ne pouvait pas prendre de décisions éclairées sans connaître tous les faits.

Emma était intelligente, il le voyait bien. Et elle se battait avec acharnement pour ce en quoi elle croyait. Il en était convaincu. Il voulait quelqu'un de compétent à son bras. Alors maintenant, il était temps pour lui de se battre pour ce qu'il voulait.

En cet instant, ce qu'il voulait, c'était elle. Et il était plus que ravi de jeter toutes ses munitions dans la bataille si cela lui permettait de l'emporter, au bout du compte.

— Je cherche un homme, lui dit-il simplement.

— C'est lui que tu vas rencontrer sur l'île ?

Il secoua la tête.

— Non. Pour autant que je sache, je dois voir une femme.

— Très bien. Reviens au début et raconte-moi tout dans l'ordre.

Ce fut ce qu'il fit. C'était plus facile de cette façon, en tout cas. Il ne racontait pas souvent son histoire, mais quand il le faisait, il commençait au début. C'était familier. Et cela lui permettait de garder les émotions à distance. Il se contentait d'exposer les faits comme il le ferait pour n'importe quelle autre mission.

— Mon père était un connard. Ça résume à peu près tout. Mais c'était un connard intelligent. Il a fait une école de commerce. Harvard, rien de moins, ajouta-t-il avec un accent de Boston qui la fit rire. Bref, il a fini dans le commerce international.

— Est-ce un euphémisme pour désigner la drogue ?

Tony secoua la tête.

— Non. Enfin, pas au début. Plus tard, il s'y est sans doute essayé. Il est arrivé un moment où il pensait être intouchable. Il se disait qu'il avait gagné tellement d'argent qu'il avait carte blanche sur le monde, la morale, l'éthique et les lois, qu'il pouvait tout envoyer balader.

Elle hocha la tête et il comprit qu'elle connaissait ce genre de personne.

— Il a commencé petit, puis il a jeté son filet. Pendant un certain temps, il a vécu au Texas et il faisait régulièrement des allers-retours avec le Mexique. Finalement, il a déménagé en Californie où il a fait la même chose. Peu à peu, il a commencé à restreindre son activité au Mexique et à l'Amérique centrale. Il importait toutes sortes de choses, depuis les pièces automobiles jusqu'à la tequila.

— Ce n'est pas une histoire rare, dit-elle, surtout pour sa génération.

— Crois-moi, mon père n'était pas un homme ordinaire. Bref, à un moment donné, il a rencontré ma mère. Elle faisait ses études à l'Université de Los Angeles. Son père était prof de mathématiques et son grand-père possédait environ la moitié des biens immobiliers de Mexico. Sans parler d'un ranch de bétail, en dehors de la ville. La famille faisait partie de la royauté locale, en quelque sorte. Et d'après ce que j'en sais, ils étaient puissants sans être corrompus.

— Comment s'appelait ta mère ?

— Santos. Lucia Santos.

Son front se plissa.

— Le même nom de famille que ton père. C'est une coïncidence.

Pendant un moment, il parut perplexe.

— Oh, non. Le père de mon père était un Américain pur sucre, de lointaine ascendance anglo-saxonne. Fais-moi confiance, continua-t-il en levant la main pour anticiper sa question. Une fois que j'aurai fini, tu comprendras pourquoi j'ai décidé d'utiliser le nom de ma mère.

Elle hocha la tête et il continua.

— Mon grand-père, le professeur, est mort d'un cancer et ma mère a déménagé pour vivre avec son propre grand-père dans un ranch au Mexique. Mon père l'a suivie. Ils sont sortis ensemble, sont tombés amoureux, puis se sont mariés. Du moins, c'est l'histoire officielle. De mon point de vue, je pense que mon père en avait après la succession depuis le début. Et il l'a obtenue en épousant ma mère.

Il la dévisagea en se demandant s'il l'avait perdue, s'il l'ennuyait. Mais elle ne semblait pas du tout dériver, au contraire, elle était captivée.

— Continue, insista-t-elle.

— Après ma naissance, nous avons déménagé en Californie et ce cher vieux papa est devenu de plus en plus riche et méchant. Il a commencé à gérer le ranch. Il a engagé quelqu'un pour s'occuper de la tequila. En petite quantité, très haut de gamme. Ce n'est pas tout, mais l'essentiel, c'est qu'il est devenu riche. Il est devenu puissant. Il a commencé à s'énerver quand il ne pouvait pas obtenir ce qu'il voulait quand il le voulait. Après tout, à quoi servait l'argent et le pouvoir si ça ne lui permettait pas de s'acheter de belles choses et du respect ?

— Mon père n'avait ni argent ni pouvoir, et ça ne l'a

pas empêché de devenir mauvais. Ce n'est pas le compte en banque, c'est l'homme.

Tony acquiesça. Dans sa voix, il en entendait plus qu'elle n'en disait.

— Je sais. Crois-moi, je connais trop de gens qui auraient pu acheter et vendre mon père mille fois, avec plus de gentillesse et de classe que cet homme n'en a jamais eu. Cela n'a rien à voir avec le compte en banque. Pas vraiment. J'essaie juste de te peindre une image de qui il était.

Elle releva les genoux, les serrant contre sa poitrine, ses grands yeux sur son visage pendant qu'il poursuivait :

— Je ne me souviens pas d'avoir été heureux dans mon enfance, sauf quand il voyageait. Quand ma mère était encore vivante. Mon oncle aussi venait nous voir. Je l'adorais. Ce n'était pas vraiment mon oncle, c'était juste un ami de la famille, peut-être même l'amant de ma mère. Dieu sait que je ne le lui aurais pas reproché. Je ne l'ai jamais vraiment su. Tout ce que je sais, c'est qu'elle était rayonnante quand mon père était absent. Quand il était là, elle était comme un bernard-l'ermite effrayé, reclus dans sa carapace.

Il expira en regardant Emma. Son expression était impassible, dénuée d'émotions, comme si elle s'efforçait de ne pas réagir du tout. Il se rappela ce qu'elle avait dit sur son propre père et il eut le sentiment qu'elle ne comprenait que trop bien son histoire.

— Je ne sais pas si mon père la battait, mais je sais qu'il me frappait, moi. Et un jour, j'ai entendu le mot *divorce*. Je n'avais que sept ans, mais je savais ce que ça signifiait. La plupart des enfants auraient pleuré en entendant un mot comme ça. Moi, j'avais l'impression de voir enfin le soleil. Et puis, deux jours plus tard, ce soleil s'est éteint.

— Que s'est-il passé ?

Sa voix était rauque, à peine audible.

— Il m'a kidnappé. Il nous a emmenés au Mexique. Et puis...

— Attends. Comment ça ? J'imagine qu'il n'est pas allé chez ton grand-père. Alors, comment a-t-il pu s'y installer ?

— Oh, j'ai oublié de te le dire. Mon grand-père paternel pouvait retracer son arbre généalogique jusqu'aux premiers pionniers américains, mais ma grand-mère était née et avait grandi à Monterrey. Mon père est né au Mexique, conformément au choix de sa mère.

— Alors, ton père avait la double nationalité.

Tony hocha la tête.

— Il s'y est donc rendu sans le moindre problème avec son fils, et il a disparu. Du moins jusqu'à ce que ma mère se suicide et que son père meure, peu de temps après. Soudain, il a hérité du ranch de sa femme, puisque le divorce n'avait pas encore eu lieu. S'il y a eu des questions, eh bien, il a payé généreusement pour que personne ne les pose.

— Tu as donc grandi avec lui ? Sur le domaine familial de ta mère ?

Il entendait pratiquement le frisson dans sa voix.

— Non. Mon oncle m'a sauvé. Il lui a fallu deux ans, mais il m'a enlevé à mon père quand j'avais neuf ans. À ce moment-là, j'avais très bien compris quel genre d'homme il était. Brutal. Puissant. Cruel. Et il s'entourait de la même espèce que lui.

— Alors, tu as vécu avec ton oncle ?

Il acquiesça.

— Jusqu'à mes seize ans. C'est alors que le Serpent est venu.

— Le Serpent.

Sa voix était atone et elle se pencha en avant, son front plissé dans une expression qu'il interpréta comme de la perplexité.

— Un mercenaire que mon père a gardé sous contrat. Un homme qui assurait son sale boulot. Cet été-là, il a tué mon oncle. En représailles pour m'avoir enlevé à mon père. Le Serpent l'a frappé et l'a laissé pour mort. J'étais à son chevet quand il a succombé à ses blessures internes à l'hôpital. Dans son dernier souffle, il m'a dit que ma mère ne s'était pas suicidée. Mon père avait ordonné au Serpent de la tuer, elle aussi. Il a fait croire à un accident.

— Je suis vraiment, vraiment désolée.

— Moi aussi.

Il se passa les mains sur le visage, sa barbe de trois jours lui grattant les paumes au passage.

— Je l'ai traqué. Mon père, je veux dire. J'avais prévu de le faire. J'ai attendu longtemps pour organiser la mission, recueillir les renseignements. J'ai trouvé des mercenaires qui m'ont accepté. Ils m'ont formé, même si j'étais encore un gamin. Je voulais faire les choses bien, tu comprends. Je voulais le faire souffrir.

Il la regardait tout en parlant, cherchant un signe de répulsion à l'idée qu'il puisse avoir rêvé de faire du mal à son propre père. Il n'en trouva aucun. Au contraire, il crut deviner de l'espoir lorsqu'elle lui demanda :

— Tu as pu le faire ?

— Non, répondit-il froidement. Quelqu'un l'a eu en premier. Il a été criblé de balles. À la poitrine, à l'entrejambe, au visage. Tu as dû tomber sur des articles à ce sujet. Ça a fait les gros titres au Mexique et à Los Angeles. Clyde Morgan abattu par un tireur inconnu.

Elle écarquilla les yeux.

— Ça te dit quelque chose ? demanda-t-il.

— Je... non. C'est une sacrée coïncidence que quelqu'un l'ait eu avant toi. C'était en quelle année ?

Il répondit et elle hocha lentement la tête, comme si l'année avait vraiment de l'importance.

— J'avais quinze ans à l'époque, dit-elle. Ce n'était pas une bonne année pour moi. Je n'étais pas très attentive aux actualités.

Il la dévisagea. Rien de visible dans son expression n'avait changé, mais il y avait quelque chose, une altération intangible. Quelque chose de différent, dans l'air, entre eux. Il se demandait quelles horreurs elle avait subies, elle aussi.

— Alors, tu te rends sur cette île pour obtenir des infos sur le Serpent ?

— C'est ça. L'homme qui a traqué et torturé mon oncle, qui a assassiné ma mère. Je l'ai cherché pendant plus de la moitié de ma vie. C'est une mission personnelle, mais ça m'a conduit à ma vocation. Je me suis entraîné avec des groupes paramilitaires partout dans le monde. J'ai été mercenaire au service d'un commanditaire plus de fois que je ne peux les compter. Et j'ai rejoint Délivrance pour faire la différence. Pendant toutes ces années, je n'ai jamais pris de repos. Parce que je n'ai jamais cessé de chercher le Serpent.

— Et maintenant, tu tiens une piste.

Il se pencha en arrière, les doigts sous le menton.

— Une piste possible. Ça vient d'un contact sur le dark web, peut-être une femme, mais peut-être pas. J'ai fait des recherches pendant des années. C'est peut-être une piste, ou rien du tout. Il se peut aussi que ce soit un piège.

Il écarta les doigts, puis rencontra son regard.

— Voilà pourquoi, Emma, je ne suis pas intéressé par une partenaire qui ne soit que décorative. J'ai besoin de quelqu'un capable de se débrouiller si tout tourne mal.

— Et pourtant, dit-elle en s'adossant dans son siège avec un petit sourire, ça reste une île de débauche sexuelle.

— On s'en fiche, répondit-il avec son sourire le plus charmeur. Et puis, ça tombe bien, puisque je te plais.

Elle haussa un sourcil, mais ne dit rien, se contentant de faire tourner le whisky dans son verre. Enfin, elle le vida en une longue gorgée.

— Bon, déclara-t-elle. On dirait bien que tu as une partenaire.

CHAPITRE CINQ

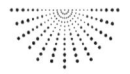

Je sais bien qu'il s'attend à ce qu'on s'envoie en l'air. Évidemment. Ne serait-ce que pour nous entraîner avant d'arriver sur l'île. Après tout, nous sommes tous les deux des professionnels. Et cela signifie que nous devons toujours être préparés, connaître les faiblesses et les atouts de l'autre.

En l'occurrence, cela implique entre autres que je me familiarise avec ses fesses. Et vu la manière dont son jean épouse son postérieur, cela ne devrait pas être une mission désagréable.

Malheureusement, il n'y aura pas de préparatifs ce soir. Pas de cet ordre, en tout cas. Je dois prendre mes propres dispositions. Et comme notre avion pour l'île part à onze heures demain matin, il ne me reste plus beaucoup d'heures de travail.

Je l'ai donc renvoyé chez lui. Si cela le rend aussi nerveux et insatisfait que moi... eh bien, c'est un grand garçon. Je suis sûr qu'il pourra s'en occuper tout seul.

Je regarde par la fenêtre, et dès que ses feux arrière disparaissent à l'angle de la rue, je retourne à la cuisine. Il y a un faux panneau sur le devant du lave-vaisselle, dont la combinaison est obtenue en appuyant sur les boutons de commande dans un ordre particulier. Je le fais tout de suite et la fausse façade se déverrouille. Je la tire vers le bas, révélant un verrou à combinaison standard sur la porte intérieure dérobée. Je saisis le code, tourne la poignée et ouvre la porte pour découvrir l'espace clos peu profond où se trouve l'une de mes pièces d'identité de rechange, avec passeport, cartes de crédit, permis de conduire du Nebraska, argent liquide et téléphone prépayé. Je ne suis jamais allée au Nebraska, mais ça m'a semblé être un bon choix à l'époque.

C'est le téléphone dont j'ai besoin. Je m'en empare, compose le numéro familier, puis raccroche au bout de trois sonneries.

Ensuite, j'attends avec impatience qu'il me rappelle.

Je décroche à la première sonnerie.

— J'ai besoin de te voir.

— Tu sais qu'on ne peut pas enfreindre le protocole. Si quelqu'un découvre qu'on se connaît d'avant...

— J'ai officiellement intégré ton agence ce matin. Puis j'ai démissionné. Mais je pense que je suis de retour maintenant. Honnêtement, je n'en ai pas la moindre idée.

Nous n'utilisons pas de noms au téléphone, mais il sait bien que l'agence en question est Stark Sécurité.

Après un long silence, il ronchonne :

— Je pars pour une courte mission, et tout ce que nous avions convenu tombe aux oubliettes, c'est ça ?

— Ça n'a rien à voir. Et notre ancien patron l'a approuvé, ajoutai-je, faisant référence au colonel Seagrave du SOC. Si on se rencontre soi-disant pour la première fois par l'intermédiaire de l'agence, toi et moi, alors tout sera plus facile.

Winston Noble, alias Winston Starr, a été l'une des premières recrues de Stark Sécurité grâce à son parcours exceptionnel en tant que shérif du Texas et d'autres compétences bien plus secrètes. Officiellement, Winston et moi, nous ne nous sommes croisés que depuis que ma sœur est entrée en contact approfondi avec l'agence. Mais une fois que je l'aurai intégrée à mon tour, nous pourrons nous appuyer sur ce passé et créer une nouvelle amitié qui masquera l'ancienne.

Parce que la vérité, c'est que l'agence ne sait pas tout à son sujet, contrairement à moi. D'ailleurs, nous en savons beaucoup l'un sur l'autre. Et cette connaissance nous lie. Après tout, les secrets, ça crée des liens. Et ils sont assortis de leurs propres responsabilités.

— Bien, dit-il. Bon plan. On se voit au bureau.

— Ce soir, insistai-je. S'il te plaît. Tu sais que je ne te le demanderais pas si ce n'était pas important, mais j'ai besoin de passer par quelqu'un, et ce quelqu'un ne peut pas être notre ancien patron. Tu es en ville ?

— Je suis rentré il y a une heure. J'avais prévu de faire de l'exercice et de me coucher.

— Il n'est même pas dix heures.

— Certains d'entre nous ne sont pas des vampires. Et puis, Leah et moi, nous devons rencontrer un informateur très tôt demain matin.

Leah est sa partenaire actuelle à l'agence.

— Tu te reposeras plus tard. Allez, mon vieux. J'ai besoin de parler.

— Bon, d'accord. Dans quarante-cinq minutes sur le site de dépôt. Si tu n'y es pas quand j'arrive, je rentre directement chez moi.

— J'y serai, assuré-je avant de raccrocher.

Ça me laisse à peine le temps de me changer et d'y aller, mais je vais me débrouiller.

J'enfile une jupe en cuir moulante, avec une fente à la hanche qui me permet de marcher tout en me donnant un côté follement sexy, puis un dos nu rose criard avec un nœud derrière mon cou, laissant visible la plupart de ma peau, mais offrant un soutien surprenant. J'attache mes cheveux et enfonce une perruque sur ma tête, une longue chevelure noire jusqu'aux omoplates.

Enfin, je mets des créoles à mes oreilles, des bracelets en plastique et une paire de chaussures à semelles compensées. Puis je prends mes clés, je vais à la voiture et je me dépêche de rejoindre le lieu de rendez-vous. Je me gare sur l'une des places de parking, à un pâté de maisons de là, et je me dirige vers le distributeur de journaux en panne qui doit dater d'avant ma naissance.

Aussitôt, je vois le pick-up Ford vintage de Winston tourner au coin de la rue. Il s'arrête, et je me penche à la vitre déjà ouverte.

— Tu veux baiser ? demandé-je en faisant claquer un chewing-gum aux fruits que j'ai fourré dans ma bouche rien que pour le fun.

— Allez, monte dans cette foutue voiture.

Je m'exécute et il s'éloigne.

— Je te jure que si quelqu'un que je connais me voit ramasser une pute...

— Comme si c'était la pire chose dont tu doives t'inquiéter.

Il se tourne vers moi et son visage avenant devient glacial.

Je lève la main en signe d'excuse.

— Désolée. Humour potache.

— Tu sais, Emma, tu es vraiment l'une des personnes que j'aime le plus au monde. Ce qui te prouve à quel point ma vie est merdique.

— Très drôle.

Nous roulons en silence sur quelques pâtés de maisons, puis nous nous arrêtons dans un coin sombre du parking de l'épicerie de Ralph. Je commence à lui dire que, s'il craint de se faire remarquer, conduire son Old Blue n'est peut-être pas la meilleure idée, mais sagement, je me ravise.

— Bon, c'est toi qui as demandé ce rendez-vous, dit-il en coupant le moteur. Vas-y, accouche.

— Voilà, j'ai besoin de conseils.

— À ce qu'il paraît.

— J'ai tué Cane.

Il se penche en arrière, les yeux écarquillés, à la fois surpris et admiratif.

— Je ne savais même pas que c'était en préparation.

— C'est arrivé vite. J'ai reçu des infos sur sa localisation. Tu étais parti, alors j'ai dû trouver d'autres moyens.

— Pas Eliza.

— Tu es fou ? Non.

Eliza ne participe jamais à mon travail. J'ai passé ma vie à l'en protéger, et la seule fois où elle s'en est approchée – quand j'étais en fuite et qu'elle a essayé de me trouver – Quincy et elle ont failli se faire tuer.

— Qui ?

— Quincy, avoué-je.

Il gémit.

— De l'eau a coulé sous les ponts, ajouté-je, et ce n'est pas le problème.

— Tu dois tout arranger, non ? Au cas où tu te ferais prendre. Et maintenant, tu veux que j'aille avec toi voir Seagrave et que je plaide ta cause pour un ordre d'assassinat rétroactif.

Je secoue la tête.

— Non. C'était autorisé. Cane blanchissait de l'argent pour un tas de gens que la communauté du renseignement garde à l'œil. En échange de ces infos, Seagrave m'a couverte. Je ne pense pas que les autorités locales puissent remonter jusqu'à moi ou jusqu'à Quincy. Même s'ils le font, il ne devrait rien nous arriver.

— Alors, pourquoi sommes-nous ici ?

— Le Serpent, dis-je. Je sais quelque chose sur lui.

— Le bras droit de Morgan ?

Winston se penche en arrière, aussi choqué et impressionné que je l'étais quand Antonio m'a raconté son histoire. Seulement, Winston n'a pas à cacher sa réaction comme je l'ai fait.

Je hoche la tête.

— Il s'avère qu'un dénommé Antonio Santos est aussi

à sa recherche. Et il m'a demandé d'être sa partenaire dans la mission.

— Comment est-ce arrivé ?

Je lui donne le récapitulatif, sans omettre le moindre détail.

Il secoue la tête, visiblement admiratif.

— Il n'y a que toi pour envoyer Damien Stark se faire foutre et mettre un bikini.

— Ce n'est pas exactement ce que j'ai dit.

Je grimace. Parce que, bien sûr, c'est plutôt approchant.

— Heureusement que cet Antonio a insisté. Sinon, tu n'aurais jamais su qui était sa cible ultime.

— Si tu veux me sermonner pour avoir perdu mon sang-froid et avoir déguerpi avant de connaître tous les faits, pas la peine, j'ai bien appris ma leçon.

— De quoi as-tu besoin ?

— Je te l'ai dit. Des conseils. Je vais y aller. Comme ça, je connaîtrai l'endroit où se trouve le Serpent grâce à l'informateur, en même temps qu'Antonio. Et dès que nous aurons quitté l'île, j'irai chercher ce fils de pute. Je croyais que Cane était le dernier. J'ai cru que le Serpent avait été tué en même temps que Morgan, ou du moins qu'il était parti si loin que je ne le retrouverais jamais. Apparemment, j'avais tort. Je veux que tu m'aides à convaincre Seagrave de m'autoriser à le descendre.

Winston secoue la tête.

— Tu ne peux pas le tuer, Em. Tu le sais bien. Cet homme sait trop de choses précieuses.

— C'est pour ça que j'ai besoin que tu m'aides à faire

valoir mes arguments. Ce type est trop dangereux. Il doit être éliminé.

— Ça n'arrivera pas, et tu le sais. C'est personnel pour toi et je le comprends. Mais le SOC va le vouloir vivant, comme tous les organismes secrets de la planète.

— Dans ce cas, ils ont tous un problème, parce qu'Antonio veut sa mort. Et il est le premier dans la course-poursuite.

— Ils vont exiger que tu leur donnes cette information quand il découvrira où se trouve le Serpent.

— Hors de question. Ce type a fait bien plus que travailler pour Morgan. Il s'est heurté à ma vie plus d'une fois, et il n'est pas vraiment sur ta liste de personnes préférées, à toi non plus. Je le veux mort, pas derrière les barreaux. Et certainement pas qu'il soit utilisé comme indic.

— Emma…

— *Non.*

J'ai pratiquement craché le mot, parce que tout ce qu'il dit est vrai, mais je n'en aime pas une seule syllabe.

— Si Antonio le tue, c'est un meurtre. Mais si je peux obtenir un ordre, alors non seulement je résous le problème d'Antonio, mais j'aurai la satisfaction de m'en débarrasser. Aide-moi à les convaincre que le Serpent est trop dangereux pour qu'on essaye de le contrôler. Il doit être mort.

— Ils n'accepteront pas. D'ailleurs, Antonio non plus. D'après ce que tu m'as dit, il voudra obtenir réparation, que le meurtre soit illégal ou pas.

— Merde.

Je commence à passer les doigts dans mes cheveux, mais je me rappelle que je porte une perruque et je m'arrête.

— Honnêtement, j'aimerais mieux ne rien savoir de tout ça.

— Pourtant, c'est le cas. Et l'une des conditions de ta sortie du SOC, c'était que tu rapportes tout ce qui était porté à ta connaissance en ce qui concerne une enquête en cours.

— Oui, oui. Bla, bla, bla. Je sais ce que j'ai accepté.

Je pousse un profond soupir. Winston suit les règles trop rigoureusement. C'est parfait pour son rôle de shérif, mais là, ça me gave.

— Ce n'est pas une enquête en cours, tenté-je un peu lamentablement. Le Serpent est une affaire classée, en ce qui concerne le SOC. Bien sûr, ils aimeraient mettre la main dessus, mais ils ne le recherchent pas activement. Comme moi, ils se sont dit que s'il était mort ou hors des radars, il ne referait jamais surface.

— Tu coupes les cheveux en quatre, observe Winston. Parle à Seagrave, mais laisse-moi en dehors de ça. Le pire qu'il puisse faire, c'est de dire non.

— S'il dit non, alors je devrai désobéir. Il ne vaut pas mieux demander pardon que la permission ?

—Bon sang, Emma, pourquoi suis-je ici si tu ne m'écoutes même pas ?

— Et si le Serpent me poursuit et que c'est de la légitime défense...

Mon esprit bouillonne de possibilités.

— Tu oublies quelque chose, dit-il.

Je me tourne vers lui, les sourcils levés dans une question silencieuse.

— Si tu poursuis dans cette voie, tout risque d'être déballé au grand jour. Toi. Moi. Texas. Tu te fiches peut-être de la prudence, mais pas moi. Le passé est enterré. Tu crois que je veux que Stark, Hunter et les autres me regardent différemment ?

Ma poitrine se resserre.

— Tu sais bien que non, mais pourquoi faut-il que ce soit si difficile ? Je ne suis plus une marionnette au bout d'un fil. Du moins, je ne suis pas censée l'être.

Il hausse les épaules.

— Certaines ficelles ne peuvent jamais être coupées. Tu le sais, Em. Ne joue pas la naïve, ajoute-t-il. Ça te va aussi mal que cet accoutrement.

CHAPITRE SIX

Pour Tony, il y avait un avantage à ce que Damien Stark lui soit redevable. Avant toute chose, les belles limousines.

Il ne s'y attendait pas. En fait, il avait l'intention de laisser simplement sa voiture à l'aéroport après avoir récupéré Emma. Mais lorsqu'il avait appelé Stark la veille au soir pour lui faire savoir que tout s'était arrangé avec Emma, l'homme lui avait proposé d'utiliser son chauffeur personnel et sa limousine pour se rendre à l'aéroport et en revenir. Ce n'était pas le genre d'offre que Tony était enclin à refuser.

Il était maintenant devant chez Emma. Même s'il avait eu l'intention d'aller frapper à sa porte, un peu comme si c'était un vrai rendez-vous amoureux, elle était sortie du bungalow et s'était déjà avancée sur le trottoir avant qu'Edward, le chauffeur, ou lui n'aient eu le temps de sortir de la limousine.

Elle était habillée comme si elle partait en vacances à la

plage. Elle portait des sandales de perles, une jupe courte en jean qui lui arrivait à mi-cuisses et un t-shirt qui révélait son ventre très tonique. Le t-shirt était décoré d'un dessin de cupcake qui disait : *Mange-moi*. Il sourit en se demandant si le message lui était destiné.

Ses cheveux étaient brun foncé, et même s'il préférait de loin le roux éclatant qu'il estimait être sa couleur naturelle, il ne pouvait pas lui reprocher d'avoir pris quelques mesures pour modifier son physique.

Elle portait un sac polochon, qu'Edward s'empressa de récupérer en ouvrant la portière de la limousine.

— Merci.

Elle se baissa en entrant, et Tony lui fit aussitôt de la place sur la banquette. Son expression était amusée et il s'efforça de rester impassible, comme si c'était si banal pour lui.

— L'un d'entre vous aimerait-il un mimosa ? s'enquit Edward.

— Pourquoi pas ? lança Emma. Il nous faudra des heures avant d'arriver au resort et j'ai l'intention de faire une sieste dans l'avion. On arrive en début de soirée, c'est ça ?

Il hocha la tête.

— Nous ferions mieux de nous reposer. J'ai le sentiment que c'est le genre d'endroit où la vie nocturne est trépidante.

En effet. Et en y réfléchissant, il devait admettre qu'un cocktail n'était pas une mauvaise idée.

Quelques instants plus tard, Edward leur avait versé

deux verres et avait déposé le pichet dans un réceptacle prévu à cet effet, dans la console derrière eux.

— C'est ton idée ? demanda Emma une fois qu'ils furent à nouveau seuls.

Il faillit lui dire que c'était le cas, mais il secoua la tête. Ce n'était pas vrai. Contrairement à la plupart de ses amis, Tony ne roulait pas sur l'or. La succession de son père, ou plus précisément, la succession que son père avait volée à sa mère, avait été déposée sur un fonds à sa mort, et non à Tony directement. Son oncle lui avait légué une petite maison à Los Angeles, mais elle était grevée d'une hypothèque avec une liste de réparations longue comme le bras.

Il avait gagné de l'argent pendant ses années chez Délivrance, mais il en avait dépensé la plus grande partie dans sa recherche du Serpent. Contrairement à ce que les films laissaient entendre, la vendetta ne rapportait pas grand-chose. Et depuis que Délivrance avait fermé ses portes, il finançait sa quête par de petites missions occasionnelles.

Avec un peu de chance, cette aventure touchait à sa fin.

— Laisse-moi deviner, dit-elle. La limousine était l'idée de Stark.

— Je crois que c'est un gage de paix pour toi.

— Ah oui ? C'est vrai que j'ai peut-être réagi de façon excessive, moi aussi.

Ses yeux brillaient de malice.

— Cela dit, je ne vais pas cracher dessus.

— Tu as bien raison. Autant voyager avec style.

— Exact.

Elle tendit son verre et il entrechoqua le sien. Puis elle

but une longue gorgée avant de bouger un peu pour se mettre à l'aise.

Il la regarda profiter du confort et s'installer plus agréablement contre le revêtement de cuir souple. Pourtant, au bout d'un moment, elle perdit son sourire en se tournant vers lui.

— Alors, tout va bien ? Tu ne te demandes pas où tu en es, je ne suis pas censée m'excuser, et tu n'es pas frustré par ton abstinence ?

La mine impassible, il tendit la main derrière lui pour appuyer sur le bouton permettant de relever la cloison qui les séparait du chauffeur.

— Tu veux bien m'expliquer de quoi tu parles ?

Elle jeta un coup d'œil vers l'avant, puis elle désigna l'écran de séparation.

— Tu sais très bien de quoi je parle. Tu t'attendais à baiser hier soir, et je t'ai renvoyé chez toi la queue entre les jambes.

Il sirota son mimosa en réfléchissant à sa réponse.

— Premièrement, je n'avais pas la queue entre les jambes. Deuxièmement, étant donné l'endroit où nous allons et le fait que nos rôles doivent avoir l'air crédibles, je ne pense pas que mon attente était déraisonnable. Et toi non plus, ajouta-t-il en désignant son t-shirt avec le message *Mange-moi*.

— Non, tu as raison. Je ne le pense pas. Franchement, je pense même qu'on se serait bien éclatés. C'est un petit plus pour la mission, pas vrai ? Au moins, on n'aura pas à jouer à la bataille pendant nos temps morts.

— Bataille de cartes ou au corps-à-corps ? répondit-il d'un air suggestif.

Comme il l'espérait, elle éclata de rire.

— Bon, eh bien, je suis désolée. Il m'est arrivé un truc hier soir et j'ai dû faire avec. C'est pour ça que je t'ai renvoyé.

— Tu n'as pas reçu de coup de fil, pourtant. Une urgence par texto ?

Il ne l'avait pas remarqué, mais il faut dire qu'il était détendu avec elle. Contre toute attente, il avait baissé sa garde. Curieux pour quelqu'un qu'il ne connaissait pas encore très bien. Il était possible qu'elle ait jeté un coup d'œil à son téléphone sans qu'il l'ait aperçu.

— Oui.

Peut-être était-ce de la paranoïa, toujours est-il qu'il avait l'étrange pressentiment qu'elle mentait.

— Alors, que s'est-il passé ?

Elle passa les doigts dans ses cheveux, les souleva, puis les laissa retomber autour de ses épaules. Cela n'aurait pas dû le frapper avec une telle force, mais ce mouvement était tellement sensuel.

— Crois-moi, tu ne veux pas que je t'embarque dans mes conneries, dit-elle.

— Si nous travaillons ensemble, je pense que c'est inévitable. Mais si tu préfères parler de politique ou de religion, libre à toi.

— Très drôle.

— Pas vraiment, mais c'est le mieux que je puisse trouver sur le moment.

— Bon, puisque tu es si déterminé...

Elle se déplaça sur la banquette jusqu'à mieux lui faire face, puis elle se pencha en arrière pour récupérer le cocktail qu'elle avait laissé dans un porte-gobelet.

— J'ai eu un désaccord avec un ancien partenaire, la nuit dernière. Des informations sont arrivées et il fallait que je m'en occupe. D'après lui, je ferais mieux de laisser tomber.

Elle termina son verre, puis tendit la main pour qu'il le remplisse à nouveau.

— C'est tout, conclut-elle. Excuse-moi de t'avoir mis dehors hier soir pour une raison aussi futile. Et désolée si ça me pèse aujourd'hui. Tu n'as pas signé pour travailler avec une amatrice trop émotive.

— Les informations sont liées à une affaire classée ?

— En quelque sorte.

— Et il était d'accord pour ne pas en tenir compte ?

Elle hocha la tête d'avant en arrière, fronçant légèrement les sourcils comme si elle méditait sur la question.

— Oui. C'est une bonne façon de le dire.

— Hmm.

Son front se plissa.

— Tu veux bien développer ? Qu'est-ce que ce *hmm* veut dire exactement ?

— Je suis étonné qu'on puisse laisser filer une affaire, qu'elle soit classée ou non. Dieu sait que moi, je n'en ai jamais été capable.

— C'est vrai.

Elle se pencha et posa la main sur sa cuisse en le regardant dans les yeux avec une sincère reconnaissance.

— C'est exactement ce que je voulais lui dire. Il estime

qu'il faudrait laisser ça derrière nous. Moi, au contraire, je ne veux pas lâcher le morceau.

— Je ne peux pas t'en vouloir.

Elle recula légèrement, mais sa main demeura sur sa cuisse. Il faisait chaud et il était très conscient du lien qui les unissait. Sa main. Ses yeux. Et quelque chose de plus. Quelque chose d'intangible.

Il avait l'impression qu'elle prenait une décision, mais quand elle reprit la parole, ce fut simplement pour dire :

— On se ressemble beaucoup. Toi, tu as toujours poursuivi le Serpent. Moi, j'ai travaillé sur cette affaire pendant ce qui m'a semblé durer toute ma vie.

— C'est personnel pour toi.

Ce n'était pas une question.

Elle acquiesça.

— Comme je l'ai dit, on se ressemble beaucoup.

Pendant un moment, elle resta immobile. Sa main était douce, ses yeux malicieux, et il laissa son esprit vagabonder sur toutes les choses que l'on pouvait explorer dans l'intimité d'une limousine. Des pensées sans culpabilité. Après tout, ils allaient bientôt réaliser certaines de ces choses sur l'île.

— Emma...

— Je suis ta petite amie ou ta pute ?

— Pardon ?

Elle le regardait toujours dans les yeux, penchée en avant. Il avait l'esprit si embrouillé qu'il ne comprit pas sa question.

— De quoi est-ce que tu parles ?

Elle se redressa, rompant le contact. Il prit aussitôt une inspiration et sentit l'oxygène revenir dans son cerveau.

— Sur l'île. Sommes-nous un couple qui a choisi Debauchery comme destination de vacances ? Ou es-tu un gars qui voulait s'éclater et qui a payé une fille pour le rejoindre ?

— C'est important ?

— Ça pourrait. Il faut au moins que notre histoire soit claire.

— Très bien. C'est toi qui décides.

Elle sourit.

— Vraiment ? Dans ce cas, tu me paies 5000$ par jour pour t'accompagner.

— C'est bien de savoir que j'ai autant d'argent. Pourquoi ne pas être ma petite amie dévouée ?

Il avait sa petite idée sur son raisonnement. La vérité, c'était que maintenant qu'elle avait soulevé la question, il se rangeait également de son avis. Il était tout de même curieux de savoir si leurs raisonnements étaient similaires.

— D'abord, on ne se connaît pas très bien. Si dans n'importe quel autre resort, on aurait pu jouer le jeu avec une histoire inventée de toutes pièces, tout risque vite de devenir très intime là-bas. Il vaut mieux se rapprocher au maximum de la vérité.

— La vérité étant que nous nous connaissons à peine.

— Exactement.

Elle termina son mimosa en deux longues gorgées, puis elle tendit la main pour qu'il lui remplisse à nouveau son verre. Il en profita pour se resservir, lui aussi. Il avait déjà la tête un peu légère. Après tout, il n'avait pas pris de petit-déjeuner ce matin-là, mais quelques heures de sommeil dans l'avion lui permettraient de se remettre sur pied.

— Continue.

— Même si ces endroits sont débridés, il est plus logique que tu t'envoies en l'air avec une autre femme si je ne suis pas ta petite amie. Et tu pourrais avoir à le faire avec The-Asst.

— C'est aussi ce que je pensais.

Pourtant, il ne l'espérait pas. Il ferait le nécessaire pour la mission, bien sûr, mais la seule femme avec qui il voulait vraiment profiter du resort, c'était Emma.

Il en prenait conscience seulement maintenant. En vérité, il n'aurait pas su dire à quand remontait la dernière fois où il avait été sérieusement attiré par une femme. Bien sûr, il en avait rencontré quelques-unes ici et là qui avaient fini dans son lit. Mais Emma était la première qu'il désirait activement, pour autre chose que du sexe ou par simple ennui. Non qu'elle ne soit pas excitante, évidemment, mais c'était surtout de la fascination. Elle avait attiré son attention dès qu'il l'avait vue avec Quincy sur le court de tennis. Et il avait craqué quand elle avait tenu tête à Damien Stark.

Il y avait quelque chose chez cette femme. Une vibration, un caractère particulier. Il avait envie de la toucher, de l'étreindre, de la posséder. Alors, oui, il la voulait dans son lit.

Il s'était laissé bercer par l'illusion qu'elle aussi avait envie de lui. Mais maintenant qu'elle évoquait la possibilité qu'il la quitte pour aller s'envoyer en l'air avec son contact, il se demandait s'il n'avait pas mal interprété ses sous-entendus.

— C'est ce que tu espères ?

Dès qu'il eut posé la question, il la regretta. Il avait l'air d'un adolescent en manque, et il ne pouvait le reprocher qu'à l'alcool et à sa libido.

— Quoi ? Que tu me laisses profiter des rayons du soleil dans une chaise longue pendant que tu iras lui soutirer tous ses secrets en la faisant grimper aux rideaux ? Non, Tony, ce n'est pas ce que je veux.

Il remarqua l'utilisation de son surnom, mais il ne la reprit pas sur ce point. Il aimait l'entendre dans sa bouche. Et sa réponse lui convenait.

— Tu es sûre ?

— Oui, répondit-elle avant de glisser de la banquette pour s'agenouiller devant lui, les mains sur ses genoux.

Il essaya de ne pas réagir, mais il était certain qu'elle pouvait voir la bosse dans son jean.

— Alors, qu'est-ce que tu veux ?

— Ce n'est pas la question.

Sa voix était basse et sensuelle alors qu'elle glissait ses mains jusqu'au milieu de ses cuisses.

— Tu es censé me demander s'il y a d'autres raisons pour que je veuille être ton escorte rémunérée au lieu de ta petite amie.

— Très bien. Y en a-t-il ?

Elle lui écarta les jambes, puis s'avança entre ses genoux. Là, elle se releva pour pouvoir se pencher en avant et lui chuchoter à l'oreille. En même temps, le bout des doigts de sa main droite lui effleura l'entrejambe. Il lui fallut un effort herculéen pour ne pas gémir.

— Il y a une autre raison, murmura-t-elle. C'est parce que si tu me payes, alors tu peux exiger tout ce que tu veux. Après tout, il faut jouer le jeu. Alors, utilise-moi comme bon te semble. Doux, brutal, violent, cru. À toi de décider. Tu as tout le contrôle.

Il déglutit.

— Vraiment ?

— Hmm-hmm.

— C'est comme ça que tu veux jouer ?

— Tout à fait.

Cette réponse le surprenait. D'après ce qu'il avait vu, il n'aurait pas deviné qu'Emma soit soumise. Mais encore une fois, que disait-on, déjà ? On ne connaît pas vraiment quelqu'un avant de l'avoir vu nu.

— Pourquoi ?

Elle se remit à genoux, son expression passant de la tentation sulfureuse à la concentration strictement professionnelle.

— Au-delà du simple fait que ça correspond à nos rôles ?

— Oui, à part ça.

Sa bouche s'incurva en un sourire énigmatique.

— J'ai mes raisons. Mais ne t'inquiète pas, je te promets que je peux le supporter. J'ai passé une grande partie de ma vie à jouer les prostituées. J'ai même gagné ma vie comme ça pendant un certain temps.

Il la dévisagea. Elle ne mentait pas, à l'évidence, et il ne pensait pas qu'elle faisait allusion à des missions d'infiltration.

— À moins que tu n'aies des objections ?

Elle se pencha en arrière et il se demanda ce qu'elle lisait sur son visage.

— Je peux être ton innocente petite amie, si tu préfères. Dans ce cas-là, tu m'emmènes sur l'île pour voir si j'ai un petit côté sauvage.

Il secoua la tête.

— Non. Non, c'est un bon plan. Le meilleur. Aucune objection.

Cette couverture était la plus logique. En même temps, il avait le sentiment que cette conversation ne concernait pas que le sexe. Que cela aurait un impact sur leur partenariat au cours de cette mission. Pourtant, il ne pouvait pas nier qu'avoir cette femme belle et forte au doigt et à l'œil était captivant. Et, comme elle l'avait dit, c'était logique pour leur mission.

— Non, répéta-t-il. Aucune objection.

CHAPITRE SEPT

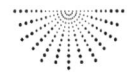

— Nous sommes enchantés que vous vous joigniez à nous pour un séjour de débauche au Debauchery !

La jolie hôtesse de l'air du vol affrété spécialement pour l'occasion, qui avait l'air aussi bon chic bon genre que la rédactrice en chef de l'album de l'année au lycée, ne correspondait pas du tout à ce que Tony imaginait. À l'avant de la cabine, elle prenait la parole alors qu'ils venaient d'atteindre l'altitude de croisière.

— Nous atterrirons sur l'île vers dix-huit heures, heure locale. Vous devriez avoir les clés de vos chambres à dix-neuf heures. Vous aurez ainsi tout le temps de vous reposer, de manger un morceau, puis de vous joindre à la soirée au bord de la piscine... ou tout simplement de vous amuser dans votre chambre. C'est là toute la beauté de la débauche : à vous d'élaborer votre propre plan plaisir comme vous le souhaitez. N'oubliez pas que votre hôtesse est toujours là pour vous aider dans tous vos besoins.

À côté de lui, Emma chuchota « plan plaisir » avec un clin d'œil. Il lui sourit en retour. C'était une vraie mission, une mission sérieuse, mais au moins une partie du séjour serait agréable.

L'hôtesse s'approcha d'un panneau latéral pour tamiser les lumières. Il n'était même pas encore midi, mais ils se dirigeaient vers un centre de villégiature érotique, avec des heures de vol devant eux. La sélection de films proposés était entièrement pornographique, allant du soft et sexy au hard-core. Un écran à l'avant de la cabine montrait des vidéos muettes du resort lui-même. Des couples et des groupes nus dans des bains chauds, des femmes peu vêtues, étendues sur des chaises longues, des couples qui entraient dans des cabines privées au bord de la piscine, et d'autres à l'extérieur, sur les transats doubles. Il y avait certaines scènes dans la boîte de nuit : danse, effleurements. Toutes les images étaient intimes, provocantes.

Tony savait grâce à la documentation du resort qu'il y avait aussi des espaces plus osés, destinés surtout aux habitués ou aux plus ambitieux. Les salles d'orgies et les oubliettes BDSM. Mais rien de tout cela ne figurait dans la vidéo promotionnelle. Tout était langoureux, sensuel et plein de chaleur tropicale, sans doute pour apaiser la tension des nouveaux arrivants à bord de l'avion et les mettre en condition pour se joindre à la fête dès l'atterrissage.

Il devait admettre que c'était efficace. Il était déjà un peu saoul, très dur, et il ne regrettait pas le moins du monde cette mission.

Il changea de position dans son siège, jetant un coup d'œil à Emma. Les fauteuils qu'ils occupaient étaient identiques à ceux de n'importe quelle compagnie aérienne, mais l'accoudoir entre eux était relevé par défaut, de sorte que c'était comme s'ils se trouvaient sur un petit canapé. Ils avaient atteint leur altitude de croisière depuis quinze minutes environ, et la tablette devant Emma était baissée, garnie de leurs deux verres. Il n'avait plus vraiment besoin de boire. Ils avaient terminé tout le pichet de mimosa proposé dans la limousine, et il avait déjà la tête qui tournait quand ils étaient montés à bord.

Pourtant, il n'avait pas refusé le champagne que l'hôtesse lui avait offert. À quoi bon ? Ce n'était pas comme s'il conduisait. Au contraire, il était assis dans un petit avion avec quinze autres couples, dont plusieurs avaient défait leur ceinture de sécurité et, d'après les bruits intimes qui montaient de l'arrière de la cabine, s'initiaient déjà au plaisir de s'envoyer en l'air.

Alors oui, un énième verre lui convenait très bien.

Son attention se porta sur les jambes nues d'Emma. La jupe était encore plus courte lorsqu'elle était assise, ce qu'il avait remarqué dans la limousine, tout à l'heure. Maintenant que des bruits sexuels s'élevaient autour d'eux, que les inhibitions diminuaient avec les lumières, il avait envie de la toucher. Non, ce n'était pas une envie. À ce moment-là, il avait le sentiment que c'était un *besoin*.

Il se dit que c'était l'alcool qui était à l'origine de son obsession. Ou alors, le besoin d'être assuré avec le corps de cette femme au moment où ils arriveraient au resort.

Ces deux excuses étaient vraies, mais la vérité n'était

pas entière non plus. Il y avait quelque chose de fascinant chez Emma. Quelque chose qu'il n'était pas prêt à examiner de trop près. Pas encore.

Sa peau, cependant...

Il se ferait un plaisir de l'examiner. Lorsqu'elle termina la brochure et ferma les yeux, il se pencha et passa légèrement le bout de son doigt sur sa peau, juste au niveau de l'ourlet de sa jupe. Il attendit qu'elle ouvre les yeux et le regarde, mais elle n'en fit rien. En souriant, elle décroisa les jambes, les écartant juste assez pour séparer ses cuisses.

Son corps se réchauffa et il leva la main plus haut, repoussant la jupe jusqu'à ce qu'il puisse voir l'entrejambe de sa culotte rose clair.

— Enlève-la, chuchota-t-il.

Ses yeux formèrent deux fentes lorsqu'ils s'ouvrirent.

— Si tu veux l'enlever, dit-elle, enlève-la toi-même.

Il arqua un sourcil.

— Me désobéir ? Aux tarifs que je paie, j'attends une obéissance totale.

Pendant un instant, elle se contenta de le regarder fixement, puis elle fit glisser très lentement sa lèvre inférieure entre ses dents.

— Bien sûr, monsieur, dit-elle, avec le genre de voix censée faire durcir un homme.

Ce fut efficace. Fait intéressant, il remarqua aussi la pression de ses tétons désormais tendus contre le t-shirt aux cupcakes.

Elle décolla les fesses de quelques centimètres du siège, puis libéra la jupe, dévoilant entièrement la minuscule culotte de soie. Son souffle se fit entendre et il sentit son propre cœur palpiter dans sa poitrine alors que ses yeux froids le dévisageaient avec une chaleur inhabituelle.

Puis, très lentement, elle remua ses hanches tout en baissant sa culotte, lui dévoilant sa peau claire et son sexe, lisse à l'exception d'une étroite piste d'atterrissage. Elle haussa un sourcil en lui tendant la culotte. La soie était chaude au contact de son corps et il la serra dans sa main, la portant à son nez pour humer le parfum de son excitation.

— Tu es excitée.

— Ne suis-je pas censée l'être ?

— Si, admit-il. La question est de savoir ce que je dois faire à ce sujet.

Elle tourna la tête, puis écarta les jambes.

— Je suis sûre que vous trouverez quelque chose, monsieur.

*Oh, putain de merde.* C'était peut-être lui qui était supposé dépenser son argent et mener la danse, mais Emma le baladait par le bout de la queue.

— Tu portes un soutien-gorge ?

Il voyait bien qu'elle n'en portait pas, mais il voulait l'entendre de sa bouche.

— Non.

— Ça se voit. Tes tétons sont durs. Je peux les deviner sous ton t-shirt. C'est ce que tu veux ? Que je te mange ?

Elle gémissait doucement.

— Je pense que ça me plairait.

— Sois sage et nous verrons.

Son doigt effleurait tout doucement la face interne de

sa cuisse, ne s'approchant jamais à moins de dix centimètres de son intimité. Il la contemplait dans la lumière d'ambiance, voyant son corps réagir, sachant qu'elle était de plus en plus humide, de plus en plus chaude.

Lentement, il avança son doigt le long du pli de son aine, tandis que son autre main caressait son propre sexe, bien à l'intérieur de son jean. Elle se mordit la lèvre, émettant le genre de gémissement auquel il ne s'attendait pas de la part d'une femme à l'expérience aussi *bad-ass* qu'Emma.

Le contraste entre la femme exceptionnelle et la femme soumise en manque lui donnait envie de s'enfoncer en elle, de la posséder. Ce serait si facile. Il suffisait de l'attirer sur ses genoux, de la regarder dans les yeux quand elle le chevaucherait.

Mon Dieu, c'était ce qu'il voulait. Mais pas encore, se dit-il. Pas encore.

D'abord, il voulait la faire fondre. Il voulait l'emmener au bord du précipice.

Il voulait qu'elle supplie, et pas seulement parce qu'il savait qu'en fin de compte, l'attente rendrait le plaisir d'autant plus intense pour elle, mais parce qu'il voulait avoir la satisfaction de savoir qu'il le pouvait. Elle s'était placée entre ses mains. Il mourait d'envie de lui faire clairement comprendre qu'elle avait pris la bonne décision.

— Passe les mains sous ton t-shirt, ordonna-t-il. Ferme les yeux et joue avec tes tétons.

— Tony...

— Ai-je dit que tu pouvais parler ?

Elle hésita, mais s'exécuta. Rejetant la tête en arrière,

elle fit disparaître ses mains sous le cupcake comique. Enfin, elle écarta les jambes plus largement sans qu'il ait besoin de le demander.

— C'est une très jolie vue, dit-il.

Puis il se suça le doigt, le mouillant avant de taquiner légèrement sa vulve, caressant d'abord ses lèvres, puis l'écoutant prendre une vive inspiration lorsqu'il atteignit le renflement charnu de son clitoris. Elle était gonflée et prête, et il lui fallut toute sa volonté pour ne pas envoyer voler ses projets les plus fous et la baiser sur place. Et pourquoi pas ? Tous les autres dans l'avion semblaient avoir moins de scrupules.

Sauf qu'il ne s'agissait pas de gratification instantanée. Il s'agissait de...

Honnêtement, il n'était pas sûr qu'il s'agisse d'autre chose que de plaisir. Son plaisir. Et le sien. Parce que la voir fondre lui procurait une satisfaction qu'il n'avait pas éprouvée depuis longtemps. Probablement parce qu'il ne s'était jamais autorisé à approcher de quelqu'un. Pour lui, le sexe n'était généralement rien d'autre qu'un moyen de se défouler après une dure journée.

En ce moment, il s'agissait d'elle, de ses sensations. Et honnêtement, sans autre raison que son propre désir. Chercher à se mettre à l'aise les uns avec les autres avant l'arrivée sur l'île n'était qu'une excuse. Une bonne excuse, mais c'était une couverture autant que leurs faux noms.

Non, c'était ce qu'il désirait. Et elle aussi, ce qui l'affectait d'une manière à la fois nouvelle et extrêmement satisfaisante.

À côté de lui, elle eut un faible gémissement pendant

qu'il posait une main sur son sexe avant de replier deux doigts qu'il enfonça en elle.

— Ne bouge pas, chuchota-t-il lorsqu'elle commença à se balancer contre sa main. Ce n'est qu'un avant-goût.

Il retira ses doigts pour pouvoir taquiner son clitoris tout en la regardant pincer ses tétons sous son haut, ses muscles tendus, sa bouche ouverte.

Il l'attisa de plus belle, l'entraînant au bord du gouffre, se délectant du pouvoir qu'il exerçait sur elle. Cette femme était incroyable, et pourtant elle fondait à son contact. Seigneur, il adorait ça, bien plus qu'il ne l'aurait cru.

Surtout, il aimait savoir que pour cette mission, la sienne, c'était lui le responsable. Pas seulement des opérations. Mais responsable d'elle.

À présent, elle haletait, de petits gémissements montant de sa gorge.

Il enfonça ses doigts en elle et sentit son sexe se resserrer autour de lui. Comme c'était le jeu, il se retira entièrement.

— C'est bien, dit-il. J'en ai vraiment pour mon argent.

Elle lâcha un gémissement de frustration, puis elle ouvrit les yeux alors qu'il prenait sa brochure et commençait à la feuilleter.

— On devrait étudier le plan du resort, dit-il d'une voix décontractée.

Elle déglutit, les mains encore sous son t-shirt.

— Baisse les mains, ordonna-t-il, voyant avec satisfaction la jeune femme obéir à contrecœur.

— Enfoiré, dit-elle sur un ton dénué de chaleur.

— C'est *Monsieur Enfoiré*, rectifia-t-il.

Elle tourna la tête et le regarda en ajustant sa jupe de sorte qu'elle était à nouveau décente, mais sans culotte.

— Je peux déjà dire que je vais apprécier notre mission. Mais je veux qu'une chose soit claire.

Elle se pencha, la main sur sa queue, pour lui chuchoter à l'oreille :

— Dans ce jeu, tu ne gagnes pas à moins de me faire jouir.

Il secoua la tête, la repoussant doucement pour se tourner délibérément vers la brochure.

— Au contraire, ma belle. Je gagne quand tu me supplies.

CHAPITRE HUIT

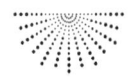

Avec mon boulot, j'ai vu beaucoup de choses dans le monde entier. Des endroits magnifiques comme Paris, Sydney et Moscou. Et des endroits dangereux et effrayants, comme des tunnels souterrains où des femmes esclaves contraintes de travailler en sous-vêtements fabriquent des paquets de drogue pour les cartels.

J'ai fait semblant d'être une strip-teaseuse pour faire tomber un type de la mafia qui avait la mauvaise habitude de tuer les jolies filles. Et j'ai travaillé sous couverture, sur une île des Seychelles, dans le cadre d'une opération de blanchiment d'argent.

En d'autres termes, il en faut pour me surprendre. Pourtant, je n'avais jamais mis les pieds dans une station balnéaire où l'on me remettait un paquet de sex-toys en guise de clé de chambre.

Il faut dire qu'à Debauchery, les jouets sont très haut de gamme. Il y a aussi de l'huile de bronzage, des serviettes souvenirs pour elle et lui, quelques jeux de cartes à thèmes sensuels, des en-cas, un rafraîchisseur d'haleine et des préservatifs.

Le paquet contient également des verres à vin en plastique avec le logo du resort, parfait pour le bord de la piscine. On nous a dit qu'il y avait des bars à bière, vin, sangria et boissons plus corsées, selon nos envies.

— Les repas sont servis dans votre chambre ou au restaurant, et il y a toujours des fruits frais et des fruits de mer réfrigérés au bord de la piscine.

Mindy, notre hôtesse personnelle nous sourit. Non seulement son prénom sexy lui va comme un gant, mais avec son attitude enjouée et son corps tout aussi frais, elle s'intègre parfaitement à cette station balnéaire de luxe nichée dans la verdure éclatante de l'île.

D'après ce qu'on nous a dit pendant la traversée en navette, l'île n'a jamais eu de population humaine indigène, mais je n'arrive pas à croire que Mindy l'Hôtesse ait un jour vécu ailleurs. Elle devait être comme Aphrodite, surgissant de la mer en haut de bikini et en paréo, sous lequel il est très clair qu'elle ne porte rien.

En accord avec le thème, je suppose.

Pour être honnête, je ne peux pas me plaindre. Selon Antonio, il n'a pas rendez-vous avant après-demain. Ce qui signifie que nous avons plus de vingt-quatre heures pour explorer cet endroit.

Dans le cadre d'une mission normale, je serais agacée par cette perte de temps. Mais là ?

La vérité, c'est que j'ai besoin de vacances. D'ailleurs, j'aurais bien besoin de sexe aussi. Ça fait un moment. Et je mentirais si je n'admettais pas, ne serait-ce qu'à moi-même, que l'idée de faire l'amour avec Tony est non seulement alléchante, mais prévue au menu. J'ai adoré cet avant-goût pendant le vol. La façon dont il a pris le contrôle, dont il m'a laissée avide de plus.

Pour l'instant, ce que je souhaite avant tout, c'est que Mindy termine son discours de bienvenue et la visite. Elle nous a déjà montré l'intérieur du bâtiment principal, l'entrée du sous-sol ainsi que la porte de la passerelle extérieure qui mène à la boîte de nuit, aux restaurants, au bar et au centre de remise en forme.

Toutes les chambres d'hôtes sont des bungalows, ce qui permet une plus grande intimité. Et un environnement plus calme. D'autant plus que c'est le genre d'endroit où l'on s'attend à des cris et des gémissements, et à des têtes de lit cognées contre les murs.

Nous nous dirigeons maintenant vers notre bungalow. Mindy nous guide à travers l'une des nombreuses zones de loisirs en plein air. L'endroit est vert et accueillant, avec des spas entourés de plantes hautes et basses, pour offrir un minimum ou un maximum d'intimité selon le niveau d'exhibitionnisme des vacanciers.

Alors que nous passons devant un spa entouré de plantes basses, Tony me prend la main. Quand je le regarde, il incline la tête pour indiquer la petite piscine fumante. Immédiatement, je sens mes tétons pointer. Là, une femme complètement nue se cambre en extase depuis son perchoir sur la margelle en pierre. Un homme, dans l'eau jusqu'à la taille, a la tête entre ses jambes tandis qu'un autre se penche sur le premier, ses mains occupées sous l'eau, caressant clairement le sexe de l'homme.

Tony relâche suffisamment sa prise sur ma main pour effleurer ma paume avec son doigt. Mes genoux faiblissent tant je suis impatiente de me retrouver seule avec lui.

— Il y a une piscine de style lagune de l'autre côté du bâtiment, nous explique Mindy. Et on peut danser sur la terrasse, le soir, si on préfère un environnement extérieur plutôt que la boîte de nuit. La boîte exige des vêtements, mais pas cette piscine. Et si vous préférez l'eau de l'océan, il y a un chemin à droite qui mène à la plage.

Elle fait une pause, sans doute pour que nous puissions hocher la tête et paraître intéressés, ce que nous faisons docilement. Puis elle retrouve son sourire et continue à parler tout en marchant.

— Pendant la journée, nous offrons une variété de cours, yoga, plongée sous-marine, voile... La nuit, nous allumons les torches sur le périmètre de la zone et tout est possible. Vous pouvez vous procurer des serviettes de plage auprès du service clientèle. Et, bien sûr, il y a toujours un membre du personnel à proximité pour vous apporter tout ce dont vous pourriez avoir besoin. Des préservatifs ou des cocktails, il suffit de demander.

Elle affiche un sourire en coin, comme si elle venait de prononcer le slogan de l'île. Pour ce que j'en sais, c'est peut-être le cas.

— Voyons voir, poursuit-elle en parcourant une liste dans sa tête. Si vous prenez ce chemin à droite, vous pouvez suivre la piste qui fait le tour de l'île. Veillez à ne pas dépasser la barrière. On ne voudrait pas vous perdre dans la jungle.

Nous rions à sa plaisanterie alors qu'elle désigne un chemin plus entretenu.

— Ce chemin mène à Suavité. C'est le secteur où se trouve votre bungalow. Un emplacement de choix. Très isolé.

Nous marchons quelques mètres de plus, passant devant une piscine dont l'entrée est en sable de style plage. Plusieurs femmes bronzent nues, et quand je regarde Tony, je constate qu'il l'a remarqué, lui aussi. Je ressens une légère gêne, mais je me dis que ce n'est pas de la jalousie.

— Est-ce que la plupart des vacanciers restent avec la personne qui les accompagne ? demande Tony.

Une fois de plus, je dois me faire la morale, parce que je sais bien qu'il pose la question afin de pouvoir retrouver plus facilement son contact.

— Oh, non. À Debauchery, chacun a la possibilité de faire la connaissance intime de tout autre invité consentant.

Je regarde Tony avec dans les yeux ce qui, je l'espère, ressemble à de l'envie. Il me tend la main et la serre, m'aidant à jouer le jeu.

— C'est la première fois que nous venons dans un resort de ce type, explique-t-il. Si on souhaite connaître quelqu'un, comment s'y prendre ? Y a-t-il des événements ? Des rencontres organisées ? Pour être honnête, nous sommes tous les deux plutôt timides. L'idée d'aller voir quelqu'un dans la piscine et de l'inviter à revenir dans notre bungalow nous fait un peu peur.

— J'espère que nous n'avons pas l'air de deux

amateurs, dis-je avant de tenter un gloussement de fille stupide.

Honnêtement, je ne suis pas sûre d'avoir réussi.

Nous n'essayons pas vraiment de sortir avec un autre couple. Ni avec qui que ce soit d'ailleurs. Nous cherchons plutôt le moyen le plus efficace de retrouver The-Asst, car apparemment, elle n'a pas jugé bon d'organiser une rencontre.

Après mon quasi-orgasme, Tony et moi avons passé plus d'une heure dans l'avion à discuter d'un plan pour localiser son contact.

— Tu n'as vraiment aucun protocole en place pour la retrouver ? ai-je demandé, après qu'il m'a donné un compte-rendu détaillé de la façon dont The-Asst l'a contacté sur un forum de discussion du dark web.

— Aucun.

— Pourquoi a-t-elle choisi Debauchery ?

— Aucune idée. Elle a fixé la date, puis elle a disparu.

Avec une grimace, il a ajouté :

— Ça se résume à ça.

— Aucune information solide et aucun plan clair pour retrouver ton contact, et pourtant tu es là. Tu sais que ça pourrait être un piège, n'est-ce pas ? C'est peut-être même un guet-apens qui n'a rien à voir avec ton passé lointain. Je suis sûr que tu t'es fait des ennemis en travaillant à Délivrance.

Il m'a regardée d'un air de dire *évidemment, qu'est-ce que tu crois ?*

— Tu penses vraiment que ça ne m'est pas venu à l'esprit ? Je t'ai dit que je n'avais pas besoin d'une potiche à mon bras. J'ai besoin d'une femme capable de se débrouiller. Avec un cerveau et des compétences.

Son sourire était si sincère qu'il m'a chamboulée, me picotant jusqu'aux orteils.

— C'est pour ça que je t'ai amenée.

— Eh bien, ça montre au moins quelques bons réflexes, ai-je répondu sèchement. Mais honnêtement, tu prends un sacré risque.

Nous étions tous les deux dans le même bateau, même si je me suis gardée de le préciser.

— C'est la première piste que j'ai depuis plus d'un an, a-t-il déclaré. Je ne peux pas ne pas la suivre.

J'ai hoché la tête, mais j'ai gardé le silence. Qu'y avait-il à dire ? Je comprenais très bien.

Et nous voici maintenant, au paradis, où nous allons bientôt découvrir si tout se déroule comme prévu ou s'il nous faut engager une lutte pour survivre. Les deux options sont possibles. Et c'est en partie pour cela qu'Antonio Santos me fascine tant. La façon dont il s'est lancé dans cette mission, en dépit de ses informations très limitées.

Ça m'est déjà arrivé, bien sûr, à moi aussi. Mais toujours dans le cadre d'une mission de grande ampleur, quand il y avait un tas d'autres faits auxquels me raccrocher comme à une bouée de sauvetage. Lui, il plonge tête baissée, et non seulement il n'y a pas de bouée, mais pour ce qu'il en sait, cette fichue piscine est peut-être vide. C'est très courageux. Et excitant, aussi.

— Il doit y avoir quelque chose que tu ne me dis pas,

ai-je insisté juste avant l'atterrissage. Quelque chose d'autre qui t'amène ici. Un autre point à l'ordre du jour.

Il a secoué la tête.

— Au contraire. Je t'en ai dit plus que je ne le dis à la plupart des gens.

Je l'ai dévisagé, répétant sa phrase dans mon esprit. Et alors que nous atterrissions, j'ai choisi de le croire.

Pour le coup, j'ai un peu culpabilisé de ne pas lui avoir fait part de mon intérêt pour le Serpent. Mais qu'est-ce que ça peut lui faire ? Il a tenu à ce que je vienne pour mes compétences. Il n'a jamais pris la peine de me demander si j'avais une idée derrière la tête.

— Kari ? demande-t-il.

Je suis tellement plongée dans mes souvenirs qu'il me faut une seconde pour reconnaître mon nom d'emprunt. Lui, il est resté lui-même, ce qui est logique puisqu'il rencontre un contact susceptible de le rechercher par son nom, mais moi, je suis un agent libre, et au cas où quelqu'un déciderait de me surveiller, nous avons tous les deux décidé que je devrais rester anonyme.

— Allô, la Terre à Kari.

Cette fois-ci, je sursaute, tirée de mes pensées alors qu'il fait un signe de tête à Mindy. Je lui adresse un petit sourire d'excuse.

— Vraiment désolée. J'ai vu un oiseau incroyablement bariolé et mon esprit s'est envolé avec lui.

Ce n'est qu'un petit mensonge. Un oiseau rouge est perché dans l'un des arbres sur ma gauche.

— Pourriez-vous répéter ?

— Je disais seulement que c'est à cela que nous

servons, dit-elle d'une voix chantante, sans avoir l'air le moins du monde agacée par ma distraction. Nous avons des jeux et des événements spécialement conçus pour vous aider à faire connaissance.

— Auriez-vous des services de rencontres ?

Tony me prend la main avec un sourire charmeur, puis il ajoute :

— Nous ne voulons pas perdre de temps à attendre de rencontrer le partenaire idéal.

— Je comprends tout à fait. Oui, nous serions ravis de vous aider à faire des rencontres plus traditionnelles. Y aurait-il quelqu'un de spécial ? Avez-vous remarqué une personne qui vous convenait alors que nous marchions ?

— Personne encore, dis-je. Mais bon, la plupart des gens ici sont des couples.

— Nous aimerions rencontrer une femme qui voyage seule, ajoute Tony. Auriez-vous quelqu'un en tête ?

— Claudia est notre seule célibataire en ce moment. Elle est ici depuis vendredi, mais elle est très bien installée avec un autre couple maintenant. Bien sûr, ça ne veut pas dire qu'une des autres femmes ne serait pas intéressée. Vous pourriez procéder à un échange, ou laisser son compagnon regarder...

— C'est vraiment une idée intéressante, dit Tony. Et qu'en est-il des prochains visiteurs ? Des femmes célibataires sont censées arriver dans les prochains jours ?

— Bonne question.

Nous sommes arrivés à notre bungalow et elle s'arrête devant la porte pour se concentrer sur sa tablette électronique.

— Il semble que nous ayons trois femmes célibataires qui arrivent demain. Thea, Amy et Tracy Ann.

— Eh bien, nous aimerions les rencontrer, lui dit Tony en fourrant un billet de cent dollars dans sa main alors qu'il récupère nos clés. Votre aide serait très appréciée.

— Bien sûr.

Elle désigne la porte.

— Je vous laisse explorer le bungalow à votre guise. Vos bagages y sont déjà. Et si vous avez besoin de quoi que ce soit, composez simplement le zéro.

Elle agite les doigts, puis s'éloigne sur le chemin.

Tony ouvre la porte et entre, prenant ma main pour m'attirer derrière lui. Je trébuche, déstabilisée par son empressement, puis j'étouffe un cri lorsque non seulement il claque la porte, mais m'y pousse brutalement.

Sa main se glisse entre mes jambes. Il a encore ma culotte, qu'il m'a retirée dans l'avion, et je fonds contre lui alors que ses doigts trouvent mon sexe nu. Ses lèvres se referment sur les miennes, et je m'ouvre, savourant la danse taquine de sa langue.

Il s'écarte enfin, ses dents tirant légèrement sur ma lèvre inférieure. Je suis pantelante, plus excitée que je ne le voudrais. Le saisissant par les fesses, je rapproche son corps du mien.

Ses lèvres effleurent mes joues en direction de mon oreille.

— La chambre est sûrement sur écoute. Audio et vidéo.

Je hoche la tête. L'idée m'avait aussi traversé l'esprit. Pour autant que je sache, Debauchery est un établissement prisé de grand luxe, parfaitement légal. Mais cela ne veut pas dire qu'ils n'enregistrent pas la clientèle pour faire du chantage à leurs invités. Ou qu'ils ne diffusent pas de porno amateur comme revenu d'appoint.

J'enfouis mes doigts dans ses cheveux et attire sa bouche vers la mienne.

— Je sais, murmuré-je. Ce n'est pas mon premier rodéo.

Ma main s'aventure vers son sexe, que j'empoigne à travers son jean.

Il gémit et prend possession de ma bouche dans un baiser qui, j'en suis certaine, va me laisser un bleu.

— Sais-tu combien j'ai envie de toi en ce moment ?

Sa voix est basse, juste à côté de mon oreille, destinée uniquement à moi.

— Combien j'ai envie de te baiser ?

— Je sais.

Ces mots émergent comme un gémissement d'envie, mais je ne m'en soucie même pas.

— Tu m'embrouilles, dit-il. Je suis content de t'avoir amenée, et en même temps, tu m'embrouilles.

— Moi aussi.

Je suis la première choquée par mon propre aveu. Non seulement c'est vrai, mais je l'ai dit à haute voix.

Cela ne signifie pas grand-chose. Ce n'est pas comme si je tendais mon annulaire en exigeant une bague en or. On s'entend bien, c'est tout. Et j'ai le sentiment qu'on va s'entendre encore beaucoup plus.

J'aimerais qu'il se dépêche. Mon corps est en feu, et je ne sais pas combien de temps encore je peux supporter les préliminaires avant de tomber à genoux pour le supplier. Je veux qu'il soit en moi, vigoureux et rapide, puis langoureux et sensuel. J'aimerais encore le sentir demain, avoir si mal que marcher me sera difficile.

Et comme je n'ai plus du tout envie d'attendre, c'est exactement ce que je lui dis.

— Viens avec moi, dit-il, en me prenant la main pour me conduire vers la salle de bains.

Il fait couler la douche, vérifie la température, puis se déshabille. Je ne fais rien, admirative du spectacle.

Un sourire lui vient.

— Tu attends que je te déshabille ?

— Peut-être, dis-je avant de déboutonner ma jupe.

Il n'y a pas grand-chose à faire pour me retrouver nue. Le t-shirt est facile à enlever, et comme je ne porte pas de soutien-gorge, il n'en faut pas plus. Ma culotte est toujours dans sa poche, si bien qu'il me suffit de quitter ma jupe pour me retrouver devant lui entièrement nue.

Il m'attire dans la douche à jets multiples, puis il m'empoigne les fesses et me plaque contre lui pour un autre baiser langoureux. Il est énergique et son sexe se presse contre mon ventre alors qu'il se penche pour chuchoter :

— S'ils nous filment, j'achète une copie.

Je ris, puis je lâche un cri quand il me retourne. Je pose mes mains contre les carreaux pour me stabiliser alors que les siennes se referment sur mes seins et que ses lèvres me taquinent le cou, sa barbe rêche contre ma peau. Son membre est rigide sur mes fesses, et je gémis lorsqu'il passe la main devant moi pour taquiner mon clitoris.

— S'il te plaît, supplié-je, sans trop savoir ce que je désire exactement. Touche-moi. Baise-moi.

— Bientôt, répond-il en me retournant à nouveau pour plaquer mon dos contre le carrelage.

Il me lèche lentement, embrasse mon corps alors que le jet de la douche nous réchauffe.

J'ai le souffle coupé lorsqu'il me suce le téton, ses doigts caressant mon clitoris au rythme de sa succion.

— Tony. Tu as gagné. Je t'en supplie. S'il te plaît, s'il te plaît, baise-moi maintenant.

Il marque une pause assez longue pour pencher la tête vers le haut, ses yeux si pleins de chaleur que je fonds encore plus.

— Fais-moi confiance, ma belle, dit-il. Tu n'as même pas encore commencé à supplier.

CHAPITRE NEUF

— Est-ce une promesse ou une menace ? demanda Emma.

Tony ne savait pas s'il voulait rire ou l'embrasser.

Il se contenta d'un baiser. Un petit effleurement rapide, léger, qui devint rapidement torride et débridé. Le genre de baiser qui l'emportait, durcissait sa queue et lui brûlait la peau.

Honnêtement, il ne se rappelait pas à quand remontait la dernière fois où il avait pris autant de plaisir pendant l'acte.

Il glissa ses mains le long de son corps savonneux, prenant ses seins sous ses paumes, puis il remonta à la rencontre de sa bouche avide. Il avait tenu à ce qu'elle participe à cette mission en raison des compétences acquises pendant ses années sous couverture dans le monde du renseignement, mais à présent, il découvrait un tout nouvel ensemble de compétences. Et il ne s'attendait pas à ce qu'elle excelle à un tel degré.

À vrai dire, cela faisait longtemps qu'il ne s'était pas senti aussi à l'aise avec une femme. Elle voulait qu'il la fasse supplier ? Eh bien, il allait se montrer à la hauteur.

Il retira le pommeau de douche de son support pour rincer leurs deux corps tout doucement. Puis il lui prit la main et l'entraîna hors de la douche, posant un doigt sur ses lèvres lorsqu'elle commença à l'interroger.

Les serviettes étaient sur un support chauffant et il l'enveloppa avant de se sécher. Puis il la conduisit hors de la chambre en direction du lit. Il avait remarqué les sangles en entrant. Ce n'était pas le genre traditionnel des lits d'hôtel, mais en même temps, ce n'était pas un établissement traditionnel.

— À plat ventre, dit-il. Les bras écartés.

Elle leva un sourcil, mais obtempéra. Il attendit un moment, profitant de la vue. La courbe de sa colonne vertébrale, les formes toniques de ses fesses, les deux fossettes au creux de ses reins. Ses jambes étaient longues, avec des muscles bien définis, et il imaginait s'enfoncer profondément en elle, ces jambes fermes enroulées autour de lui alors qu'il exploserait en elle.

*Bientôt...*

Pour le moment, il avait autre chose en tête.

Il se déplaça vers la tête de lit, puis sortit la première sangle. Elle avait une manchette rembourrée, qu'il lui attacha au poignet, la serrant suffisamment pour qu'elle ne puisse pas dégager sa main. Il répéta la manœuvre avec son poignet gauche. Elle tourna la tête pour le regarder, les yeux voilés par le désir.

Il soutint son regard en silence, puis s'assit sur le bord

du lit et fouilla dans le paquet offert à leur arrivée jusqu'à trouver un bandeau. Il lut la surprise sur son visage, mais elle ne protesta pas lorsqu'il couvrit ses beaux yeux. Quand il lui écarta les jambes et lui lia les chevilles, elle finit par prendre la parole en un murmure :

— Qu'est-ce que tu comptes faire ?

— Je pensais que je pouvais faire tout ce qu'il me plaît. N'est-ce pas pour ça que je te paie, pour t'avoir ici avec moi ?

Il ne pouvait pas la voir, mais il l'imaginait sourire.

— Tu veux fixer des limites ? insista-t-il alors qu'elle gardait le silence.

— Non.

Il crut entendre une hésitation dans sa voix.

— Je veux juste être préparée, dit-elle.

Il attacha la deuxième manchette autour de sa cheville et remonta sur le lit. Le matelas s'enfonça légèrement sous son poids et elle tourna la tête pour lui faire face, même s'il savait qu'elle ne pouvait pas le voir.

Il lui tendit la main et caressa ses cheveux humides.

— Je ne suis pas un adepte de BDSM, si c'est ce que tu te demandes. Pas besoin de te préparer à un fouet ni même à une fessée.

Il se pencha en avant, taquinant la courbe de son oreille avec sa langue.

— J'espère que ce n'est pas décevant. J'ignore ce que tu espérais, mais je te promets que tu apprécieras ce que j'ai prévu. Crois-moi, tu me supplieras.

Il se leva et s'approcha de son visage jusqu'à se trouver juste à côté. Il s'assit près de son oreiller, puis tendit la main pour lui caresser la joue. Elle émit un doux bruit dont il sentit la puissance le traverser. Il savait qu'il pouvait lui procurer du plaisir à partir d'une chose apparemment aussi infime qu'un frôlement de sa peau.

— As-tu seulement idée de ta beauté ? Ta peau brille à la lumière. Tu le savais ?

Il s'attendait à ce qu'elle paraisse timide, rejetant le compliment comme l'auraient fait tant de femmes. Au lieu de ça, elle lui murmura :

— C'est toi qui me fais me sentir belle.

Le pouvoir qu'elle lui accordait par ces mots le transperça, faisant bouillir son sang encore plus que le baiser le plus intense n'aurait pu le faire.

Il ne dit rien, mais il était convaincu qu'elle pouvait sentir son plaisir rayonner à travers ses gestes. Sa douce caresse sur la courbe de son oreille, la chaleur de sa paume qu'il posait sur sa joue, la pression légère du bout de son doigt sur sa bouche, l'invitant silencieusement à écarter les lèvres. Il y glissa un doigt, puis manqua défaillir lorsqu'elle le suça, l'aspirant avec une telle pression qu'on eût dit qu'elle avait créé une connexion directe de son index jusqu'à sa queue.

Il ferma les paupières, se perdant un instant dans cette sensation de désir intense qui enflamma tous les atomes de son corps. Lorsqu'il retira son doigt et qu'elle gémit en signe de protestation, il se sentit à nouveau taraudé par le besoin éperdu qui grandissait en lui, brûlant et exigeant.

Il la désirait sans nul doute, mais il était sincère. Il s'agissait entièrement d'elle. Plus que ça, il s'agissait de la faire supplier.

Avec une grande douceur, il écarta ses cheveux sur le côté, révélant la courbe délicate de son cou. Elle était forte, il le savait, mais nue et attachée comme ça, elle était vulnérable. Même sa structure osseuse semblait frêle. Elle était entièrement à sa merci, et il n'y avait probablement personne au monde qui comprenne mieux que lui ce que cela signifiait.

Cette certitude le rendait humble et encore plus fou de désir. Il voulait l'emmener au bord du gouffre et la laisser vaciller jusqu'à ce qu'elle crie son nom et qu'il la délivre enfin. Il se rendait compte qu'il voulait ce contrôle. Non pas parce qu'il cherchait à prouver qu'il était plus fort, mais parce qu'il savait qu'elle *était* forte, justement, et qu'elle se donnait à lui de son plein gré.

Par-dessus tout, il voulait y aller lentement et faire monter le plaisir d'Emma à partir d'une infime dose, jusqu'à ce qu'il devienne si puissant qu'elle n'ait d'autre choix que de se rendre à son emprise.

Avec une infinie lenteur, il fit courir le bout de son doigt depuis sa nuque jusqu'à sa colonne vertébrale nue. Elle avait un dos somptueux. Sa peau était lisse, sa colonne droite et l'inclinaison de sa taille sensuelle, avant de remonter vers ses fesses.

Il voulait faire glisser ses mains sur cette peau douce et rayonnante, au lieu de se contenter de l'attiser du bout des doigts. Il céda à cette envie en atteignant les deux fossettes de ses reins. C'était un fantasme pour lui, il devait bien l'admettre. Il avait vu un James Bond quand il était enfant – il ne savait plus lequel, maintenant –, mais la James Bond Girl portait un bikini et ces deux fossettes avaient alimenté ses rêves pendant des semaines.

Il devait absolument les goûter. Il se pencha et passa doucement ses lèvres et sa langue sur les deux petits creux. Elle se trémoussa délicieusement pendant qu'il se délectait de sa peau.

Jusqu'à présent, il était sur le côté du lit, mais il se déplaça vers le pied. Là, bien calé sur le matelas, il fit glisser ses mains le long de ses cuisses jusqu'à ce que ses pouces atteignent son entrejambe. Elle était si mouillée qu'elle émit un gémissement de plaisir et que ses hanches ondulèrent sous sa main. Mais elle ne suppliait pas. Pas encore.

Naturellement, il était loin d'en avoir fini avec elle.

Très lentement, il effleura sa vulve de son pouce, excité par sa moiteur et résistant à l'envie d'enfoncer ses doigts profondément en elle. Il rêvait de la prendre par-derrière en cet instant. Mais il ne s'agissait pas d'une baise rapide et brutale. Il voulait qu'elle ressente, la pousser jusqu'à un point de rupture sensuelle, puis contempler son visage lorsqu'elle perdrait finalement tout contrôle et se liquéfierait dans ses bras.

Ainsi, au lieu de la remplir comme il savait qu'elle le voulait, il se contenta d'enfoncer le bout de son pouce en elle. Juste assez pour attiser le bord sensible de son vagin, assez pour qu'elle se trémousse et gémisse.

Mais elle ne le suppliait toujours pas.

Elle ne le ferait pas, il le savait. Elle résisterait aussi longtemps que possible, et la récompense en serait d'autant plus douce.

Il continua sa torture sensuelle, passant le bout de son doigt enduit de fluides entre ses cuisses, glissant d'avant en arrière. Son corps était en feu, et il se disait qu'il pourrait passer des journées à regarder ses fesses se trémousser et à l'entendre gémir.

Pour autant, elle ne le suppliait pas.

Elle était si détrempée que le drap était humide. Il mourait d'envie de s'enfoncer en elle, mais pas encore. Il aurait cette satisfaction bien assez tôt. Pour le moment, il s'agissait de la préparer. Alors qu'il remontait lentement de son sexe jusqu'à la douce fleur de ses fesses, il avait bien conscience de l'emmener de plus en plus près du septième ciel.

— Tony, murmura-t-elle alors qu'il enfonçait délicatement son pouce mouillé entre ses fesses.

— Ça te plaît ? Tu en as envie ou tu veux que j'arrête ?

— Non, c'est bon. J'aime ça. Je ne te supplie pas, que ce soit parfaitement clair ! Mais j'aime ce que tu me fais.

Il ne pouvait pas voir son visage, mais il entendait son sourire. Il percevait aussi l'envie dans sa voix, et il se sentit durcir. Il en voulait plus, aussi. Il voulait être au plus profond de son corps. Il lui avait dit qu'il la ferait supplier, cependant, et il n'avait pas l'intention de renoncer. Même si c'était son plan à elle... tenir si longtemps que ce serait lui qui craquerait.

— Sournoise, murmura-t-il. Voilà ce que tu es.

Elle rit et il sut qu'il avait réussi.

— Rien n'a changé, ma belle. Je vais te faire supplier.

Il maintint le bout de ses doigts entre ses cuisses. Juste assez pour l'attiser pendant qu'il glissait le reste de son corps le long de sa jambe. Ses lèvres frottaient sa peau douce à mesure qu'il progressait sur son corps. Elle était grande ouverte grâce aux sangles et il avait une belle marge de manœuvre. Alors qu'il l'embrassait lentement et la caressait pour faire monter son plaisir, elle commença à se tortiller. Ses jambes s'agitaient près de son visage, son corps transi sous ses attentions. Jusqu'à ce qu'enfin, très lentement, il atteigne à nouveau son sexe mouillé.

Il retira ses doigts, les remplaçant par sa langue. Il la savoura, se délectant de son goût, de sa douceur. Il n'en avait jamais assez et il sentait sa queue plus rigide que jamais, impatiente de goûter à son propre paradis.

Passant les doigts entre sa vulve et le matelas, il trouva son clitoris engorgé et le caressa pour la rendre folle de désir. Mais il voulait voir son visage. Il allait devoir l'autoriser à se retourner.

D'un côté, il voulait la garder comme ça, sur le ventre et les yeux bandés. Mais de l'autre, c'était une punition pour lui. Il avait envie de la regarder dans les yeux, de voir la passion qui s'y développait.

Sa décision prise, il redescendit sur son corps, et lentement, très lentement, il détacha les sangles qui maintenaient ses chevilles.

— Tu abandonnes si tôt ?

Il ricana.

— Tu voudrais ?

— Jamais, répondit-elle. Je veux que tu continues et que tu n'arrêtes pas, parce que je ne supplierai jamais.

— Si, tu le feras. Tu sais comment je le sais ?

— Comment ?

Sa voix était haletante et il savait qu'elle voulait qu'il la touche à nouveau.

— Parce que je te connais.

— Tu crois ? s'esclaffa-t-elle. Si tôt ?

— Oui.

Il en était certain. Il l'avait su au moment où il l'avait vue sur le court de tennis. Il connaissait cette femme. Mais il avait bien l'intention de mieux la connaître.

Pour l'heure, il voulait être en elle.

Il remonta le long de son corps, puis desserra les sangles de ses poignets afin qu'elle puisse se retourner. Aussitôt, il les rattacha. Son corps formait un X sur le lit, les bras au-dessus de sa tête. En même temps, il lui enleva son bandeau, car il ne pensait pas pouvoir rester un instant de plus sans voir ses yeux, son expression.

— Tu vas encore m'attacher les chevilles ?

— Non. Je veux sentir tes jambes s'enrouler autour de moi quand je te baiserai. Mais je n'ai pas l'intention de faire ça avant...

— Avant que je supplie ? Prépare-toi pour l'abstinence, alors, dit-elle avec espièglerie.

— C'est un petit prix à payer.

Il descendit du lit et regarda dans le sac que le resort lui avait fourni. Il n'avait pas fait très attention quand Mindy le lui avait remis, mais il pensait bien avoir vu... voilà, c'était là. Une petite bouteille d'huile de massage érotique, du genre qui chauffe quand on la frotte contre la peau.

Il la sortit en prenant aussi un préservatif. Il avait clairement l'intention de s'en servir. Après quoi, il remonta sur le lit entre ses jambes encore écartées. Il enduisit ses paumes d'huile, puis il remonta lentement le long de ses cuisses, effleurant doucement son sexe avant de se couler sur son ventre, puis de plus en plus haut jusqu'à ses seins.

Elle se cambra lorsqu'il entreprit de les masser, prêtant particulièrement attention à ses tétons, sachant que l'huile chauffée à cet endroit sensible la rendrait folle. Puis il concentra sa main sur un sein tandis qu'il refermait la bouche sur l'autre, goûtant et suçant, sa langue taquinant son mamelon alors qu'elle se tordait sous son corps. Quand il en eut assez – en aurait-il jamais *vraiment* assez ? – il quitta le lit pour se déshabiller.

Aussitôt, il revint sur son corps afin de prendre possession de sa bouche. Son sexe était niché entre ses cuisses, comme pour l'attiser, et elle se trémoussa, cherchant à l'allumer. Il se déplaça, changeant de position sur le lit pour réduire la friction qu'elle ressentait.

Comme il s'y attendait, elle gémit avec déception.

— Tu sais comment me faire revenir, dit-il d'un air taquin.

— Ce n'est pas juste.

— Je suis presque sûr que tout est permis au lit. Y a-t-il quelque chose en particulier que tu désires ? demanda-t-il innocemment.

Elle ondula des hanches, son corps se cambra et ses cuisses se serrèrent de part et d'autre de son bassin. Il planta un autre baiser avide sur sa bouche, puis s'écarta en lui suçant la lèvre inférieure avant d'embrasser son corps jusqu'à son clitoris. Il lécha et suçota ainsi jusqu'à ce qu'elle se colle contre lui, ses jambes autour de sa tête.

Lorsqu'il cessa de l'attiser avec sa bouche, elle se mit à se tordre comme pour quémander en silence. Oh oui, et elle gémissait.

— C'est bon, lui dit-il. Tu sais que si tu perds, nous gagnons tous les deux.

— Enfoiré.

Il éclata de rire, puis il souffla tout doucement un mince filet d'air sur son sexe.

— Va te faire foutre. *S'il te plaît.*

— Tu me supplies ?

— Merde, Tony.

— Tu m'as déjà appelé comme ça dans l'avion. Je voulais te dire à ce moment-là que seuls mes amis les plus proches m'appellent Tony.

— Oh.

Il baissa la voix, prenant une intonation sensuelle.

— J'aime beaucoup l'entendre sur tes lèvres.

Pendant un moment, elle ne dit rien, puis :

— S'il te plaît. Tony, s'il te plaît, s'il te plaît. Baise-moi !

— Ma belle, répondit-il alors, ce sera avec un très grand plaisir.

Il revint contre elle, leurs corps à présent enduits d'huile de massage. Son sexe était entre ses cuisses et il était sur le point de perdre la tête, fou de désir. En même temps, il voulait la propulser vers les sommets, augmenter son plaisir, mais il ne pouvait pas attendre. Elle le privait de son contrôle. Bientôt, il fut enfoui en elle.

Ses hanches étaient arquées et ses jambes le serraient comme un étau, comme si elle pouvait l'accueillir au plus profond, suffisamment pour qu'ils ne fassent plus qu'un. Il commença à aller et venir en elle. Un moment plus tard, il sentit que son corps se contractait autour du sien, en proie à une frénésie de plaisir, tandis qu'elle se débattait dans ses liens et criait son nom jusqu'à perdre *enfin* toute retenue et se laisser aller, son sexe saisi de spasmes lui arrachant en même temps un orgasme ravageur.

Enfin, il s'étendit à côté d'elle, le souffle court, incapable de se rappeler la dernière fois qu'il s'était senti aussi comblé.

— Détache-moi, murmura-t-elle.

Sans qu'il comprenne comment, ses doigts et son cerveau coopérèrent. Elle se tourna vers lui et se blottit, les yeux fermés, tout en faisant courir ses doigts sur son torse.

— En ce moment, le monde est parfait si tu veux tout savoir.

Il partit d'un petit rire et déposa un baiser sur le sommet de sa tête.

— Je suis flattée.

Elle s'avança en inclinant la tête pour le regarder dans les yeux.

— J'admire les hommes qui sont à la hauteur de leurs promesses. Tu m'as vraiment fait supplier.

— Et toi, tu me laisses faire ce que je veux, rétorqua-t-il.

Elle n'avait pas vraiment eu le choix, puisqu'elle était attachée, mais il savait aussi qu'elle avait apprécié.

— Il y a autre chose que j'aimerais que tu fasses, lui dit-il.

Ses sourcils remontèrent avec intérêt sur son front.

— Déjà ?

Il rit avant de préciser :

— J'aimerais connaître tes raisons.

Elle sembla perplexe un moment avant que ses traits ne deviennent indéchiffrables.

— Mes raisons ? demanda-t-elle, même s'il était certain qu'elle comprenait.

— De vouloir jouer la soumise, chuchota-t-il en se penchant à son oreille. La femme que je paie pour faire ce que je veux. Dans la limousine, tu as dit que tu avais tes raisons, au-delà de la cohérence pour la mission.

Elle s'écarta, et pendant un moment, il crut qu'elle ne répondrait pas. Puis elle haussa l'épaule comme si tout cela n'était que de la frivolité.

— On ne sait jamais vraiment comment est un homme tant qu'il n'a pas le contrôle total.

Elle darda sur lui un regard provocateur.

— C'est là qu'il montre son vrai visage.

Il hésita, puis demanda :

— Qui t'a fait du mal ?

Elle déglutit et le repoussa de sorte qu'il fut à nouveau allongé sur le dos. Là, elle le chevaucha, ses fesses réveillant son sexe par ses mouvements d'ondulation. Lentement, elle se pencha en avant comme pour l'embrasser, mais elle porta ses lèvres à son oreille et dit :

— Je vais travailler avec toi, murmura-t-elle. Je vais t'aider. On va même baiser. Mais je ne vais pas m'allonger sur le divan d'un putain de psy avec toi. Si tu veux me parler de tes problèmes, très bien. Je t'écouterai. Mais ne t'attends pas à ce que je partage les miens. Je ne veux pas, et je n'ai pas besoin de le faire. Compris ?

Il lui palpa les fesses, ses courbes s'adaptant parfaitement à ses paumes. Puis il tourna la tête vers elle et chuchota :

— Compris.

D'un geste léger, il la fit descendre et alla mettre de la musique. Il avait branché son téléphone pour le charger, et maintenant il le connecta au système de son du bungalow pour lancer une playlist de Nina Simone.

— C'est bien, dit-elle alors qu'il augmentait le volume assez fort pour étouffer leurs murmures.

— J'ai apprécié que tu sois attachée, murmura-t-il. À ma merci. J'ai aimé, parce que je sais que ça renforce ce que tu ressens, comment ce plaisir coule à travers toi. C'est pour ça que certaines personnes font dans le BDSM, reprit-il sans qu'elle le lui demande. Je comprends cela. Mais j'ai eu assez de douleur quand j'étais enfant. Certaines personnes avec le même passé que moi en auraient fait leur force, ils auraient tiré leur épingle du jeu. Ils auraient trouvé du plaisir et de la liberté dans ce style de vie ou même dans un jeu léger.

Il déglutit en se remémorant les coups qu'il avait subis de son père. Il se rappelait avoir surpris son père par inadvertance alors qu'il était avec une femme qu'il avait attachée à un mur, le dos ensanglanté par un fouet. Et il se rappelait aussi la fois où ce n'était pas un hasard, la fois où son père avait fait en sorte que Tony, âgé de huit ans, reste là à regarder.

— Ce n'est pas moi, dit-il simplement alors qu'elle détournait son visage de lui.

Elle demeura ainsi si longtemps qu'il crut presque qu'elle s'était endormie. Puis elle lui dit, si bas qu'il pouvait à peine l'entendre par-dessus la musique :

— Je pense que nous avons eu des enfances similaires.

Il ne dit rien pendant un moment, se contentant de lui caresser le bras. Puis il demanda :

— Qu'est-ce que tu voulais dire quand tu m'as raconté que tu avais gagné ta vie comme prostituée ?

Elle se retourna, ses yeux soudain enflammés.

— Ce n'était pas clair ? Non, je ne vais pas développer. On ne va pas échanger nos histoires de vie. C'était du cul, toi et moi. Génial, d'accord, mais ce n'est pas parce que j'ai écarté les jambes que je vais partager mon histoire. Compris ?

— Compris, dit-il.

Cela ne signifiait pas qu'il allait renoncer à en apprendre davantage plus tard.

## CHAPITRE DIX

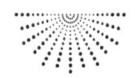

Mindy a les yeux brillants et enjoués quand nous la retrouvons le lendemain matin. Comme je n'ai pris qu'une seule tasse de café, je ne suis pas encore très joviale. De toute façon, je suis très rarement joviale.

Nous faisons une pause pour bavarder, et Tony demande si les trois célibataires sont déjà arrivées. Mindy doit croire qu'un plan à trois est notre obsession, mais après tout, c'est le but du resort et elle se fait un plaisir de nous aider.

— Oui, Tracy Ann est dans sa chambre. Apparemment, le vol a été chaotique et elle fait une sieste pour éviter les nausées.

— Oh, c'est dommage, dis-je.

Comme nous n'avons absolument rien à propos de ces femmes, Tony et moi avons fait toutes sortes de suppositions. Et comme les initiales de Tracy Ann sont les mêmes que celles de The-Asst, elle est arrivée en tête de notre liste de personnes à rencontrer en premier.

— Si vous souhaitez faire la connaissance d'Amy, poursuit Mindy avec un geste, je sais qu'elle est au bord de la piscine sud. Il y a un groupe qui se prépare à jouer à notre fameux jeu *Dessert Delight*. Vous devriez vous joindre à eux. C'est l'un de nos jeux les plus populaires pour apprendre à se connaître.

Je regarde Tony, qui me renvoie mon regard.

— Et Thea ? demande-t-il à Mindy. Elle est déjà là ?

— Elle doit arriver par la navette du soir, nous dit-elle. Je pense que vous la trouverez au night-club. Presque tous les premiers arrivants s'y rendent.

Son regard alterne entre nous et je ne peux m'empêcher de sentir un certain reproche. Tony et moi sommes arrivés le soir, mais nous avons renoncé à la boîte de nuit.

— Nous nous sommes amusés tous les deux, hier soir.

Je croise ses yeux et je sens un élancement brûlant de mes orteils jusqu'à mes seins. Je m'éclaircis la gorge en essayant de me remémorer ce dont nous parlions.

— Le bungalow est génial, dit Tony, volant à mon secours. Parfaitement conçu pour le plaisir.

Elle rayonne, comme si elle avait personnellement choisi l'huile de massage et les sangles de bondage.

— Pouvez-vous nous indiquer la piscine sud ? demandé-je en essayant de revenir au sujet principal. Nous y allons pour rencontrer Amy.

— Je suis sûre que vous allez adorer le jeu des desserts, répond Mindy.

Alors qu'elle commence à s'éloigner, s'attendant à ce que nous la suivions, je croise à nouveau les yeux de Tony. Cette fois, je souffle :

— *Dessert Delight* ?

Il hausse les épaules, mais il a l'air aussi amusé que moi.

Nous suivons Mindy le long de la passerelle sinueuse qui mène à la piscine sud. Même si Tracy Ann est notre meilleure hypothèse pour le contact de Tony, cela pourrait vraiment être n'importe qui. Je croise mentalement les doigts pour qu'Amy reconnaisse les indices que Tony a l'intention de semer.

Comme The-Asst n'avait pas établi de protocole lors de son échange avec Tony, nous avons élaboré un plan hier soir afin de glisser les infos dans les conversations. Par exemple, nous avons l'intention de mentionner le mot *serpent*.

Bien sûr, il y a des points bonus si nous parvenons à évoquer les forums de discussion ou le dark web lors d'une conversation avec elle.

Il faut espérer qu'Amy mordra à l'hameçon et prouvera son identité. Car plus vite nous pourrons nous atteler à la tâche et obtenir des informations sur le Serpent, mieux ce sera.

La piscine au bord de laquelle nous arrivons est en forme de haricot, avec un jacuzzi à une extrémité et un plongeoir de l'autre. Elle est entourée d'une vaste terrasse en dalles de pierre où sont disposées plusieurs chaises longues avec des coussins rembourrés. Au-delà, des rangées de cabines bordent de larges transats à l'aspect confortable. Chaque cabine est équipée de rideaux susceptibles d'être ouverts ou fermés pour plus d'intimité.

Du côté océan de la piscine, la terrasse est recouverte de tapis et de serviettes. Il y a cinq personnes debout tout autour, en maillots de bain microscopiques. Je suppose que l'une d'entre elles est Amy.

Ailleurs, les gens se baignent ou prennent le soleil entièrement nus. On entend des bruits de sexe dans quelques cabines fermées. D'autres sont ouvertes, et là, ce sont à la fois des bruits et des images. Des couples, des trios, et même un groupe de quatre. Je ne sais pas si ces gens sont juste des exhibitionnistes ou si les rideaux ouverts sont une invitation à se joindre à eux. Quoi qu'il en soit, je ne suis pas du tout intéressée.

Étant donné que j'ai toujours adoré le sexe, tant que c'était consenti, mon manque total d'intérêt est un peu étrange.

Cela pourrait s'expliquer par ma concentration professionnelle, mais quand on pense au cadre de la mission, cette excuse perd tout son sens.

La vérité, c'est qu'il s'agit de Tony. Je n'en ai pas encore fini avec lui, purement et simplement.

Je ne le considère pas comme un élément permanent dans ma vie, bien sûr. Cela dit, en ce qui me concerne, il n'y a pas grand-chose de permanent. Quand nous ne sommes pas au travail, cependant, j'ai l'intention de profiter pleinement de la chambre et du lit que je partage avec cet homme tout spécialement doué en matière de sexe.

J'y ai goûté hier soir. Maintenant, j'ai envie de passer au plat de résistance.

Tony me prend la main alors que Mindy nous conduit vers une femme qui semble avoir la quarantaine, avec des cheveux courts et bouclés qui accentuent ses hautes pommettes et un diamant à la narine.

Elle porte une jupe paréo et un haut de bikini, et sa peau luit de crème solaire. Elle est incroyablement bronzée. Son sourire est vif et joyeux à notre approche, et Mindy nous désigne d'un geste, Tony et moi.

— Amy, quel plaisir de te voir ! Voici Kari et Tony. C'est le couple dont je t'ai parlé quand on rejoignait ton bungalow.

Tony, bien sûr, utilise son vrai prénom, au cas où The-Asst saurait qui il est. C'est un indice de plus en l'absence de protocole établi.

Amy nous adresse un sourire radieux à tous les deux.

— C'est un vrai plaisir de vous rencontrer. C'est tellement étrange de venir dans un endroit comme celui-ci pour la première fois, et encore plus toute seule, mais j'ai décidé récemment de quitter mon travail et de me mettre à mon compte. Je me suis dit que je méritais un petit plaisir avant de me lancer, alors me voici.

Elle hausse les épaules, visiblement un peu gênée, mais encore plus excitée. Elle a l'air parfaitement bien dans sa peau, alors même si c'est sa première fois à Debauchery, je doute que ce soit la première fois qu'elle s'adonne à des jeux sexuels avec des inconnus.

Mais peut-être est-elle du genre extraverti.

Mindy nous laisse et nous nous présentons au reste du groupe. Il y a Scott, un homme costaud d'une trentaine d'années, avec un beau sourire et un petit côté agent de sécurité en centre commercial. Il est venu avec Beth, très jeune et tout en courbes, qui contrairement à moi est vraiment une escorte rémunérée. Je veux bien manger mon petit paréo si je me trompe.

Roy me semble être une version masculine de Beth. Sans doute est-ce le cas. Il accompagne Clara, une brune aux yeux trop petits pour son visage et à la bouche trop grande. Elle ne cesse de regarder Scott, et j'ai l'impression qu'elle attend avec impatience la partie du jeu qui la mettra en couple avec lui.

Toutes les présentations sont accompagnées d'embrassades, de caresses furtives et de quelques baisers très intimes, que je rends. Tony aussi, à ce que je remarque. Même si, chaque fois que je jette un œil vers lui, je le surprends en train de me regarder.

Inutile de dire que ce n'est pas ainsi que je me comporte habituellement, mais je me plie aux coutumes.

Une fois le rituel de bienvenue terminé, Scott nous explique les règles. Apparemment, on appelle ce jeu *Dessert Delight* en raison des fraises fraîches et de la crème fouettée qui garnissent une table voisine.

— Nous avons tous un numéro, nous dit Scott avant de procéder au décompte de un à sept.

Comme il l'explique, les personnes de un à trois se couchent, chacune avec sa propre cannette de crème fouettée. Là, nous ornons quelques parties essentielles du corps.

Les trois autres font la queue et s'approchent de chacun à tour de rôle pour déguster leur dessert. Ils peuvent même l'agrémenter de fruits rouges s'ils le souhaitent. Une fois que la dernière personne de la file a passé un moment avec chaque participant au sol, la première se couche et la dernière au sol se relève. Et le jeu se poursuit ainsi.

Évidemment, cela devient plus intime selon l'endroit où l'on met la crème fouettée. Et, bien sûr, le jeu se joue entièrement nu.

Je regarde le soleil qui brille et je me demande si j'aurai des coups de soleil demain. Mais un travail est un travail, et une fois que l'on m'a attribué le numéro trois, je défais mon paréo, j'enlève mon bikini et je m'allonge sur le tapis en essayant de paraître nonchalante. Comme si c'était le genre de jeu auquel je joue chaque semaine après le club de lecture.

En vérité, je ne suis pas vraiment détendue.

J'ai fait beaucoup, beaucoup de choses dans le cadre de mes différentes missions et même pour la survie qui m'ont obligée à être nue alors que je n'en avais aucune envie. Pourtant, même moi, je suis un peu intimidée à l'idée de me déshabiller pour jouer à ce qui n'est autre, en réalité, que le jeu de la bouteille des adolescents. Honnêtement, je ne suis pas si sociable que ça. Je veux faire mon travail. Je veux trouver The-Asst.

Et puis, je veux retourner dans la chambre avec Tony.

Cette envie me choque un peu, et je le regarde en essayant de déchiffrer son expression. Est-il intrigué par ce jeu ?

A-t-il hâte de lécher et de toucher ces inconnus ? Ou a-t-il seulement hâte de me toucher, moi ? De me goûter ?

D'ailleurs, se réjouit-il de me voir ?

Je suis plus troublée que je devrais l'être par la possibilité qu'il ne pense même pas à moi, et je ne peux m'empêcher de m'interroger sur ma réaction à son égard. Suis-je en train de perdre mon avantage ? Ou, plus précisément, m'a-t-il volé mon avantage ?

Je ne sais pas.

La seule chose dont je suis certaine, c'est que j'ai envie de lui.

Beth, déjà nue bien qu'elle soit debout, distribue les cannettes de crème fouettée aux trois d'entre nous qui sont couchés sur le ventre. Je me situe au milieu. Et comme je ne sais pas qui sera mon premier partenaire, je décide d'avoir la main légère et de mettre un peu de crème fouettée sur mes seins.

À côté de moi, Amy trace une ligne de crème fouettée de son sexe jusqu'à son décolleté, puis elle trempe son doigt dans la crème et trace une ligne sur sa bouche, comme si c'était du rouge à lèvres.

De l'autre côté, je vois que Scott n'a mis de crème nulle part, sauf sur sa queue déjà dressée.

Apparemment, je suis la seule à démarrer lentement dans ce jeu, ce qui ferait rire ma sœur.

Les quatre qui sont debout, Tony, Clara, Beth et Roy, se mettent en ligne. Roy commence avec Scott, et je tourne la tête pour regarder en espérant qu'un peu de voyeurisme me mettra dans l'ambiance. Ce n'est pas le cas. Pas avant que je tourne mon regard vers Tony, qui attend toujours dans la file. Et quand Roy me rejoint, je ferme les yeux et j'imagine les mains de Tony, sa langue.

Je le sens me chevaucher, puis se pencher et lécher très

minutieusement chaque parcelle de crème fouettée sur mes seins. Je garde les paupières closes. Je ne voudrais pas réagir, mais c'est plus fort que moi. Le soleil est chaud, la crème fouettée fraîche, et je ne peux pas nier que sa langue est agréable sur mes tétons sensibles.

Tout du long, j'imagine que c'est Tony.

Beth est la suivante et je me sens un peu plus audacieuse à présent. Je mets une ligne de crème fouettée juste sous mon nombril et je la laisse remonter entre mes seins. Elle me sourit timidement en s'agenouillant entre mes jambes, puis sans un mot de plus, elle pose sa langue sur mon clitoris – totalement dépourvu de crème – et remonte lentement vers le haut jusqu'à atteindre une partie décorée par mes soins.

Je prends une vive inspiration, surprise par ce contact intime. Mais je ne peux nier que ça me fait du bien et que Beth est mignonne. J'envisage la possibilité de l'inviter dans le bungalow avec Tony et moi, mais je la rejette immédiatement. Non que Beth ne soit pas amusante, au contraire, elle serait parfaite, mais je ne veux pas partager Tony et je n'ai pas non plus envie de le quitter pour une soirée avec quelqu'un d'autre.

Encore une fois, cela ne me ressemble pas. Il faut croire que cette île me chamboule.

Au lieu de sombrer dans la débauche, je garde la tête froide.

Mais c'est logique, non ? Après tout, je suis ici en mission, pas en vacances.

Beth lève la tête et me sourit, le genre de sourire qui suggère qu'elle aimerait me rencontrer en privé après ce jeu de bienvenue. Je réussis à lui rendre un sourire évasif et je ferme les yeux, comme en extase, alors qu'elle suit la ligne de la crème en sens inverse vers mon ventre. Quand tout a disparu, elle me chuchote à l'oreille son numéro de bungalow en me disant qu'elle et Scott seraient très heureux que je passe à tout moment. Je fais un autre bruit qui pourrait passer pour un acquiescement, puis c'est le tour de Tony.

Cette fois, je suis plus généreuse avec la crème. Je mets une couche épaisse sur mon clitoris, qui demandera sans doute plusieurs coups de langue pour tout enlever. Ensuite, je m'enduis le ventre et j'en rajoute sur mes seins et à côté des deux oreilles, lui donnant ainsi l'occasion de me parler en toute discrétion. J'espère qu'il a eu l'occasion de chuchoter à l'oreille d'Amy, et je veux savoir ce qu'elle lui a répondu.

Mes genoux sont relevés quand Tony s'approche, et il y met ses mains en s'agenouillant entre mes jambes, les écartant doucement. À cause de toute la crème, je suis moins exposée à lui qu'aux autres, et pourtant c'est ce qui me semble le plus intime. C'est parce que je le désire. J'ai envie de lui.

Je sais que je devrais m'intéresser aux informations qu'il a pu obtenir d'Amy, mais pour l'instant, tout ce que je veux, c'est qu'il se penche et prenne son dessert.

Heureusement pour moi, il semble le vouloir aussi. Il me tient les jambes écartées, et je sens l'étirement de mes cuisses quand il se penche en avant, son souffle chaud sur ma peau, aussi torride que le soleil qui nous frappe.

La crème fouettée fond, et alors qu'il la lèche, je me

trémousse sous son contact, toujours plus éperdue de désir. Et lorsqu'il glisse deux doigts en moi, le premier du groupe à avoir été aussi audacieux, je me cambre, halète et me mords la lèvre pour ne pas le supplier d'en faire encore plus.

Il continue à me lécher proprement, me tenant les hanches pour m'empêcher de me tortiller. Puis il glisse son corps vers le haut, aspirant la crème sur mes deux seins avant de laisser son poids s'exercer sur moi, son érection pressée contre mon sexe tandis que sa bouche traîne sur ma joue pour venir lécher le surplus de crème près de mon oreille.

— Ce n'est pas elle, chuchote-t-il. Je lui ai dit mon nom, je n'ai pas eu de réaction. J'ai parlé de serpents, ne me demande même pas comment. Encore une fois, elle n'a pas réagi. À moins qu'elle pense que nous sommes sous surveillance et qu'elle joue la prudence, je parie que ce n'est pas elle.

— Oui.

J'ajoute un gémissement et j'espère qu'il se rend compte que je réponds à son commentaire, et non à une chose particulière qu'il me fait en ce moment.

Cela dit, pour être honnête, mon corps réagit à ce qu'il me fait, à savoir pas grand-chose. Je suis simplement brûlante, tendue et en manque, tout cela à cause de sa proximité.

Je me le reproche aussitôt. Je dois arrêter et retrouver ma concentration, mon avantage. J'ai une réputation dans ce domaine, et ce n'est pas la réputation d'une gamine qui se met dans tous ses états quand le beau garçon l'embrasse.

— C'est ton tour, dit Tony.

Il me faut une seconde pour réaliser que c'est mon tour de me lever et de déguster mes desserts. Mais je ne peux pas m'y résoudre. Je me fie au jugement de Tony. Amy n'est pas celle que nous cherchons et je ne veux pas coller ma bouche sur elle, Beth ou Clara. Je ne veux pas être intime avec Scott ou Roy. Je veux trouver The-Asst, et surtout, je veux Tony.

Un besoin primaire, peut-être, mais je le justifie en me disant que c'est logique. Pourquoi perdre du temps à chercher un témoin alors que je sais très bien qu'il n'y en a aucun parmi ces gens ?

Au lieu d'aller au bout de la ligne, je prends la main de Tony avant qu'il ne puisse s'allonger sur le tapis.

— Chéri, j'ai oublié qu'on s'était inscrits à cette séance au sous-sol.

J'adresse un sourire d'excuse aux autres.

— On ne peut pas rester plus longtemps.

Il me regarde, déconcerté, puis je vois qu'il comprend.

— J'avais complètement oublié, s'exclame-t-il en se tournant vers tout le monde. C'était un vrai plaisir de tous vous rencontrer, dit-il, son regard s'attardant sur les deux autres participants qui étaient au sol en même temps que moi. Je suis sûr qu'on se reverra.

Il m'entraîne avant même de leur laisser l'occasion de répondre, et nous remontons le chemin d'un pas vif. Après tout, je ne voudrais pas être en retard dans les oubliettes BDSM.

— On va retrouver Tracy Ann ? demandé-je.

— Pas tout de suite, dit-il en nous guidant sur le chemin qui mène à notre bungalow.

Je remarque alors qu'il a pris l'une des cannettes de crème fouettée sur la table.

— D'abord, dit-il, je pense que tu as besoin d'un en-cas.

## CHAPITRE ONZE

— De toute façon, on se doutait que ce n'était sûrement pas Amy, dis-je, couchée sur son corps.

Nous sommes gluants de résidus de crème fouettée. J'ai léché chaque parcelle de crème dont il s'est enduit, puis j'en ai rajouté pour savourer une seconde portion.

Nous nous sommes endormis, pour nous réveiller quelques heures plus tard, prêts à remettre ça. Maintenant, nos corps et nos draps sont poisseux, mais je m'en fiche éperdument.

— Ce serait plus logique que ce soit Tracy Ann, répond Tony.

Ses yeux sont fermés, mais il les ouvre pour me sourire, son expression pleine de satisfaction sensuelle.

— Le problème, c'est que nous ne l'avons pas encore trouvée.

— Au moins, nous savons qu'elle est là. Elle se reposait,

non ? Allons demander à Mindy si elle peut nous donner le numéro de sa chambre.

Il gémit en signe de protestation, puis me prend les épaules et nous fait rouler tous les deux. Il se retrouve au-dessus de moi, les mains de part et d'autre de mes épaules, alors qu'il s'abaisse pour m'embrasser. Le genre de baiser lascif, profond et très possessif. Le genre de baiser que j'ai toujours évité avec mes anciens amants afin de rester détachée. Mais avec Tony, j'en veux plus, et j'enroule mes bras autour de son cou pour le serrer contre moi, souhaitant que ce baiser ne finisse jamais.

Lorsque cela arrive enfin, inévitablement, nous reprenons notre souffle. Il déplace son poids de manière à se hisser sur un coude, à côté de moi, une jambe toujours accrochée à la mienne.

— Même si je veux rester ici, je pense que tu as raison.

Son baiser m'a court-circuité le cerveau et je dois faire défiler la conversation afin de comprendre de quoi il parle.

— Oh. Tu veux dire à propos de Tracy Ann. Le problème avec ce plan, c'est qu'on doit d'abord aller trouver Mindy, et pour ça, il faut sortir du lit.

— Et s'habiller.

Je fais semblant de l'envisager.

— En fait, je ne crois même pas que ce soit nécessaire. Mais je vais quand même opter pour des vêtements.

Il sourit, puis me tire hors du lit et me fait prendre une douche. Ce qui, bien sûr, signifie qu'il nous faut encore quarante-cinq minutes pour sortir de la cabine après qu'une chose en ait entraîné une autre. Mais après tout, c'est le thème de l'île.

Nous sommes tous les deux en shorts et en t-shirts, et nous remontons le chemin qui mène au bâtiment principal. Il est maintenant dix-neuf heures passées. Nous avons prévu de prendre un dîner léger à l'un des stands extérieurs, puis de retrouver Mindy. Je lui dirai que nous avons passé un moment formidable avec le jeu des desserts. Ce qui est plutôt vrai, surtout si l'on considère la partie qui s'est déroulée dans notre chambre.

Tony lui dira qu'Amy n'était pas vraiment notre type, mais que nous avons eu beaucoup de plaisir à rencontrer d'autres personnes et que nous souhaitons rencontrer Tracy Ann. Ensuite, nous demanderons à Mindy si elle peut nous orienter dans sa direction.

Nous commençons à emprunter le chemin qui mène directement au bâtiment, mais nous nous arrêtons net en voyant un homme qui prend des photos de sa partenaire nue. Comme nous ne souhaitons pas interrompre leur séance, nous optons pour le chemin alternatif, avec l'intention de faire le tour du centre de fitness et du terrain de volley-ball pour monter par-là.

Nous venons d'arriver sur le terrain quand je remarque Scott, qui parle à une femme aux cheveux noirs avec une casquette de baseball. Je ne peux la voir que de dos, mais elle porte une petite robe de soleil qui couvre certainement un maillot de bain.

Scott nous fait signe, puis il dit quelque chose à la femme qui se retourne et nous regarde. Elle est plus jeune que moi, probablement la vingtaine, et elle nous fait signe avant de remercier Scott. Elle se précipite alors vers nous avec un immense sourire.

— Tu dois être Tony, dit-elle.

Nous échangeons un bref regard, puis il hoche la tête.

— Oui. À qui ai-je l'honneur ?

— Tracy Ann. Et j'ai parcouru toute l'île à ta recherche.

Mon cœur fait un petit soubresaut, et à côté de moi, Tony me prend la main et la serre. Nous avions raison. Tracy Ann. TA. The-Asst.

C'est la femme qui va nous dire où se trouve le Serpent. Du moins, c'est ce qu'elle prétend. Il est toujours possible que son message sur le dark web soit un piège. Cette pensée me rappelle que nous avons dû venir sans armes, car la station balnéaire l'interdit catégoriquement et fouille attentivement chaque bagage.

Si nous nous en sommes passés, cela dit, alors elle aussi. Mais ce n'est pas une hypothèse sur laquelle on peut compter. Elle a choisi cette île pour une bonne raison, j'imagine.

Pour l'instant, cependant, nous ne sommes pas menacés et je tends la main avec un sourire avenant.

— Je m'appelle Kari. C'est un plaisir de te voir.

Je regarde Tony, qui la dévisage en silence. Les coins de ses yeux sont plissés, et je le connais suffisamment pour savoir qu'il réfléchit à quelque chose.

Je m'éclaircis la gorge, puis je fais un mouvement de la tête pour indiquer que Scott et d'autres vacanciers sont à portée de voix.

— Et si on allait dans un endroit isolé pour parler ?

— Parler, répète-t-elle en riant. Oui. C'est la meilleure chose à faire.

Elle nous dit qu'elle connaît une source d'eau chaude naturelle au bord de la plage.

— Ce n'est pas un endroit que Mindy a tendance à montrer aux débutants, nous explique Tracy Ann quand je lui dis que nous ignorions l'existence de cet endroit. Il y a tant d'autres choses à faire, et cette source est plutôt isolée. C'est presque un secret que partagent les habitués.

— Est-ce pour ça que tu as choisi cette île ? demande Tony alors que nous marchons sur le chemin. Parce que tu viens souvent ici ?

Son sourire est aussi éclatant que le soleil de l'après-midi.

— Pourquoi ne l'aurais-je pas choisie ? Qu'est-ce qui ne me plairait pas dans cet endroit ?

Elle s'arrête sur le chemin et nous toise lentement du regard.

— Après tout, on y rencontre des gens très intéressants.

Je réussis à rire. Mon sourire est un peu forcé, et celui de Tony aussi. Je n'ai pas encore cerné cette femme, et lui non plus, je ne pense pas. Mais j'espère que tout deviendra clair une fois que nous serons suffisamment éloignés de l'agitation. Pour l'instant, elle ne se sent sûrement pas à l'aise pour parler du Serpent et de la raison pour laquelle elle a pris contact avec Tony.

Nous marchons en silence pendant encore cinq minutes environ, puis nous nous dirigeons vers un chemin encore plus étroit avant de traverser un pré qui s'ouvre sur une lagune cachée. Des rochers entourent la plage de sable, et là, entre quelques vignes rampantes et des brins d'herbe dense, se trouve une source naturelle.

Tracy Ann affiche un sourire éclatant.

— Génial, non ? lance-t-elle en retirant sa robe, dévoilant son corps tout en courbes.

Elle est entièrement nue. Je me trompais, aucun maillot de bain en vue.

Elle marche vers Tony et commence à déboutonner son short.

— Ne sois pas timide, dit-elle lorsqu'il fait un pas en arrière, les yeux rivés sur moi. Viens. À moins que tu ne veuilles pas ce que je suis prête à t'offrir, ajoute-t-elle, me regardant comme pour me faire savoir que je suis aussi invitée à cette fête.

— Non, dit Tony avant de se racler la gorge. Nous sommes... euh, clairement intéressés.

Je le regarde enlever ses vêtements, me sentant déjà possessive envers ce corps magnifique. Son regard cherche le mien, et il penche subtilement la tête en écarquillant les yeux comme pour me dire : *allez, toi aussi.*

Apparemment, il n'a pas l'intention de jouer à ce jeu tout seul. Honnêtement, je suis contente.

Tracy Ann me regarde par-dessus son épaule, puis entre dans l'eau.

Je me déshabille et m'empresse de la rejoindre. Je me sens un peu trop exposée, même si je m'en veux de me comporter comme une vierge effarouchée. Autrefois, j'avais un avantage, mais je commence à craindre que ma rencontre avec Tony ne l'ait émoussé, d'une manière ou d'une autre.

Comme pour prouver que ma propre théorie est fausse, je me glisse près de Tracy Ann.

— Tu nous cherchais, dis-je. Ou du moins, tu cherchais Tony.

— Oh, toi aussi, dit-elle avant de passer le bout de son doigt sur mes lèvres tout en me souriant, les yeux dans les yeux.

Elle a un beau corps, pas trop mince, avec des courbes affriolantes. Et son autre main est sur ma cuisse. Si cette petite fête avait eu lieu un an plus tôt, avec mes amis de Santa Monica, je me serais considérée comme très chanceuse ce soir.

En y réfléchissant bien, c'est exactement ce que je pense. Mais pas à cause de Tracy Ann. Le seul avec qui je veuille avoir de la chance, c'est Tony.

Je fronce les sourcils, pas convaincue d'être très à l'aise avec ce nouveau moi ni ma réaction si rapide et primitive à l'égard de cet homme. Comme pour résister à mon propre trouble, je prends le doigt qu'elle a posé sur ma lèvre et je l'attire doucement dans ma bouche.

Elle émet un petit gémissement et je ferme les yeux. Ce faisant, c'est Tony que j'imagine.

Je les rouvre pour le découvrir en train de me regarder, toujours debout sur la terre ferme. Je me détache de Tracy Ann et lui tends la main.

— Je ne sais pas, dit-il. Peut-être que je veux juste regarder.

— Et si moi, je veux que tu viennes ?

— Moi aussi, ajoute Tracy Ann.

Les yeux de Tony demeurent sur moi et j'articule tout bas : s'*il te plaît.*

Il hoche la tête et, les yeux rivés sur moi, il entre dans la petite piscine naturelle, soupirant de plaisir en s'enfonçant dans l'eau chaude.

L'endroit est vraiment luxuriant. Je ne suis pas sûre de ce que je pense de Tracy Ann, mais elle a vraiment choisi un bon endroit pour parler. Je sais aussi pourquoi elle a arrangé une rencontre sur cette île. Il est clair qu'elle vient souvent ici. En tant qu'habituée, il y a fort à parier que le personnel veille sur elle. Elle a pris un risque en contactant Tony. Si elle venait à disparaître, le personnel le remarquerait sans doute et essaierait de la retrouver et de l'aider.

Ce lieu familier représente un niveau de protection supplémentaire pour elle.

Tony s'installe sur le rebord de pierre, près de moi, et immédiatement Tracy Ann se déplace et le chevauche. Elle me fait un sourire.

— Tu viens ou tu regardes ?

Comme il n'y a absolument aucune chance que je la regarde baiser mon partenaire, je me laisse glisser.

— Tu as un préservatif ? demande-t-elle soudain.

Même si je sais qu'il a l'un des préservatifs de l'île dans sa poche, il répond :

— Malheureusement, non.

— Oh, eh bien, dit-elle d'une voix chantante en lui prenant la main pour la glisser sous l'eau et entre ses jambes. Il va falloir faire sans.

De mon côté, je fais de la vapeur, et pas à cause de l'eau trop chaude.

Il ouvre la bouche, sans doute pour dire quelque chose, mais elle se penche et la prend dans un baiser. Puis elle se détache et me rapproche, passant la main sur ma nuque et m'attirant pour un long et langoureux baiser.

Je ne me dérobe pas. Si c'est la façon de faire connaissance avec notre contact, alors qu'il en soit ainsi. À vrai dire, je ne déteste pas entièrement la situation. D'abord, elle embrasse à la perfection. Mais ce qui m'excite vraiment, c'est que Tony a pris mon autre main et me suce maintenant le doigt. Si énergiquement que la sensation déferle jusqu'à mon bas-ventre, alors qu'il ne me touche absolument pas par ailleurs. Une pointe glaciale de jalousie me transperce quand je prends conscience de ce qu'il fait avec son autre main.

J'interromps le baiser, m'écartant de Tracy Ann pour rencontrer les yeux de Tony. Sa main émerge de l'eau et vient glisser sur son corps pour lui caresser la poitrine. Je sens mes yeux s'étrécir et je suis certaine qu'il devine que je suis jalouse. Bizarrement, je m'en fiche. Puis il sourit, et je sens son autre main sur ma cuisse. Je jurerais que je commence à fondre. Surtout quand il me prend une fesse et me rapproche. J'obéis, et bientôt, il utilise cette main pour m'écarter les cuisses. Je l'aide avec empressement. Quand je sens son pouce sur mon clitoris et qu'il glisse deux doigts en moi, je ferme les yeux et je gémis.

Je les rouvre en sentant un léger contact sur ma poitrine. Je m'attends à ce qu'il s'agisse des mains de Tony, mais les doigts appartiennent à Tracy Ann, qui se penche et prend possession de ma bouche. Je suis tendue en pensant à Tony, mais ses doigts s'enfoncent plus profondément en moi, et comme cela ne le dérange évidemment pas, je me perds dans le baiser et les sensations incroyables que les doigts de Tony suscitent en moi. Sans compter le frisson de savoir qu'il prend son pied en nous regardant.

Je tends la main et trouve son sexe, que je caresse sous l'eau. Nous sommes un enchevêtrement de membres et de ressentis, et si j'adore les sensations qui me traversent, ce que j'aime davantage, c'est le fantasme d'être seule avec Tony sous le ciel qui s'assombrit.

Les doigts de Tracy Ann s'enroulent dans mes cheveux et me tirent vers elle alors qu'elle approfondit notre baiser. La main de Tony me caresse toujours habilement, mais ce n'est que lorsqu'il pose sa main sur la mienne et arrête mon mouvement que j'ouvre les yeux. *Rien que toi*, articule-t-il, et c'est comme s'il avait prononcé une incantation magique. Soudain, des vagues déferlent sur moi. Je m'éloigne de Tracy Ann, me cambrant pour aller chercher Tony. Il me prend la main, puis m'attire sur la courte distance à travers l'eau et m'embrasse, longuement et fougueusement alors que les derniers tremblements enveloppent mon corps.

— Eh bien, maintenant je suis jalouse, dit Tracy Ann.

— J'avoue que je ne connais pas bien le protocole, répond Tony. Est-ce que je te dois des excuses ?

Elle secoue la tête.

— Oh, non. Tu m'as allumée pour le reste de la soirée.

Elle lance un regard de braise dans ma direction.

— Tous les deux, je dois dire.

Tony m'adresse un sourire espiègle avant de tourner vers elle.

— Peut-être que maintenant, on devrait parler du Serpent ?

Les sourcils de Tracy Ann remontent sur son front, puis elle baisse les yeux.

— C'est comme ça que tu l'appelles ? Mon ex l'appelait Roger. Je n'ai jamais compris.

— Non, dis-je. Pas les atouts de Tony. Le Serpent. Ce n'est pas pour ça que tu nous cherchais ?

Tracy Ann se renfrogne en secouant lentement la tête.

— Je vous cherchais parce que vous me cherchiez. C'est Mindy qui l'a dit.

Je croise le regard de Tony, et honnêtement, je ne sais pas s'il a envie de rire ou de pleurer.

— Je pensais que nous nous étions peut-être déjà rencontrés, poursuit Tracy Ann en sortant de l'eau pour enfiler sa robe sur son corps mouillé.

Le vêtement moule ses formes, presque transparent dans la lumière qui décline.

— Ou que vous aviez entendu parler de moi par un ami d'un ami. Alors, c'est quoi le serpent ? Un nouveau genre de jouet sexuel ?

— Oh, pas exactement, dit Tony.

— Eh bien, venez prendre un verre avec moi et vous me raconterez tout ça.

— Et si on se revoyait un peu plus tard ?

— Avec joie.

Elle nous fait un clin d'œil.

— Ne vous amusez pas trop sans moi. Et ne m'en veuillez pas si je m'amuse avec quelqu'un d'autre quand je vous revois. C'est ce que j'aime le plus ici. C'est si facile de faire de nouvelles rencontres.

— Oui, dis-je. On adore les rencontres.

Tracy Ann rit, agite les doigts, puis s'en va sur le chemin.

Tony me rapproche de lui et me mordille l'oreille en chuchotant :

— Mais qu'est-ce que c'était ?

Je ris en m'installant sur ses genoux, sentant son sexe se dresser pour l'occasion.

— En ce qui me concerne, c'étaient des préliminaires. Tu me ramènes au bungalow ?

— Hors de question, dit-il en se déplaçant pour que nous glissions tous les deux du banc de pierre dans l'eau. Je vais te prendre ici.

## CHAPITRE DOUZE

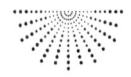

— E nfin seuls, dit-il.
Je souris et me rapproche pour le chevaucher.

— C'est ce que je voulais, lui dis-je.

Je passe mes mains autour de son cou et l'attire en me penchant pour lui donner un baiser qui a le goût de l'eau salée. Puis je m'agite contre lui et sens son sexe se raidir entre mes jambes, me frottant de telle sorte que je ne tarde pas à vibrer de désir.

— Tu as menti, tu sais.

— Ah bon ?

— Tu as dit à Tracy que tu n'avais pas de préservatif. Je serai très triste si c'est vrai.

— J'essaie juste de conserver les ressources pour là où elles sont les plus importantes, dit-il.

— Ravie de l'entendre.

Je mets mes mains sur ses épaules, puis je les fais descendre lentement. Je me suis retrouvée presque entièrement ligotée la nuit dernière, et bien que mes mains aient été libres de vagabonder quand il était enduit de crème fouettée, je n'ai pas encore eu l'occasion de me rassasier de son corps.

Maintenant, je vais en profiter pleinement.

Il est ruisselant et mes mains volent sur son corps. Il ferme les yeux pendant que j'explore, et je me trémousse de plaisir en réalisant qu'il aime être touché autant que moi, lorsqu'il m'a attachée.

Je fais glisser mes mains plus bas, sous la surface, passant mes doigts dans les poils de son torse, m'amusant à tracer des motifs avant de taquiner ses mamelons en même temps que je me penche pour un baiser que je termine en tirant sur sa lèvre inférieure avec mes dents, à mesure que ma main descend.

Je suis la ligne de poils de son torse et de ses abdominaux, jusqu'à son membre à présent rigide comme un manche.

— Voilà qui est intéressant, dis-je en enroulant ma main autour, puis en le caressant lentement, conservant un rythme régulier alors qu'il ferme les yeux et murmure :

— Oh, ma belle, c'est ça, vas-y.

Je souris, enchantée par sa réaction. Ses bruits de plaisir. L'excitation évidente. Et, bien sûr, l'accélération de son pouls dans sa gorge.

Je me sens puissante, en contrôle absolu. J'aime ça. Bien sûr, il ne fait aucun doute que j'aime aussi me soumettre à lui. Je pense que nous l'avons tous les deux prouvé hier soir, mais il y a quelque chose d'incroyablement satisfaisant à mettre un homme fort à genoux.

Comme pour le démontrer, je resserre les doigts autour de sa queue et j'augmente le rythme de mes va-et-vient, faisant pression sur la veine et taquinant son gland avec mon pouce à chaque mouvement.

— Monte, ma belle, exige-t-il. Trouve ce foutu préservatif et chevauche-moi.

Comme c'est une invitation que je ne suis pas prête à ignorer, je fais ce qu'il me dit. Je trouve le préservatif qu'il a sorti de la poche de son pantalon. J'arrive à l'ouvrir d'une main et avec mes dents, puis je libère son sexe assez longtemps pour le lui enfiler.

Je le chevauche alors, frottant sa verge entre mes cuisses pour m'attiser avant de m'empaler d'un mouvement puissant afin que nous ressentions tous deux l'intensité de cette connexion.

Je réprime un cri lorsqu'il me remplit tout entière, et il gémit avec la même force, puis il lâche mon prénom qui résonne autour de nous, m'excitant de plus belle. Prenant mes fesses dans ses mains, il me soulève pour mieux me pilonner tout en me demandant, à mi-voix, de caresser mon clitoris et sa verge en même temps.

Il a raison, car le flot de sensations devient soudain infiniment plus fort. La pression monte trop vite, m'emplissant d'une intensité si brute que je dois utiliser ma main libre pour me retenir à son épaule et m'empêcher de m'envoler.

Une main derrière ma tête, il m'embrasse avec fougue, avec une énergie éperdue, avec les dents et la langue à la fois. La puissance de notre baiser reflète celle de notre corps-à-corps, et c'en est presque trop. Je suis submergée de sensations, et pourtant j'en veux plus. Je veux tout. Tout Tony. Tout ce qu'il est prêt à me donner.

C'est intense. Effrayant, même, et pourtant je chéris déjà cette connexion. J'ai déjà peur de ce qui se passera quand nous quitterons cette île, parce que je ne veux pas que cela se termine. Je ne veux pas que *nous* finissions.

— As-tu la moindre idée de ta beauté, là maintenant ? Ton corps en feu, ta bouche ouverte... Tu vas jouir, et tout ce que je veux, c'est te regarder.

Ses mots trouvent un écho délicieux en moi. Il me fait me sentir belle et je gémis lorsque mon corps se contracte. Je sens mon sexe se resserrer autour de lui comme si je ne devais jamais le lâcher, comme si mon corps essayait de nous faire jouir en même temps, comme si cette synchronisation parfaite était un impératif.

— S'il te plaît, supplié-je.

— Quoi ?

Mais je ne peux pas répondre à cette question, parce que je n'en sais rien. La seule chose qui me vient à l'esprit, c'est tout ce que nous vivons en cet instant. Et alors que je me rapproche de plus en plus de cette explosion inévitable, il referme sa bouche sur la mienne dans un baiser si impérieux, si dur et si possessif que j'aurais eu un orgasme même s'il n'était pas en moi, même s'il ne jouait pas avec mon clitoris, même si cette pression ne s'accumulait pas. Parce qu'il me baise autant avec sa bouche qu'avec son sexe, et que je suis sur le point de dépasser les limites.

Et soudain, oh mon Dieu ! Le monde explose et je me cambre, nos corps toujours connectés, les yeux grands ouverts, en regardant les étoiles et en me demandant si je les ai véritablement atteintes.

---

— Waouh, dis-je en m'allongeant sur l'eau, ses mains écartées me permettant de flotter. On devrait peut-être rester ici toute la nuit. Je ne suis pas sûre de pouvoir bouger.

— Si tu ne peux pas, je te porterai.

J'arrive à relever la tête suffisamment pour le voir dans le noir.

— Tu as vraiment de l'endurance.

Il rit.

— Pour toi ? J'ai une source d'énergie inépuisable.

Je pousse un gémissement satisfait ponctué d'un *oh* de surprise lorsqu'il me rapproche tout doucement et m'installe sur ses genoux. Ses doigts s'enroulent dans mes cheveux, et il m'attire pour un baiser fervent.

— Je ne sais pas si c'est toi ou cette île, mais je n'arrive pas à me rassasier de toi.

J'aimerais lui dire que je ressens la même chose, mais ses paroles me rendent nerveuse. Comme s'il parlait d'autre chose que de sexe. Comme si nous deux, c'était bien réel, comme si cela ne faisait pas seulement partie d'une mission aux accents de luxure.

M'efforçant de repousser mes sentiments, je lui embrasse les lèvres en chuchotant :

— Cette soirée a été vraiment très caliente, et franchement étrange.

— Tu trouves ?

Il fait courir ses mains le long de mon corps, s'attardant sur ma poitrine.

— Je n'ai aucun intérêt à te partager, mais j'avoue que j'ai passé un bon moment. Même si c'était sous de faux prétextes. Et j'ai vraiment aimé le déroulement de la soirée après le départ de Tracy Ann.

— Moi aussi, avoué-je.

— J'ai aimé te regarder l'embrasser, aussi. Tu avais l'air d'apprécier.

Je me penche en avant pour lui chuchoter à l'oreille.

— Je vais te dire un secret : j'aime aussi les filles. Ça te dérange ?

J'ai connu des hommes dégoûtés par l'idée de deux femmes ensemble, et d'autres qui rêvaient de me regarder faire, comme un porno en direct. Je ne pensais pas que Tony avait ce penchant pour le voyeurisme. Il m'a semblé être un participant à part entière. Mais nous jouons tous les deux un rôle, sur cette île, et je me rends compte que je retiens mon souffle en espérant qu'il ne sera pas rebuté par ma bisexualité.

Pendant tout ce temps, ses mains me caressant, comme s'il ne pouvait pas se passer de la sensation de ma peau sous la sienne.

— Tant que tu aimes aussi mon paquet, dit-il en prenant ma main pour la poser entre ses jambes, ça ne me pose aucun problème.

Il se caresse lentement, faisant bouger ma main de haut en bas sous l'eau.

— Je l'adore, dis-je, ma voix chargée de désir encore

une fois, comme si je ne pouvais jamais me lasser de cet homme.

Je gémis, puis je change de position, de sorte qu'au lieu de chevaucher ses deux jambes, je n'en chevauche qu'une seule. Cela me permet de me presser contre sa cuisse au rythme de nos mains.

— Et j'adore ça.

Passant mon bras libre autour de son cou, je me penche pour lui chuchoter à l'oreille, me surprenant par mon aveu :

— Ça ne m'a pas plu que tu touches une autre femme.

— C'est vrai ?

L'étonnement dans sa voix me semble authentique.

— Ça ne t'a pas excitée ?

— Si, un peu, mais quand même, je n'ai pas aimé. C'est juste que...

Je ne termine pas ma phrase, de peur d'exprimer ma jalousie. Cela trahirait que je me sens impliquée avec lui, et je sais qu'il ne faut pas s'investir avec un partenaire de mission. Ni même jamais, d'ailleurs.

J'aime bien Tony. Sincèrement. Au lit, notre compatibilité fait des étincelles. Il est brillant, extrêmement compétent. Il me fait rire, et Dieu sait qu'il me fait jouir. Mais nous sommes dans un resort de vacances. Tout est parfait ici. Ce n'est pas comme si nous allions nous mettre en ménage dès notre retour à Los Angeles.

— Tu comptes intégrer Stark Sécurité ? demandé-je sans préambule.

Il fronce les sourcils, visiblement étonné par mon brusque changement de sujet.

— J'y pense, admet-il. Pour l'instant, je suis focalisé sur le Serpent. Je suis concentré là-dessus depuis une éternité. Si... ou plutôt *quand* je le tuerai...

Il hausse les épaules avant de continuer :

— Eh bien, beaucoup de choses que j'ai évitées ou repoussées s'ouvriront à moi.

— Comme un vrai travail ?

— Un vrai travail. La vraie vie. J'ai toujours été un nomade. J'aime l'idée de me poser, d'avoir des racines.

Il me regarde en le disant, et je ressens à nouveau cet élan. Je ne veux pas tomber amoureuse de lui. Les amis, la famille, l'amour... tout cela rend vulnérable. Eliza est déjà mon point faible. Je le sais, mais je fais avec, parce qu'elle en vaut la peine.

Cependant, je ne suis pas sûre de pouvoir gérer une autre faiblesse.

En même temps, ai-je vraiment le choix ? Que je le veuille ou non, on ne peut nier que cet homme me plaît de plus en plus.

CHAPITRE TREIZE

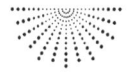

— Je t'ai perdue ? demande doucement Tony, me tirant de mes pensées.
Je secoue la tête.
— Non, non. Désolée, dis-je avec un sourire gêné. C'est juste ce que tu as dit. Les racines, ça peut être bien, tu sais. Crois-moi. J'ai longtemps vécu sans en avoir.

Son regard est chaleureux, empreint de compassion.
— Pourquoi ? Que t'est-il arrivé quand... peu importe.

Il interrompt brusquement sa question, et pendant un instant, je ne comprends pas son hésitation. Puis je me rappelle que je l'ai envoyé balader quand nous avons évoqué ma prostitution.

— Non, c'est bon.

J'inspire avant de lui dire ce que j'ai sur le cœur :

— Ça ne me dérange pas d'en parler maintenant.

Ce que je ne lui dis pas, en revanche, c'est que j'ai *envie* de lui en parler. Je veux le connaître mieux. Et je veux qu'il me connaisse, lui aussi.

— Figure-toi que j'ai eu une enfance de merde, une adolescence terrible et un âge adulte nomade et très solitaire. Enfin, ça s'est amélioré.

Bien sûr, c'est la partie émergée de l'iceberg. Je le dévisage en essayant de deviner s'il veut vraiment en savoir plus. Mais je n'en ai pas besoin, car il me prend la main.

— Dis-moi.

Il ne me demande pas si je veux en parler. Il ne dit pas que je peux me confier à lui si j'en éprouve l'envie. Il se contente de ces mots, « dis-moi », d'une voix qui montre clairement que non seulement il est curieux, mais qu'il se soucie de moi.

— Commence par ton enfance, insiste-t-il. J'ai le sentiment que la tienne n'était pas meilleure que la mienne. Peut-être même pire.

Je sens des larmes me piquer les yeux et j'espère qu'il ne s'en rendra pas compte. Je ne suis pas une pleurnicheuse. On m'a appris à contenir mes émotions, à les dépasser et à me concentrer sur l'objectif. Mais peut-être qu'en ce moment, cette émotion devrait être mon unique objectif. Partager ce que j'ai vécu avec quelqu'un qui comprenne, mais qui ne soit pas Eliza ou un psy du gouvernement qui m'analyse après m'avoir branchée à un polygraphe.

— Eh, reprend-il en passant les bras autour de ma taille. Pas de pression. Je veux savoir, mais seulement si tu as envie de m'en parler.

— Oui, dis-je avec un rire bizarre. J'en ai vraiment envie.

Après une autre inspiration, je me lance :

— Bon, eh bien, je me souviens à peine de ma mère. Je me rappelle qu'elle était enceinte. J'avais presque sept ans. Elle me faisait la lecture, me câlinait, me brossait les cheveux. Et je me souviens d'être entrée dans sa chambre pour la trouver recroquevillée dans un coin, les bras autour du ventre, en pleurs. Il ne l'a frappée que deux ou trois fois sous mes yeux, mais c'est la raison pour laquelle ça m'a marquée, même si j'étais petite. Parce que je savais qu'il y avait un bébé en elle, et j'avais tellement, tellement peur qu'il arrive malheur à ma petite sœur.

Je parviens à esquisser un petit sourire.

— Je savais que ce serait une sœur. J'en étais convaincue, même si maman l'ignorait. À moins qu'elle l'ait su sans le dire à mon père. Lui, il voulait un garçon, bien sûr.

— Il m'a l'air d'un sacré fils de pute.

Je sens que mon regard devient froid.

— J'ai connu beaucoup de timbrés au fil des ans. Et j'en ai tué un certain nombre. Ils étaient tous atroces et dangereux, et je ne regrette pas une seule de ces missions. Mais aucun n'était aussi pathétique et horrible que mon père. Pas un seul.

— Je te crois.

Il lâche ma taille d'une main pour me caresser les cheveux, soutenant mon regard.

— Que s'est-il passé quand ta sœur est née ?

— Je me souviens d'avoir été heureuse. Elle était adorable et toute petite. Ma mère m'a dit que je devais veiller sur elle, parce que j'étais sa grande sœur.

J'ai une main sur son épaule, mais je laisse traîner les

doigts de mon autre main dans l'eau, en regardant les ondulations.

— Je n'y ai pas pensé à l'époque, mais plus tard, j'ai compris que ce n'était pas seulement une discussion typique qu'on a avec les grandes sœurs. Tu sais, du genre : ne sois pas jalouse parce que c'est aussi la tienne.

La lumière du soleil décline rapidement, mais je vois encore ses traits tirés et sa gorge qui tressaute lorsqu'il déglutit.

— Il l'a tuée, dit-il.

— Oui.

Je ferme les yeux pour me ressaisir, et j'essaie à nouveau :

— Certainement, même si je n'en suis pas sûre. Elle a disparu quand Eliza n'était qu'une enfant. Je crois qu'elle ne se souvient même pas de maman. Mais oui, il a dû la tuer. Elle ne nous aurait pas abandonnées pour se sauver.

Je le regarde attentivement, comme pour le défier de me dire le contraire.

— Non. Tu as raison. Elle devait savoir à quel point la vie serait dure pour vous deux si elle n'était pas là comme tampon.

Une autre de ces fichues larmes s'échappe et coule sur mon visage. Mon cœur se brise, à la fois sous les souvenirs, et parce qu'il a tendu le doigt pour la recueillir. C'est agréable, et j'avoue que je ne m'y attendais pas.

C'est étrange de parler de mon passé. Je le fais si rarement. À quoi bon ? C'est horrible et douloureux, et j'ai dû en discuter à plusieurs reprises avec un million de psys et de commandants différents après mon recrutement par le

SOC. Je n'aimais pas ce sentiment d'être examinée et jugée. Dès que je n'ai plus été dans l'obligation d'en parler, je ne l'ai plus jamais fait. Même pas avec mes proches. Ni à Lorenzo, mon associé au cabinet de détective privé, ni à Cass, qui en sait beaucoup grâce à ses discussions avec Eliza, mais à qui je n'ai jamais parlé de ces choses-là.

Avec Tony, pourtant, il n'y a rien de bizarre ni de douloureux. Peut-être parce que je sais qu'il a souffert, lui aussi. La mort de sa mère. La nature autoritaire et odieuse de son père.

— Tu veux bien me dire ce qu'il t'a fait ?

Je secoue la tête.

— Quoi que tu imagines, dis-toi que c'était pire.

— Tu as protégé Eliza.

Je ne prends même pas la peine d'essuyer mes larmes tandis que je hoche la tête.

— Il le fallait. J'étais tout ce qu'elle avait.

— Et tu l'aimes.

Une fois de plus, j'acquiesce. Parfois, j'oublie à quel point c'est important. Quand on grandit comme je l'ai fait, en ne pensant qu'à la survie, des valeurs comme l'amour ne semblent plus avoir d'importance. Ou alors, peut-être qu'elles comptent tellement qu'on ne les voit pas. Elles sont le tissu même de votre vie, ce qui tient tout ensemble. Mais même dans ce cas, l'amour ne vous nourrit pas, ne vous habille pas et ne vous donne pas un toit sur la tête. Ça ne fonctionne pas ainsi.

— Tu lui as échappé, commente Tony, qui a visiblement compris où mon histoire se dirigeait. Comment ?

— Je l'ai tué, dis-je franchement, les yeux rivés sur lui, attendant de le voir grimacer.

Il ne bronche même pas, et je sens mon corps se détendre encore plus.

— Comment ?

— Je l'ai poussé dans les escaliers. Pour être honnête, on essayait juste de s'échapper. Notre chambre était un placard à balais au sous-sol. Pas de fenêtres, rien. Mais j'ai dit à Eliza que nous allions sortir, et je l'ai poussé. Je n'essayais pas de le tuer, seulement de le ralentir le temps de nous enfuir, même si au fond, j'espérais qu'il mourrait. Après tout, la mort était la seule solution radicale. Au moins, nous pouvions être certaines qu'il ne nous rattraperait pas. Et, ajouté-je sans aucune honte, l'idée qu'il vive encore après notre fuite m'a rendue malade. Je voulais qu'il meure. Après toutes les fois où il...

Ma voix s'enroue, mais je poursuis :

— Après tout ce qu'il m'a fait depuis l'âge de six ans jusqu'à mes quinze ans... enfin, oui. Je voulais qu'il meure.

— Quelle ordure, lâche Tony. J'espère qu'il a souffert, les membres brisés avec une longue agonie avant d'aller en enfer.

Un sourire triste effleure mes lèvres.

— Oui, moi aussi. Enfin, je ne sais pas. Je n'ai jamais regardé en arrière. Je n'ai même jamais vérifié les journaux. J'avais quinze ans et j'étais en cavale, avec ma petite sœur. On a pris un bus pour Los Angeles, et on a vécu dans la rue.

— À quinze ans. Seigneur !

Il me lâche la hanche pour passer la main dans ses

cheveux. Immédiatement, son contact me manque, cette seule connexion.

— Vous auriez pu aller dans un refuge, avance-t-il.

Je secoue la tête.

— On nous aurait séparées, Eliza et moi. J'ai appris la vérité des années plus tard. Il est mort dans cette cave, mais à l'époque, je ne savais pas s'il avait survécu. Dans ce cas, il pouvait nous retrouver si nous étions inscrites quelque part. S'il était mort, quelqu'un pouvait aussi découvrir ce que j'avais fait.

Il a l'air si profondément ému que j'ai envie de lui tendre la main pour le réconforter. Cela me réchauffe de savoir à quel point mon histoire l'affecte. Au bout d'un moment, il me dit sans ambages :

— Alors, tu as fait des passes pour que vous puissiez rester en vie, tous les deux.

Il n'y a pas de jugement, pas d'émotion dans sa voix. Il ne fait qu'énoncer un fait, et cette simplicité franche me donne la force de lui dire le reste. Comment je me suis prostituée pour que nous puissions avoir un appartement digne de ce nom et de quoi payer les fausses cartes d'identité. Nous devions aussi engager quelqu'un qui se ferait passer pour nos parents assez longtemps, du moins pour qu'Eliza soit inscrite à l'école. Moi, je n'avais plus le temps pour ça.

Bien sûr, le crime paie. Je lui en parle aussi, de mes vols à l'étalage. J'ai fait tout ce que j'avais à faire pour garder ma petite sœur en vie. Et j'ai tout raconté à Eliza.

— Tout ?

Ses sourcils remontent, interrogateurs.

— Oui. D'accord, les détails ont été enjolivés avec un joli ruban jusqu'à ce qu'elle soit assez grande pour comprendre vraiment, mais dans l'ensemble, oui. Tout, dans toute son horreur.

Il ne dit rien, mais son front se plisse et je me sens obligée de continuer. Avec n'importe qui d'autre, j'aurais probablement laissé tomber. Avec n'importe qui d'autre, je n'aurais pas cette conversation. Mais Tony est différent. Je veux qu'il comprenne.

— Elle était tout ce que j'avais. Et moi, j'étais tout ce qu'elle avait. Nous avions grandi dans une maison pleine de mensonges, de douleur et de ce genre de choses que deux enfants n'auraient jamais dû avoir à gérer. Je voulais qu'elle soit totalement honnête. De toute façon, je n'avais aucun besoin de lui mentir. Même si je travaillais dans la rue, nous étions mieux loties. Plus heureuses. En meilleure santé. Elle n'avait même pas dix ans, mais ça, elle le comprenait.

— Je vois, dit-il doucement. Je regrette tellement ce que vous avez dû endurer, toutes les deux.

Je hausse les épaules, résistant à l'envie de me trémousser. Je ne suis pas une personne sensible. Même si j'apprécie la compassion, je ne sais jamais vraiment quoi en faire.

— Disons que c'était de plus en plus difficile de tenir mes promesses.

— Mais tu l'as fait.

Je hoche la tête.

— Oui. Toujours.

— Que s'est-il passé plus tard, qui a rendu les choses plus difficiles ?

Je rencontre son regard, car il est important que je voie sa réaction.

— J'ai tué quelqu'un.

J'ai la bouche sèche alors que le souvenir de cette horrible journée me revient en mémoire. La stupeur sur le visage d'Eliza quand le verdict est tombé. Et quand le juge m'a condamnée.

— J'ai été condamnée à mort. J'avais dix-huit ans. D'après mon avocat, le juge voulait faire de moi un exemple.

— Bon Dieu, s'exclame-t-il. Tu devais être terrifiée. Pas seulement pour toi, mais pour ce qui arriverait à Eliza.

À ce moment, je ne peux plus contenir mes larmes. Parce qu'il a compris. Je n'arrive pas à me faire à cette idée, mais il me comprend vraiment, sincèrement.

— Que s'est-il passé ?

L'histoire est longue et alambiquée, mais en un mot, si je ne l'aidais pas pour un travail, le connard qui me faisait chanter tuerait Eliza. Je l'ai aidé, et tout a dérapé quand un autre membre de l'équipe a tué une innocente. J'ai dit que j'arrêtais. Le connard m'a répondu qu'il tuerait ma sœur. Alors, je l'ai descendu.

— Et on t'a accusée de son meurtre et de celui de la femme, devine-t-il une fois que je lui ai raconté l'histoire d'une voix dénuée d'émotions.

Je hoche la tête.

— Personne n'a pu corroborer mon histoire. Et la

situation a empiré quand les autres membres de l'équipe se sont alliés pour me faire porter le chapeau. C'était grave. J'étais terrifiée.

Je resserre mes bras autour de mon buste, me remémorant cette peur glaciale. Pas tant pour moi que pour Eliza.

— Et pourtant, tu es là.

— Oui. Connais-tu Anderson Seagrave ? C'est un colonel du SOC.

Il secoue la tête.

— Je devrais ?

— Il connaît Stark. Je me suis dit que vos chemins s'étaient peut-être croisés. C'était un débutant, à l'époque. C'était il y a presque vingt ans. C'est mon ange gardien. Son patron et lui m'ont sortie de là, et Seagrave est devenu mon mentor. Mon dossier a été effacé par le gouvernement.

— En échange, tu es devenue l'une des leurs. Membre des opérations secrètes.

— Je l'ai échappé belle, dis-je avec une inspiration. Ça m'a vraiment sauvée. J'avais un salaire correct, et pour la première fois, Eliza et moi avions un endroit propre où vivre et un réfrigérateur toujours plein. J'ai obtenu un boulot en tant que détective privée, avec un ancien flic qui nous avait aidées, Eliza et moi, après nous avoir trouvées en train de dormir dans une voiture. Lorenzo. C'était en partie sous couverture, et en partie bien réel. Après avoir quitté les renseignements, j'ai travaillé comme détective privée pour de bon. Ensuite, je lui ai revendu ma moitié de l'affaire. Je me suis dit que je ne pourrais plus vraiment m'y consacrer une fois que j'aurais intégré Stark Sécurité.

Il me regarde avec un profond respect et je fonds sous son regard.

— Je suis vraiment désolé que tu aies dû subir tout ça. Mais ces épreuves t'ont façonnée pour faire de toi la femme incroyable que tu es aujourd'hui.

Ses yeux sont sur les miens, et pendant un instant, j'ai l'impression que le temps s'est arrêté. Puis il se lève et passe les doigts dans mes cheveux. Quelque chose a changé. La réalité de mon histoire, pesante et sombre, a été remplacée par quelque chose de tout aussi intense, mais teinté de chaleur et de nostalgie. Et même de respect.

Je vois ses lèvres s'entrouvrir. J'ignore encore ce qu'il va dire, mais je sais que je veux l'entendre, même si ce brasier dans ses yeux me fait peur.

— Emma, quand on aura terminé... Je veux dire, quand on aura trouvé The-Asst, est-ce que tu penses... Oh, putain de merde !

Il lève d'un bond en disant ces derniers mots et je bascule dans l'eau. Il tend une main pour m'aider, que je saisis en haletant. Mais il ne prend pas le temps de s'excuser. Au contraire, il a l'air euphorique.

— Quels abrutis on fait ! s'exclame-t-il.

En une fraction de seconde, la discussion solennelle et personnelle a cédé la place à la réalité concrète de notre travail.

— Dis-moi.

— Thea, explique-t-il. C'est tellement évident, putain.

Je secoue la tête, désemparée, puis je me fige en comprenant.

— Putain de merde, tu as raison. The-A !

Il hoche la tête.

— Thea. The-Asst.

J'enfouis mes doigts dans ses cheveux et je le rapproche pour un long baiser suave. Quand nous nous séparons enfin, nous sommes à bout de souffle.

— On remet ça à plus tard, lancé-je. Maintenant, allons trouver ton contact.

CHAPITRE QUATORZE

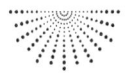

Lorsque Tony avait appelé la chambre de Thea, la réceptionniste l'avait mis en relation, mais après cinq sonneries, il était retombé sur sa première interlocutrice. Elle avait refusé de lui donner son numéro de chambre.

— Je comprends que vous pensiez qu'elle veut vous voir, monsieur, avait-elle dit. Mais nous devons respecter l'intimité de nos clients, et comme nous n'avons aucun moyen de le confirmer, nous ne pouvons pas vous communiquer le numéro.

Pour une impasse, celle-ci était en béton. Ce qui expliquait pourquoi Emma et lui se dirigeaient à présent vers le bâtiment principal du complexe.

— Les chances qu'elle soit avec quelqu'un en ce moment sont minces, dit Emma. Après tout, elle est là pour te voir. Même si c'est un peu bizarre qu'elle n'ait pas appelé notre bungalow.

— Elle est arrivée aujourd'hui, répondit-il à voix basse,

au cas où quelqu'un se trouverait dans les parages. Elle veut d'abord évaluer la situation, sans doute. Et elle ne m'attend pas vraiment avant demain.

Emma hocha la tête.

— Demandons à Mindy de nous présenter, et si ça ne marche pas, on cherchera une femme seule au bar ou au restaurant.

— Si ça ne donne toujours rien, ajouta-t-il en la tirant par le bras, on retourne dans notre chambre et on trouve un moyen de passer le temps jusqu'au lever du soleil.

Au début, elle ne dit rien et il faillit regretter ses paroles. Il savait très bien que ni lui ni elle n'était prêt à quoi que ce soit d'autre qu'une aventure sur cette île, et en même temps, il sentait qu'il s'ouvrait, qu'il laissait l'espoir le réchauffer à la pensée de toutes les délicieuses possibilités qui seraient les leurs une fois que le Serpent serait mort et que cette vendetta ne régenterait plus sa vie.

Non qu'il soit prêt à jouer au papa et à la maman, mais il ne pouvait pas nier qu'il aimait la présence d'Emma à ses côtés.

Toutes ces pensées défilèrent en un instant, et il faillit revenir sur ses paroles, préférant lui laisser une porte de sortie au cas où il se montrerait trop insistant ou trop rapide. Apparemment, elle ne le pensait pas, car elle agrippa le col de son t-shirt pour l'attirer à elle. Elle lui planta un baiser passionné avant de le repousser, un sourire aux lèvres.

— J'admire les hommes qui sont toujours prêts, avec un plan alternatif. Surtout un plan avec lequel je suis d'accord à cent pour cent.

Ses yeux dansaient avec malice.

— Après tout, trop de travail et pas de loisirs...

Il lui caressa la joue.

— Qu'est-ce qu'on en sait, tous les deux ? Pour autant que je sache, nous avons passé notre vie à ne rien faire d'autre que travailler.

— C'est clair.

Le soleil avait plongé derrière le feuillage, laissant le chemin baigné d'un orange profond qui faisait briller les palmiers et les fleurs tropicales comme autant de flammes luisantes. Il lui prit la main et ils continuèrent sur le sentier, jusqu'à ce qu'il s'arrête à l'intersection suivante. Le premier chemin menait vers un autre groupement de bungalows, et le second vers le bâtiment principal.

Il l'attira, soulagé qu'elle réponde avec autant d'empressement que lui, s'ouvrant à son contact, à son baiser. Ce fut long et langoureux. Il lui caressa le dos, dénudé jusqu'aux épaules par un haut qu'elle portait sans soutien-gorge. Ses doigts effleuraient délicatement sa peau alors que leurs lèvres s'affrontaient. Le baiser, qui avait commencé tout doucement, devint presque aussi intense que le ciel flamboyant.

Au bout d'un moment, ils s'écartèrent, le souffle court.

— Pas besoin de la trouver aujourd'hui, dit-il enfin.

— En effet, je ne vois aucun inconvénient à attendre jusqu'à demain.

— Regarde le bon côté des choses.

Il glissa ses doigts plus bas, la taquinant au niveau de l'élastique de son short.

— Tu réussis très bien à me convaincre.

Elle ferma les yeux, la voix vibrante de désir.

— Tant mieux, parce que... *Attends !*

Ses yeux s'ouvrirent immédiatement. Son regard voilé par l'envie avait disparu, remplacé par un calcul froid et un professionnalisme absolu. Il la vit pencher la tête en direction du chemin conduisant aux autres bungalows. Il répondit tout aussi discrètement, par un infime mouvement. Les doigts sur sa cuisse, elle compta jusqu'à trois. *Un, deux, trois !*

Ils firent volte-face comme un seul homme, surprenant une petite blonde aux cheveux courts qui se tenait derrière eux, un appareil photo à la main. Elle poussa un cri et recula d'un bond, tombant à la renverse contre une plante touffue.

— Eh bien, bonjour, dit Emma avec le genre de voix qu'elle employait au lit avec lui. Il y a peu d'inhibitions sur cette île, mais il me semble bien que prendre des photos sans permission enfreint toutes les règles.

Elle prit la main de Tony et la posa en travers de sa poitrine, s'adossant contre lui en prenant la pose.

— Mais je suis sûre qu'on peut s'arranger.

Il devait admettre qu'elle assurait. Si elle n'avait pas parlé en premier, il aurait probablement demandé à la fille ce qu'elle croyait faire, au juste. Emma avait retourné la situation à leur avantage, sans griller leur couverture.

— C'est une belle proposition, dit la femme. Désolée de ne pas avoir demandé. Vous aviez l'air de faire un bon sujet. Alors, j'ai pris quelques photos. Pour... euh, pour me faire une idée de vous.

— Quelques photos ? fit Tony en tendant la main. Je peux voir ?

La femme s'humecta les lèvres avant de lui remettre l'appareil photo. Il balaya les photos à partir de celle qu'elle venait de prendre, qui montrait clairement ses doigts plongeant à l'arrière du short d'Emma. Une autre, plus innocente, le montrait avec Emma sur le chemin, une autre en train de marcher près du feuillage autour de la source naturelle, et enfin une dernière, tout aussi chaste, d'Emma, Tracy Ann et lui.

Il leva les yeux vers la blonde. Elle semblait avoir une vingtaine d'années et elle se mordait la lèvre inférieure. En cet instant, elle ressemblait à un lapin qui ne savait pas s'il devait détaler, ou au contraire, s'approcher pour un peu de carotte.

— Alors, la photo, c'est votre passion ? demanda Emma, dévisageant la fille après avoir regardé l'écran numérique par-dessus son épaule.

— Je ne voulais vraiment pas vous poser de problème. Je pourrais peut-être vous offrir un verre pour me faire pardonner ? Je m'appelle Thea, ajouta-t-elle, se concentrant entièrement sur Tony tout en parlant. Je suis… euh, assistante de direction aux États-Unis. Ma boîte s'occupe des actualités, des questions d'information.

Tony croisa les yeux d'Emma. Elle hocha la tête et fit un pas vers la jeune femme.

— Je m'appelle Kari. Je suis venue avec Tony sur l'île. Et nous sommes tous les deux très heureux de faire votre connaissance.

— Si nous allions dans notre bungalow ? suggéra Tony. Nous pourrons prendre un verre, discuter un peu.

Thea hocha la tête, faisant rebondir ses boucles.

— Ce serait génial. Dans lequel êtes-vous ?

— Dans la section Suavité. Notre bungalow s'appelle le Panoramique.

À la surprise de Tony, Thea parut soulagée.

— C'est un endroit parfait, ajouta Emma.

— Comment avez-vous su que j'étais... commença Tony, avant de réorienter la fin de sa question lorsque Thea lui saisit la main et la serra, ce qu'il interpréta comme un avertissement. Euh, que nous étions un bon sujet pour vos photos ?

— Eh bien, vous avez le corps qu'il faut, dit-elle avec désinvolture. Tous les deux.

Elle fit un clin d'œil à Emma en lui prenant la main.

— Je pense que nous allons passer un très bon moment tous les trois.

CHAPITRE QUINZE

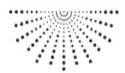

— C'est bon, déclare Thea dès que nous arrivons dans le bungalow. On peut parler maintenant.
— Maintenant ? répété-je, avec un regard en direction de Tony. Pourquoi pas avant ?

Elle hausse les épaules, visiblement mal à l'aise.

— Il n'y a pas de micro à l'extérieur, dit-elle, mais certains membres du personnel sont formés pour... eh bien, vous savez.

— En fait, non, on ne sait pas, rétorque Tony. Si vous nous l'expliquiez ?

C'est une question, mais il est clair qu'il a voulu lui donner un ordre.

— Ils écoutent. Et s'ils pensent qu'il y a quelqu'un ici susceptible de causer des problèmes, ils le signalent à la direction.

— Des problèmes, répété-je.

Son visage vire au rouge écarlate.

— Eh bien, c'est un endroit libertin.

Mes épaules s'affaissent un peu sous l'effet du soulagement.

— Les journalistes, dis-je. Des gens qui pourraient divulguer des photos, enfreindre la confidentialité.

— Voilà. Exactement.

— Vous avez un appareil photo.

Elle rougit de plus belle.

— Mon patron aime que je rapporte des souvenirs. Et il est très proche du propriétaire. Alors, en quelque sorte, j'ai un laissez-passer.

Je grimace.

— C'est bien de savoir que cet établissement respecte strictement ses propres règles.

— Oh, mon patron est le seul à les regarder. Enfin, disons qu'il n'aime pas beaucoup voyager. Je pense que c'est sa version du porno amateur.

— Mais c'est sans danger de parler ici ? insiste Tony. Personne n'écoute ? Ou ne regarde ?

— Non, pas ici.

Le regard de Thea alterne entre nous.

— Certains des bungalows ont des caméras cachées, nous dit-elle. Mais pas celui-ci.

— Bon, fait Tony après l'avoir dévisagée froidement. Suivez-moi.

Il l'emmène dans la petite cuisine et lui montre la table. Elle s'assied et je fais de même. Un instant plus tard, Tony nous rejoint avec une bouteille de vin. Je lui renvoie son sourire. Le bungalow est bien fourni en alcool, sans doute pour atténuer un peu plus les inhibitions sexuelles, sans compter que cela délie généralement la langue.

Comme je m'y attendais, il remplit généreusement son verre, puis en fait de même pour moi. Je dissimule un sourire en me demandant quel genre d'interrogatoire il me réserve, plus tard dans la soirée. Quoi qu'il en soit, j'imagine que je vais apprécier.

— D'accord, dit-il après s'être servi. Dites-nous comment vous savez tout cela. Et ensuite, je veux entendre parler du Serpent.

Elle prend une gorgée.

— Mon patron est ami avec le propriétaire de l'île. Il vient souvent ici, et parfois il envoie ses collègues. Et la concurrence aussi. Il leur offre juste des vacances, sans conditions.

Elle roule des yeux.

— Mais bien sûr, il s'assure que le personnel leur attribue l'un des bungalows dotés de micros et de caméras. Il estime que c'est utile. Et comme il a sauvé le propriétaire de quelques galères, il sait lesquels sont sur écoute.

— Et vous, vous avez confiance dans vos informations ?

— Croyez-vous que je vous parlerais si ce n'était pas le cas ?

Le visage de Tony ne change pas, mais son corps se raidit d'une manière que je trouve révélatrice. Je suis convaincue qu'il pense la même chose que moi : cela pourrait très bien être un coup monté. Mais pourquoi ? Ce n'est pas comme s'il s'était déjà suffisamment approché du Serpent pour que l'assassin décide soudain d'envoyer Thea afin de nous attirer ici. Si le Serpent essayait de tendre un piège à Tony, il aurait sûrement eu de nombreuses occasions au fil des ans. Pour le Serpent, Tony ne compte pas, tout comme moi, d'ailleurs. On ignore les moucherons. Après tout, ce type est un vrai fantôme, et il est difficile de pourchasser un fantôme.

Alors, à moins qu'il ait radicalement changé de modus operandi, Thea est sans doute fiable. Elle détient des informations et, de sa propre initiative, elle a décidé de le contacter.

Quant au pourquoi… cela reste à déterminer.

— Pour qui travaillez-vous ? demande Tony.

— Harvey Dailey.

Je me redresse un peu plus en reconnaissant le nom.

Si Dailey n'est pas un citoyen respectable, il n'a jamais été dans ma ligne de mire. Pour autant que je sache, il n'est pas intéressé par l'achat de petites filles pour son usage personnel. Il se livre plutôt au chantage et utilise les différentes branches de son réseau d'affaires parfaitement légal pour blanchir le produit de ses combines.

Les fraudes en matière de valeurs mobilières et autres crimes en col blanc sont certes répréhensibles, mais cela ne m'a jamais intéressée, que ce soit en tant qu'enquêtrice privée ou lorsque je faisais partie des opérations secrètes. Mes compétences ne s'appliquent pas à ce genre de délits, et pour être victime de chantage, il faut avoir quelque chose à se reprocher. Bien sûr, je n'aime pas cette pratique et je compatis pour ceux qui tombent dans ses filets, mais si je dois choisir entre aider quelqu'un à dissimuler sa liaison extra-conjugale ou secourir une jeune fugueuse qui s'est laissé entraîner dans la prostitution, le choix est vite fait.

Je regarde Tony. D'après son expression, je vois bien que ce nom lui dit quelque chose, à lui aussi.

— Et le Serpent ? demande-t-il. Je suppose qu'il travaille aussi pour Dailey, maintenant ?

C'est ce que je pense aussi. Qu'après la mort du père de Tony, le Serpent s'est engagé auprès d'un nouveau maître.

Thea hoche la tête.

— Exactement.

— Et maintenant, la question bonus, Thea. Quel est le vrai nom du Serpent ? Et comment m'avez-vous trouvé, putain ?

Sa voix est d'un calme redoutable, dénuée de la moindre légèreté. C'est la première fois que je vois vraiment ce côté de sa personne et je suis impressionnée. Peut-être plus que je ne devrais l'être, car je me rends compte que je commence à l'envisager comme un partenaire, et pas uniquement au lit – pas uniquement le temps de notre mission, non plus.

Elle prend une grande gorgée de son vin, l'avale et termine son verre. Tony lève les sourcils, et elle hausse les épaules.

— Vous me faites un peu peur, dit-elle.

À ce moment, je prends conscience de son jeune âge. Elle n'a peut-être même pas vingt-cinq ans.

— Je fais de mon mieux. Parlez.

— Je travaille pour Dailey depuis quelques années et j'ai appris certaines choses. Ce n'est pas une entreprise très légale. Je sais que des agents fédéraux ont fouillé partout, et j'ai entendu des mots comme racket, corruption, blanchiment d'argent, des trucs comme ça.

— Je vois, continuez.

Elle secoue la tête.

— Ça ne me ressemble pas. Je ne veux pas faire partie de ça. Mais si j'essaie de m'en sortir...

Elle laisse sa phrase en suspens et se mord la lèvre.

— J'ai dit à Monsieur Dailey que je voulais arrêter pour retourner en école de commerce. Et Monsieur Dailey a dit que je devais travailler pour lui le temps d'obtenir mon diplôme. Alors, je lui ai répondu que ça me convenait très bien. Avais-je le choix, franchement ?

Tony me regarde et je hoche légèrement la tête. Notre échange silencieux est clair. Cette fille est proprement effrayée, et pas seulement parce que son patron recueille des vidéos pour exercer du chantage et blanchir de l'argent. C'est la peur d'une balle dans le cerveau.

— Mais vous êtes là, dis-je. Alors, que s'est-il passé ?

Sa gorge tressaute lorsqu'elle déglutit.

— Mon frère était un hacker. Il jure qu'il ne le fait pas souvent, et seulement pour entretenir ses compétences. Mais il était sur le dark web, à creuser dans toutes sortes d'endroits louches. Il m'en a parlé. Alors, quand j'ai commencé à me sentir vraiment prise au piège, je me suis dit que je pourrais peut-être y trouver des informations sur mon patron.

— Vous alliez le faire chanter ?

Tony a l'air incrédule. Elle secoue la tête.

— Honnêtement, je ne savais pas ce que je cherchais. Et puis Billy – c'est mon frère – a commencé à trouver des questions sur le Serpent. Des questions discrètes, mais toutes provenaient de la même origine. Il s'est avéré que c'était vous, dit-elle en regardant Tony.

Il me prend la main avant de demander :

— Alors, pourquoi me rencontrer ?

— Je me suis dit que vous vouliez le tuer. Soit ça, soit l'engager, mais j'en doutais. Cela dit, pour moi, ça n'a pas vraiment d'importance. Parce que je peux vous dire son nom et où il vit. Ça vaut bien quelque chose.

— Voilà, nous arrivons au cœur du problème, dit Tony. Que voulez-vous ?

— De l'aide, répond-elle d'une voix plaintive. Le propriétaire de Debauchery laisse mon patron utiliser sa chambre forte pour tenir des registres. Comme dans ce film de Tom Cruise, *La Firme.* Des trucs qui ne sont pas sur l'ordinateur parce que... eh bien, des gens comme mon frère pourraient les pirater. Je veux y entrer, prendre une tonne de photos, et ensuite aller chez les Fédéraux. Si j'ai des preuves de toutes les merdes dans lesquelles ils trempent, le gouvernement me protégera, non ?

— Vous finirez en protection des témoins, confirmé-je.

— Bien, dit-elle avec empressement. J'ai complètement gâché ma vie. Alors, c'est ce que je veux. Un tout nouveau départ.

— Savent-ils que vous êtes ici ? Dailey ? Ses hommes ? Elle hoche la tête.

— Il connaît bien l'île. Comme je l'ai dit, elle appartient à l'ami de Dailey. Je ne suis pas censée savoir pour les caméras, mais je le sais. Alors, quand j'ai demandé à venir ici pendant mes vacances, ils ont accepté avec joie. Je suis dans un bungalow sous surveillance, bien sûr.

Elle fait une grimace, et je suppose qu'elle envisage de trouver quelqu'un à ramener chez elle, histoire de prouver que sa couverture est réglo.

— Alors, vous cherchez notre aide pour accéder à la chambre forte ? Croyez-le ou non, on ne peut pas forcer la serrure d'une chambre forte en collant son oreille à la porte. Ce n'est pas un film d'action.

Elle secoue la tête.

— Non. J'ai la combinaison. Comme je l'ai dit, mon patron est ami avec le propriétaire de Debauchery. Dailey détient un coffre-fort ici. Je pense qu'ils savent tous que c'est pour les papiers qu'il ne veut pas que le fisc découvre, mais personne n'en parle. Et c'est l'un de mes boulots : faire tourner la combinaison toutes les deux semaines. Ce dont j'ai besoin, c'est votre aide pour trouver un contact dans les forces de l'ordre. Quelqu'un en qui je puisse avoir confiance et qui m'aidera vraiment. Je ne sais pas comment les joindre. Dailey a des yeux partout, même au sein du gouvernement et du système judiciaire. Si je m'adresse à la mauvaise personne, il pourrait...

Tony lève la main.

— Je comprends. C'est faisable. Et en échange, vous me direz où trouver le Serpent. Et son véritable nom ?

Elle hoche la tête.

— Je ne le connais pas avec une certitude absolue, mais je sais que c'est dans le coffre-fort. Tous les dossiers du personnel y sont, avec tous les documents utiles pour ses chantages, ce genre de choses.

Tony se lève et fouille dans un tiroir. Il en sort deux couteaux à steak, puis revient et m'en tend un. Ce n'est pas la meilleure arme, mais si cette mission est aussi simple que Thea le prétend, nous n'en aurons même pas besoin. Néanmoins, j'enlève le manche pour que la lame soit plus équilibrée si j'étais obligée de m'en servir.

Avec un froncement de sourcils, Tony soulève le verre de vin de Thea.

— Allez vous reposer. Vous savez où est la chambre ? Prenez deux heures. Et mangez ça, ajoute-t-il en lui donnant l'un des croissants qui se trouvent dans le panier de bienvenue de la cuisine.

— Je ne suis pas vraiment...

— Je veux que vous soyez en forme. On le fait à ma façon ou pas du tout. Une fois que nous vous aurons réveillée, vous nous ferez un topo. Emplacement du coffre-fort. Surveillance potentielle. Les systèmes d'alarme à désactiver. Tout ce qui vous viendra à l'esprit.

— Certainement, mais il ne faudra pas en faire toute une histoire. Je suis ici pour un peu de repos, après tout. Et l'accès au coffre-fort, ce n'est qu'un service que je rends à mon patron.

— Vous avez raison, dis-je en prenant place à côté de Tony. Ça a l'air simple. Mais faites-moi confiance. Ça ne l'est jamais, jamais. Allez vous reposer. On vous réveillera.

— Vous restez ici ? Avec moi ?

— On va prendre un café sur la terrasse. Pas de micro dans le jardin ?

— Aucun. Gardez-moi un peu de café. Je suis toujours groggy après une sieste.

Tony rit.

— Ça marche.

Il la regarde partir, puis se tourne vers moi.

— Et toi ?

— Je n'ai pas besoin de faire la sieste, lui dis-je, provoquant un sourire amusé.

— Je voulais dire pour le café.

Il nous prépare à chacun une tasse à la machine.

— Et pour la terrasse, ajoute-t-il en me tendant la mienne.

Je le suis à l'extérieur, puis je m'assieds en tailleur au pied de la chaise longue à deux places.

— C'est maintenant qu'on organise la véritable mission ?

Il secoue la tête, assis tout au bord du transat, assez proche pour que je puisse le toucher. J'en ai envie, mais je me retiens. À la fois parce que nous devons être en mode travail en ce moment, et parce que je suis frustrée par mon propre désir. Ce besoin de le toucher, sourd et bourdonnant. L'envie de sentir cette connexion qui s'est développée de façon étrange, à la fois inconfortable et stupéfiante depuis qu'il est entré dans mon cœur et m'a convaincue qu'il voulait vraiment que j'accomplisse cette mission.

— Que se passe-t-il ? insisté-je devant son silence. Tu es inquiet pour Thea ? Elle semble...

— Je vais postuler chez Stark Sécurité.

— Oh.

J'aimerais en dire plus, mais chaque mot reste coincé dans ma gorge.

— C'est génial. Tu seras une recrue incroyable.

— Il m'est venu à l'esprit qu'ils allaient peut-être nous associer comme partenaires. Surtout après cette mission.

Je hausse une épaule.

— C'est possible. Serait-ce un problème ?

Je ne peux pas contenir la fébrilité de ma voix, pas plus que la colère des mots qui se bousculent ensuite pour sortir :

— Parce que si tu as peur que je devienne possessive et bizarre juste parce qu'on s'est trimbalés nus, ne t'inquiète pas. On a passé un bon moment, tu es un super coup, et je suis sûre que tu seras un partenaire génial, aussi.

Un muscle de sa joue se contracte, mais ses yeux demeurent impassibles. Au début, il ne dit rien, puis il hoche la tête.

— Bon, d'accord. Alors, tout va bien. J'espère que nous travaillerons ensemble. Tu as de sérieuses compétences.

— Toi-même, lancé-je, toujours agacée, et furieuse de l'être.

Pourquoi est-il si facile de faire irruption dans une pièce remplie d'ennemis armés jusqu'aux dents, alors que je n'arrive même pas à dire à ce mec que, aussi mystérieux que ce soit, il compte plus pour moi qu'un simple coup d'un jour ?

Il hésite, et je pense qu'il va dire quelque chose. Mais il se lève, se tourne et se dirige vers la porte.

Eh bien. Super. Génial. Les relations sont décidément bien complexes, brouillonnes et chaotiques. Je n'ai jamais aspiré à cela, et ce n'est certainement pas quelque chose dont j'ai besoin maintenant.

Bien sûr, c'est un mensonge éhonté, et comme ma règle principale est de ne jamais mentir à Eliza ni à moi-même, je suis franchement déboussolée en ce moment.

Cet état émotionnel se transforme en un tourbillon d'espoir et d'angoisse presque adolescente lorsqu'il s'arrête à la porte, se retourne et me dit sèchement :

— Laisse tomber.

— Excuse-moi ? me récrié-je.

Mais il ignore mon intonation, et Dieu merci. Il revient vers moi en deux longues enjambées, me saisit par le haut des bras et me hisse sur mes pieds.

— Eh !

— Laisse-moi juste sortir ça et tu pourras décider de ne plus m'adresser la parole dès notre retour. Voilà : je craque pour toi. Bon sang, et je suis *à deux doigts* de coincer ce fils de pute de Serpent. Ce qui veut dire que je suis sur le point d'avoir à nouveau une vie, peut-être pour la première fois. Et peut-être que je suis un idiot, mais je veux que tu en fasses partie. En tant que partenaire, dit-il. Au travail, mais pas que...

— Putain, c'est une proposition ?

En guise de réponse, il éclate de rire.

— Si tu pouvais voir ta tête !

— Attends, dis-je en tendant la main, bien qu'il n'aille nulle part.

J'ai peut-être l'air troublée, mais je ne dois pas afficher la moindre peur ni colère, parce qu'apparemment, il a compris que je ne voulais pas qu'il parte. Il semblait déjà le savoir avant moi.

— Attends ? répète-t-il, plus doucement à présent. Qu'est-ce que j'attends ?

— Mes excuses ?

J'inspire avant de souffler lentement.

— Tout ce que tu viens de dire. Même chose pour moi.

Sa bouche esquisse un sourire authentique.

— Et moi qui pensais que seuls les hommes n'étaient pas très éloquents, dit-il.

— Eh bien, je suis comme je suis. Excuse-moi d'avoir fait l'autruche en mettant la tête dans le sable. Maintenant, si tu me fais flipper en sortant une bague ou quelque chose comme ça, j'y retourne tout de suite. Enfin... ce que tu proposes... être partenaires au boulot et dans la vie. Être ensemble. Oui. Je ne sais pas pourquoi, mais ça me dit bien d'essayer.

— Merci beaucoup.

Je souris.

— Bon, d'accord. Je sais pourquoi. C'est toi, voilà ce que c'est. Tu t'es glissé dans mon cœur alors que je ne m'y attendais pas. Ce ne serait pas juste de te flanquer dehors sans te donner une chance.

Il roule des yeux et m'attire à lui.

— Emma ?

— Oui ?

— Tais-toi.

Enfin, Dieu merci, il m'embrasse.

CHAPITRE SEIZE

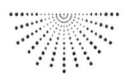

C'était l'une des missions les plus folles que Tony eût jamais effectuées. Mais cela valait la peine d'avoir Emma dans ses bras, cette bouche insolente et son corps tendu vers lui.

Avec un gémissement grave, il approfondit le baiser, l'entraînant jusqu'à ce qu'ils soient étendus ensemble sur la chaise longue. Elle émit un doux gémissement pour protester, puis interrompit le baiser, se hissant sur un coude afin de le regarder.

Une mèche de cheveux s'échappa de derrière son oreille, effleurant sa joue alors qu'elle disait :

— On ne peut pas maintenant. Il faut y aller.

— Oh, si, je pense qu'on peut.

Il sourit, puis la retourna, lui arrachant un petit cri alors qu'elle atterrissait, son dos sur le coussin du transat. Il la chevaucha. À présent, ses cheveux étaient étalés et, dans les lumières scintillantes qui ornaient la terrasse, elle ressemblait à un ange. *Son ange*, pensa-t-il. Au lieu d'être banale, cette pensée niaise et sentimentale lui semblait d'une douceur divine. Et tellement vraie.

— Tony...

Sa voix contenait un avertissement, mais ses mains qui descendaient le long de son dos pour venir lui empoigner les fesses racontaient une tout autre histoire.

— Elle dort, dit-il. Il n'y a pas de mal à la laisser dormir quelques minutes de plus.

— C'est une bonne excuse.

— Je trouverais toutes les excuses du monde pour être avec toi.

Elle pouffa.

— Belle réplique, mais c'est faux. Tu ne sacrifierais pas notre chance d'accéder à ce coffre-fort, pas plus que sa sécurité.

Tout cela était vrai. Seigneur, elle le connaissait déjà si bien.

— Je ne te sacrifierais pas non plus, observa-t-il.

— Aucun problème. Je peux me débrouiller seule.

— Je n'en doute pas.

Il déplaça son poids de manière à pouvoir laisser vagabonder une main sur son corps, puis il se concentra sur sa poitrine, qu'il commença à attiser à travers le tissu fin de son haut.

— Mais pour l'instant, ajouta-t-il, je veux m'occuper de toi.

— Ce plan me plaît bien, chuchota-t-elle.

Il voyait qu'elle le pensait, à l'accélération de son pouls et aux petits bruits de plaisir qu'elle émettait tandis qu'il la caressait légèrement.

Il s'avança, effleurant doucement ses lèvres avant de goûter la courbe de sa mâchoire, puis de plus en plus bas.

— Attends.

Ce mot était bas, à peine un murmure, mais un froid glacial l'envahit. Il ignorait si elle voulait s'arrêter, mais une chose était certaine, il voulait continuer. Il la désirait tant. Elle venait de lui avouer qu'elle le désirait aussi, pourtant il n'arrivait toujours pas à y croire.

Il ne dit rien, mais il se sentait plus vulnérable que jamais, même quand il était enfant et qu'il était à la merci de son père. Ou plus tard, en mission, piégé dans un coin avec le pistolet d'un connard braqué sur la tête.

Il avait toujours survécu. Maintenant, en revanche, il n'était pas sûr de survivre si elle revenait sur ses paroles et lui annonçait que ce n'était qu'une aventure, le temps de la mission, qu'il n'y avait rien de réel entre eux, rien qui ne vaille la peine d'être exploré, ne serait-ce que pour voir ce qu'ils donneraient ensemble.

— Je ne suis pas... commença-t-elle,

Il sentit une main froide et dure se resserrer autour de son cœur.

Elle s'éclaircit la gorge et recommença.

— Je ne sais pas comment faire. Comment faire pour que ça marche. Toi et moi, je veux dire.

Ses yeux étaient hagards et très sérieux. Elle avait l'air si pure, innocente et confiante. Ce fut à ce moment-là qu'il sut qu'ils avaient une chance à saisir. Parce qu'il n'y avait aucune trace de la femme susceptible de lui briser le cou si elle le voulait. Au contraire, elle lui montrait son côté faible, et pour une femme comme Emma, cela en disait beaucoup plus long que les mots.

Il soutint son regard et perçut un soupçon de joie refoulée dans sa voix alors qu'il répondait tout simplement :

— On s'en fiche. Je suis moi, et tu es toi, voilà tout. Avançons un jour après l'autre.

— Ça me va.

Elle prit une inspiration en plissant le front.

— Écoute, je voyais quelqu'un avant...

Il étouffa un élan de jalousie.

— Dois-je craindre de me faire botter le cul à notre retour ?

Ses mains exercèrent une infime pression sur ses fesses.

— Non. Non, on a rompu il y a environ trois mois. Ce n'était rien de sérieux, de toute façon. Disons plutôt une amitié avec quelques moments coquins.

Une fois de plus, elle fronça les sourcils.

— Enfin, c'est ce que c'était pour moi. Mais elle, elle voulait plus.

Il hocha la tête, mais garda le silence. Il voyait bien qu'elle avait d'autres choses à dire, et il espérait qu'elle ne craignait pas qu'il prenne peur de savoir qu'elle était sortie avec une femme. Il ne se souciait pas de savoir avec qui elle était avant, tant qu'elle était exclusive avec lui quand ils étaient ensemble.

— J'ai juste...

Elle laissa sa phrase en suspens, le temps de reprendre son souffle.

— Je n'en reviens pas de dire ça à voix haute. Merde.

Après une autre inspiration profonde, elle dit :

— Seulement, cette fois, avec toi, je crains que ce soit moi qui en demande plus.

Un soulagement intense lui gonfla la poitrine.

— Ma belle, tu n'as pas à t'inquiéter de ce qui se passera.

— Tu es dans ma peau, dit-elle. Dans ma tête.

Il l'embrassa délicatement, puis sourit.

— Ça n'a pas l'air très confortable.

— Au contraire, c'est étonnamment confortable, dit-elle avant de déglutir. Je ne me sens pas souvent comme ça. Non, c'est un mensonge...

Il grimaça, redoutant qu'elle ne lui parle d'un amour perdu depuis longtemps et qu'elle n'avait pas oublié.

Comme il était distrait, elle parvint sans effort à reprendre le dessus, le faisant basculer prestement sous son corps. Il étouffa un petit rire surpris lorsqu'elle le chevaucha.

— La vérité, reprit-elle, c'est que je n'ai *jamais* ressenti ça. Alors, ne me brise pas le cœur, d'accord ?

Elle remonta ses mains vers le haut et les referma autour de son cou. Ainsi, elle n'aurait pas beaucoup d'efforts à faire pour lui écraser la trachée.

— J'ai été formée par une agence gouvernementale secrète, n'oublie pas.

Sa voix était basse et enjouée, mais il y avait aussi un fond de vérité là-dedans.

— Crois-moi quand je dis que j'imagine de nombreux moyens pour me venger d'un cœur brisé.

— Je tâcherai d'y penser.

Il se pencha, ignorant la brève pression sur sa gorge avant qu'elle ne bouge les mains. Puis il l'embrassa, ses doigts se glissant lentement sous son short.

— Ah, ah, protesta-t-elle. Si on va dans ce coffre-fort, qu'on obtient l'info et qu'on revient ici en moins de deux heures, je te baiserai si fort que tu verras des étoiles. Mais pour l'instant, nous avons une mission.

— C'est vrai... répondit-il en réglant la minuterie de sa montre. L'heure tourne.

---

— Mario n'a rien obtenu, dit-elle à Tony une heure plus tard.

Ils avaient envoyé leurs premières informations à l'expert en technologies de l'agence.

— Bon, il n'a pas encore fait l'analyse complète, mais sans nom de famille, il ne peut pas faire plus en si peu de temps. On sait que Dailey doit tremper dans des affaires louches, sinon pourquoi ce coffre-fort ? Quant à Thea...

Elle haussa les épaules et il acquiesça.

— Je n'en sais rien, mais vu les circonstances, nous devons faire avec. Rester vigilants.

— Toujours, lui répondit-elle avant de l'embrasser, ses lèvres s'attardant sur les siennes même une fois que Thea fut entrée dans la pièce.

Elle s'écarta avec un clin d'œil.

— Je ne fais que réclamer ce qui m'appartient, lança-t-elle avant de lui prendre la main. Allons-y, ajouta-t-elle à l'attention de Thea.

Ils descendirent ensemble l'un des chemins conduisant au hangar à bateaux de l'île, fermé à clé après le coucher du soleil. Les chemins demeuraient ouverts et éclairés pour que les invités puissent se promener, et comme tous les trois faisaient de leur mieux pour paraître décontractés, ils gardaient un œil sur d'éventuels promeneurs. Jusqu'à présent, ils n'avaient vu personne.

— Le coffre se trouve à l'arrière du hangar à bateaux, leur expliqua Thea. Ça ressemble à un ancien entrepôt de maintenance un peu désaffecté, mais c'est un vrai bastion.

Tony comprit ce qu'elle voulait dire une fois qu'ils eurent quitté l'allée principale pour emprunter un chemin plus étroit qui faisait le tour par le fond. Les murs étaient en métal ondulé, rouillé et abîmé. Le béton de la rampe d'accès à l'eau était fissuré et gondolé. Comme l'avait annoncé Thea, la zone semblait avoir été laissée à l'abandon en faveur du nouveau quai d'entretien étincelant qu'ils avaient aperçu en s'approchant du hangar.

Il croisa le regard d'Emma et la vit hocher rapidement la tête comme pour dire : « *Malin. Très malin.* »

Thea ouvrit la porte rouillée et cabossée pour révéler une imposante plaque d'acier.

— Ça s'ouvre en coulissant, dit-elle avant de passer devant Tony en tentant d'atteindre la boîte du disjoncteur.

Ce n'était pas vraiment un boîtier de disjoncteur, bien sûr. En réalité, c'était une fausse façade qui, une fois ouverte, révélait un pavé numérique. Elle ferma les yeux, chantonna quelques chiffres à mi-voix, puis se tourna vers eux en haussant les épaules.

— J'avais peur de les écrire. Les chansons déclenchent la mémoire, vous savez ?

— Pas bête, répondit Emma. À supposer qu'on se souvienne bien des paroles.

Thea sourit.

— On va le savoir, dit-elle avant de saisir le code.

Presque immédiatement, ils entendirent un sifflement hydraulique, puis le glissement lent de la porte vers la gauche. Tony fit un signe de tête, impressionné, avant d'inviter Thea à le précéder à l'intérieur.

— Refermez la porte, dit Thea au moment où Emma entrait derrière eux. Il y a un panneau ici aussi, mais ça me fait flipper que la porte de la chambre forte soit fermée. Il vaut mieux allumer les lumières.

— Je m'en charge, lança Emma avant de tirer sur la porte en tôle.

Elle activa l'interrupteur, allumant l'unique ampoule de faible intensité qui se balançait derrière une grille au-dessus d'eux.

Même avec un éclairage minimal, Tony pouvait distinguer la pièce. Un bureau. Une rame de papier. Une imprimante. Mais pas d'ordinateur. Quand on venait travailler dans la chambre forte, sans doute apportait-on son propre ordinateur portable.

Autour d'eux, les murs étaient longés de classeurs métalliques dont les bords commençaient à rouiller malgré l'étanchéité de la chambre forte.

— Par ici, dit Thea avant de rejoindre le placard du

milieu, de l'autre côté de la pièce. C'est là que tous les entrepreneurs indépendants...

Elle s'interrompit en ouvrant un tiroir de classement. Puis elle ouvrit celui du dessus, du dessous, ses mouvements de plus en plus fébriles jusqu'à ce qu'elle se retourne enfin pour regarder Tony et Emma.

— C'est vide, dit-elle. Il n'y a rien du tout dans ces tiroirs.

— *Merde*, pesta Tony alors même qu'il ouvrait les tiroirs les plus proches de lui.

En fond sonore, il pouvait entendre Emma faire la même chose.

— Ils ont tout déplacé, comprit Thea. Pourquoi ont-ils fait ça sans me le dire ?

Tony sortit le couteau à steak de sa poche et remarqua qu'Emma faisait de même.

— La première hypothèse, c'est qu'ils ne vous l'ont pas dit parce que ça n'avait aucune importance. Vous ne veniez pas ici pour le travail, après tout. Juste en vacances.

— Mais...

— La seconde, poursuivit Emma sans tenir compte de la protestation de Thea, c'est qu'ils ne vous font pas confiance. Dans ce cas, c'est un piège.

— Non, non. Ils me font confiance. Je le sais. Je...

Elle se tut avec un gémissement, passant les doigts dans ses cheveux.

— Je ne comprends pas.

— Pour l'instant, ce n'est pas le sujet, répondit Tony. Tout ce que nous avons à faire, c'est sortir d'ici.

Il fit signe à Emma de prendre la tête de leur petit

groupe et il prit le bras de Thea. Il n'était pas certain de ce qui s'était passé, mais il avait bien l'intention de la garder tout près de lui.

Emma sortit la première, puis Tony et Thea. Cette dernière se rua vers le panneau de contrôle, saisit le code et la porte se referma. Il remit la porte en place, et tous trois s'avancèrent au-dehors, sous le surplomb de tôle. Au même instant, une silhouette grande et fine bougea sur le chemin, à quelques mètres d'eux.

L'inconnu portait une casquette de baseball qui empêchait le clair de lune d'atteindre son visage, maintenant ses traits cachés dans l'ombre. Mais il souriait, ses dents blanches étincelantes. Immédiatement, Emma s'avança aux côtés de Tony, les deux formant comme une barrière entre Thea et le nouveau venu.

— Ne vous embêtez pas, déclara l'homme d'une voix grave. Je ne suis pas ici pour faire du mal à Thea. Je suis ici pour la remercier. Après tout, elle m'a conduit jusqu'à toi. C'est un plaisir de faire ta *connaisssssssssssssance*, Antonio, après tant d'années...

Il fit délibérément traîner le *s*, comme si Tony n'avait pas déjà compris son identité. Comme si son sang ne s'était pas déjà mis à bouillir sous l'effet de sa fureur.

*Le Serpent.* Enfin là, debout devant lui.

— Vous avez tué ma mère, dit Tony.

— Elle a supplié pour que je lui laisse la vie sauve. Pas ton oncle. Au moins, il est mort avec dignité, mais pas avant de m'avoir promis que je souffrirais.

Se désignant de la main, il ajouta :

— Jusqu'à présent, pas de souffrance.

Derrière lui, Thea murmurait :

— Non, non.

Tony prit conscience que les mêmes mots tournaient en boucle dans sa propre tête. *Non, non, non, non.*

Lorsqu'Emma lui prit la main et la serra, il résista à l'envie de fermer les yeux. Mais il se laissa imprégner de sa force, de son pouvoir. Lorsqu'il leva le menton et regarda à nouveau le Serpent en face, il se sentit un peu plus calme. Ce monstre était seul, et ensemble, Tony et Emma étaient forts.

Il se pourrait bien que...

Devant lui, le Serpent tendit la main.

— Thea, ma jolie. Tu as tout fait à merveille. Approche.

— Elle n'ira nulle part, déclara Tony en se penchant pour saisir le bras de Thea, qu'il agrippa fermement. Pas avant d'avoir des réponses.

— Bien, fit le Serpent avant de dégainer un pistolet, le braquant sur Emma. Soit tu m'envoies Thea, soit l'autre en prend deux dans la poitrine.

— Il le fera, souffla Thea. S'il vous plaît, ne le laissez pas blesser Kari.

À quelques pas de là, Emma demeurait immobile. Il n'y avait pas de couverture, nulle part où aller. Et ils savaient tous les deux que le Serpent était un excellent tireur.

Elle tourna la tête juste assez pour que Tony puisse voir son visage. Elle n'avait pas de plan, c'était évident.

Ce qui était également évident, c'était qu'elle lui faisait confiance pour gérer tout cela.

Mais Seigneur ! L'idée de remettre une civile entre les mains du Serpent...

— C'est bon, dit Thea en comprenant son dilemme. Il ne me fera pas de mal.

Elle commença à faire un pas vers le Serpent, mais Tony lui saisit le bras pour la retenir.

— Non. Reste ici.

Le Serpent ricana.

— Idiot. Elle a raison de me faire confiance. Après tout, c'est moi qui l'ai envoyée ici.

— C'est ça ! lança Tony, sarcastique, au moment même où Thea répondait :

— Seulement pour vous procurer les dossiers.

Il fallut un moment à Tony pour réaliser qu'en disant *vous*, Thea faisait référence au Serpent. Pas à lui.

— Thea ? demanda Emma.

Ce fut pourtant à Tony que Thea adressa sa réponse :

— Je... je devais lui donner vos coordonnées pour que vous puissiez le retrouver après toutes ces années. Il attendait une confrontation.

Une larme coula sur sa joue.

— Il a dit qu'il voulait en finir.

Elle renifla, puis se tourna vers le Serpent.

— Vous n'étiez pas censé être là, fit-elle d'une voix cassée. Vous avez dit que si je venais chercher l'information pour vous la donner, ce serait fini. Que je pouvais partir et qu'on serait quittes.

Cette fois, il riait franchement, une sonorité à la fois dure et empreinte de sarcasme.

— Ma jolie Thea. Tu ne devrais vraiment pas te fier aux confidences sur l'oreiller. Je dirais presque n'importe quoi pour une baise de qualité.

— Espèce de connard !

Elle se dégagea de la poigne de Tony, et alors que ce dernier tendait la main pour la rattraper, le Serpent changea de position et tira.

Ce tir rappela à Tony que, dans la vie réelle, les silencieux n'avaient rien de commun avec ce que l'on voyait dans les films.

Des dizaines d'oiseaux jaillirent de leurs arbres pour battre des ailes dans le ciel obscur. Thea tituba et tomba au sol, les deux coups rapides l'ayant atteinte à la poitrine et à l'épaule.

Tony se rua à ses côtés, mais en voyant ses blessures, il grimaça. C'était grave, très grave. Il y pressa ses mains pour essayer d'interrompre le saignement.

— Quelle salope, celle-là, souffla le Serpent. Exactement comme elle, ajouta-t-il, dirigeant le pistolet sur Emma qui s'était déplacée pour se mettre aux côtés de Tony. Encore une adepte des confidences sur l'oreiller, à ce que je vois.

— Espèce de salopard, gronda Tony. Elle n'a rien à voir avec vous.

— Ah bon ? Alors, tu pourras peut-être me dire pourquoi elle travaille aussi pour Dailey.

— Putain, c'est quoi ça ? s'exclama Emma d'une voix grave. C'est quoi ce foutu jeu auquel...

— Dailey l'a engagée pour éliminer Billy Cane. Cane a détourné des fonds, et notre Emma travaille pour Dailey depuis des années, à nettoyer ce beau gâchis.

— Tony, dit-elle. Non.

Mais il ne pouvait pas l'entendre, pas vraiment. Pas

avec le Serpent qui jacassait sans discontinuer et Thea qui haletait tandis qu'il appuyait pour maintenir la pression sur la blessure.

— Tu sais, je peux résoudre ce problème, dit le Serpent en se tournant vers Emma. Je peux te donner un coup de pouce et me débarrasser de cette salope.

Tout en parlant, il brandit son pistolet, ignorant le cri de Tony qui lui demandait d'arrêter, de ne pas faire un geste.

Une fraction de seconde plus tard, le Serpent hurlait, son arme dégringolant au sol alors que du sang coulait d'une entaille à son poignet. Il fallut une seconde à Tony pour comprendre ce qui s'était passé : Emma avait lancé le couteau à steak, qui s'était planté dans sa chair – une précision remarquable qui témoignait de ses compétences. Elle s'était déplacée et se trouvait maintenant presque aux côtés du Serpent. Ramenant violemment sa jambe vers le haut, elle l'atteignit sous le menton, le forçant à reculer, avant de se ruer vers le pistolet.

Parvenant à se ressaisir, il donna un coup de pied à son arme, l'envoyant glisser dans les broussailles. Emma s'y précipita tandis que le Serpent détalait sur le chemin, de toute la puissance de ses longues jambes. Quelques secondes plus tard, le grondement d'un moteur de petit bateau se fit entendre et le bruit s'estompa à mesure que l'embarcation s'éloignait.

Emma se redressa, l'arme à la main. Le souffle court, elle secoua la tête.

— Ce n'est pas vrai. Rien de tout ça. Merde, Tony. Tu sais que ce n'est pas vrai, j'espère !

Il ne voulait pas y croire. Il ne le pouvait pas. Pour l'instant, il choisit de l'ignorer.

— Appelle l'hôtel. Dis-leur d'envoyer une équipe médicale ici.

— Aucun réseau, dit-elle en regardant son téléphone. Je vais y aller.

Sur ce, elle partit au pas de course entre les arbres jusqu'au bâtiment principal. Au fond, Tony savait qu'elle ne reviendrait pas. Il avait merdé. Pendant un instant, il s'était autorisé à croire au pire. Et même pas à son sujet, enfin, pas vraiment.

Non, ce qu'il craignait, c'est d'avoir perdu son avantage. Il avait passé tant d'années à chercher le Serpent caché dans l'ombre qu'il s'avérait incapable de voir le véritable danger quand il se tenait devant lui en pleine lumière.

Mais Emma... Oh, mon Dieu, Emma ! Comment avait-il pu avoir une pensée aussi horrible, ne fût-ce qu'une seconde ?

— C'est vrai.

La petite voix faible provenait de Thea. Il avait enlevé sa chemise pour essayer d'arrêter le saignement, et à présent le tissu et ses mains étaient trempés. Maintenant une pression sur la blessure, il lui sourit en lui murmurant qu'elle devait éviter de parler, que tout se passerait bien et autres balivernes destinées à la rassurer.

— C'est vrai, répéta-t-elle. Il... me l'a dit. Avant. Elle se fiait... à vous pour...

Elle haletait, le souffle court, son sang formant des bulles sur ses lèvres.

— Taisez-vous. Économisez vos forces.

— J'étais censée vous le dire. Qu... quand nous serions seuls.

— Pourquoi ?

Il avait posé cette question sans réfléchir, et immédiatement, il changea d'avis.

— Non, non, restez tranquille. Gardez vos forces.

— Votre... père, chuchota-t-elle, alors qu'ils entendaient le bruit lointain d'un moteur de Jeep.

Il les appela en leur demandant de se dépêcher, puis il se concentra à nouveau sur la fille.

— Quoi, mon père ?

— Vivant... père... Morgan. Il est... vivant.

Pendant un instant, elle écarquilla les yeux, puis elle demanda :

— Vous me... pardonnez ?

Il demeura assis, sous le choc, sans jamais relâcher la pression, alors même qu'il voulait crier, pleurer, frapper violemment quelque chose. Au lieu de quoi, il se contenta de hocher la tête, les joues baignées de larmes.

— Oui, dit-il en sentant le dernier souffle de vie la quitter.

Alors que les infirmiers accouraient, trop tard pour s'occuper de la jeune femme, Tony recula. Désormais, il avait une nouvelle mission : retrouver son père.

Une fois de plus, il se retrouvait tout seul.

## CHAPITRE DIX-SEPT

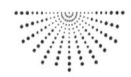

— Mais c'est ridicule, s'exclame Eliza alors que je fais les cent pas devant elle.

Si Quincy et elle avaient de la moquette, j'y aurais déjà tracé un sillon. En ce moment, on pourrait croire que je m'emploie à cirer leur plancher de bois franc avec mes pieds nus.

— Tony ne peut pas croire que tu travailles avec le Serpent ou ce Dailey.

— Vraiment ? Parce qu'il semblait sacrément convaincu !

Le contraire m'aurait étonnée. Après tout, le Serpent était au courant de la mission Cane. Et comment aurait-il pu savoir cela si je ne travaillais pas avec lui ou son supérieur ?

— *Putain*, dis-je avant de le répéter trois fois de suite. Ça fait du bien de jurer !

— Mais si tu...

— Merde, dis-je en arrivant une fois de plus devant

l'étagère murale chargée de livres, d'une chaîne stéréo et de vieux disques. C'est trop petit, ici.

Voilà pourquoi j'habite un pavillon. J'ai aussi un appartement, le premier endroit que j'ai acheté dès que j'ai eu un peu d'argent, mais je l'ai tout de suite mis en location. Au moins, la maison est assez spacieuse pour bouger. Les espaces réduits me donnent l'impression d'être piégée et ça m'oppresse. J'ai l'impression d'être de retour dans notre cagibi, allez savoir. J'ai dû retourner vivre à l'appartement, il y a quelques mois, alors que ma maison était en travaux, et je n'arrivais pas à croire qu'Eliza et moi y avions vécu pendant plus d'un an, à l'époque. Je m'y sentais à l'étroit. J'ai horreur de me sentir confinée.

C'est peut-être ça. Peut-être est-ce la raison pour laquelle cette accusation m'énerve autant. Le Serpent m'a coincée, et je ne peux même pas le retrouver, l'étrangler et lui faire cracher la vérité, parce que ce fils de pute est mort – enfin, pour de bon. Je n'ai même pas eu la satisfaction de le voir se vider de son sang.

J'ai reçu la confirmation, ce matin, qu'un petit bateau à moteur s'était échoué sur la plage d'une île voisine. Il y avait à bord un cadavre vêtu de noir, avec une casquette de baseball. Il était mort de blessures par balle, deux à la poitrine et une à la tête. J'avais récupéré l'arme et l'avais rejoint alors qu'il s'éloignait du quai. J'avais tiré à trois reprises. Apparemment, j'avais touché en plein dans le mille.

— Au moins, tu l'as tué, dit Eliza, lisant dans mon esprit comme toujours. C'est une bonne chose.

Je ricane.

— Tu parles, Tony va croire que je l'ai fait parce que le Serpent a trahi la vérité et m'a mise en rogne. En plus, ça ne va pas lui plaire, parce qu'il veut tuer ce salaud depuis des années, et maintenant, je lui ai refusé le plaisir.

— Oui, mais sinon, le type se serait échappé. Enfin, quand même, Tony n'est pas un idiot, n'est-ce pas ? Il doit savoir...

— Il pense que je lui ai menti. Que je mens à l'Agence. Merde, Eliza, il pense que je fais partie du mauvais côté.

Les sourcils de ma sœur remontent jusqu'à la racine de ses cheveux et elle s'enfonce dans les coussins.

— Désolée. Ça va, pas la peine de m'agresser comme ça.

*Merde. Putain de merde !*

Avec un soupir, je me laisse tomber sur un fauteuil en cuir. C'est l'un des rares meubles qui me rappellent que Quincy est britannique, typique de ce que l'on trouverait dans une bibliothèque de scène de crime, dans un roman d'Agatha Christie.

Quand je lève les yeux, c'est pour croiser le regard de ma sœur. Je soupire.

— Quoi ?

— Ça ne te ressemble pas. Il se passe autre chose.

— Si ce n'est que mon partenaire croit que je suis une traîtresse en cheville avec un connard de criminel que le SOC et une demi-douzaine d'autres agences de renseignements voulaient capturer vivant ? Je trouve que ça suffit, non ?

— Bon sang, Emma, c'est moi.

Je réprime un autre juron avant de soupirer.

— C'est juste que je n'ai pas...

Je laisse ma phrase en suspens et ma main retombe sur l'accoudoir, comme pour balayer la futilité de toute cette conversation.

— Il me plaisait bien, d'accord ? dis-je d'une voix hachée.

Mon intonation mettrait quiconque au défi d'objecter. N'importe qui d'autre se serait recroquevillé, mais ma sœur fait le contraire. Elle se penche en avant dans un mouvement impatient, les yeux grands ouverts.

— C'est-à-dire ?

— Je ne suis pas une collégienne, et on ne jouera pas à ce petit jeu.

— Tu as couché avec lui ?

Je penche la tête.

— Allô ? C'était l'île de la baise. Qu'est-ce que tu crois ?

— C'est vrai. Mais tu sais aussi ce que je veux dire. Tu n'es pas vraiment célibataire, et tu ne tombes pas amoureuse de tous ceux avec qui tu couches.

Je ramène mes jambes vers le haut pour m'asseoir en tailleur dans le fauteuil.

— C'est parce que je ne pense pas que le sexe soit une expérience transcendantale. Il suffit de vouloir passer un bon moment, c'est tout.

— Je suis d'accord, seulement parfois, c'est plus que ça.

Elle appuie son menton sur son poing, me dévisageant pendant que je garde le silence.

— C'était plus que ça, n'est-ce pas ?

— Je ne le connais pas assez bien pour le dire.

Elle se contente d'un sourire.

Une fois de plus, je ne peux m'empêcher de maugréer intérieurement.

Après un soupir, j'ajoute :

— Bon, d'accord. La vérité ? Je ne sais pas ce que je ressens pour lui. Enfin, non. Ce n'est pas vrai. Je suis furieuse. J'ai eu une vraie connexion avec lui, El.

En m'entendant, j'ai envie de grimacer, parce que j'ai l'air faible, perdue et troublée, et en temps normal, je ne suis pas comme ça. Ce qui me rend dingue, c'est que tout est la faute de ce foutu Antonio Santos.

— Parle-lui, dit-elle. Peut-être que tu as tort. Je ne peux pas croire qu'il pense ça de toi. Quand même, c'est de *toi* qu'on parle, là. Tu ne te mettrais jamais en cheville avec des gens comme ça.

— Il a dû le croire. Sinon, pourquoi est-ce qu'il n'est pas venu me chercher ? J'étais sur l'île toute la nuit. J'ai pris la première navette le lendemain, mais j'étais dans un des bungalows jusqu'au matin. Il aurait pu demander à la réception de me laisser un message. Il aurait pu me retrouver sur le tarmac. Mais il n'est pas venu, il n'a pas appelé. Il a cru ce qu'a dit le Serpent. Il a préféré croire cette raclure de bas étage plutôt que moi.

Elle ne dit rien, se contentant de froncer les sourcils. Pendant une minute, le silence se fait entre nous, et j'ai l'impression qu'il dure une éternité.

— Tu lui as parlé. De nous deux. De notre vie. Et de ton arrestation. De ton recrutement, aussi. Emma, tu lui as tout raconté ?

Je ne réponds pas, mais je sais qu'elle voit ma gorge

bouger lorsque je déglutis. Ses épaules s'affaissent sous le poids de mes aveux silencieux.

— Je suis désolée, dit-elle.

Pour la première fois, je suis certaine qu'elle comprend sincèrement. Parce que je ne m'ouvre jamais autant à qui que ce soit. Et quand je l'ai fait, j'ai reçu cette gifle en pleine figure...

Cela ne devrait pas me faire aussi mal. Je suis plus forte que ça. Ou, du moins, je pensais l'être.

Avec un soupir, je décroise mes jambes et me lève.

— Je ne sais pas. Peut-être que je le mérite. La vérité, c'est que je ne lui ai pas tout dit. Je ne lui ai jamais dit que le SOC recherchait le Serpent, ni que moi aussi, je voulais sa mort. Pour ce qu'il en savait, je n'avais jamais entendu parler de ce connard avant.

— Ça peut expliquer sa réaction.

— N'est-ce pas ? Le karma est une plaie.

Je fronce les sourcils en pensant à toutes les raisons que le karma aurait de me punir. Après tout, ce n'est pas la seule chose que j'ai cachée à Tony. Je ne lui ai jamais parlé de son père non plus. C'était Clyde Morgan qui s'était arrangé pour nous acheter, Eliza et moi, au marché noir. Mais comme c'est aussi le seul secret que j'ai caché à ma sœur, je n'en parle pas maintenant.

— Tu fronces les sourcils, dit-elle.

— Tiens donc, je me demande pourquoi.

Elle penche la tête, et je m'empresse de lui préciser :

— Je pensais à Thea. Cette pauvre fille est morte.

— Tu as dit qu'elle couchait avec le Serpent. Et qu'elle se couchait devant lui, aussi.

Je hoche la tête.

— C'est vrai, mais je ne pense pas qu'elle ait eu le choix. Elle a été aspirée dans les sables mouvants et elle essayait de trouver un moyen de s'en sortir.

Je rencontre les yeux de ma sœur.

— Ça aurait pu être l'une de nos histoires, à nous.

Eliza hoche la tête.

— Oui. Si ce n'est pas le cas, c'est grâce à toi. Tu as pris soin de nous deux.

Je parviens à esquisser un sourire et je murmure :

— Je suppose.

Mais ce qu'elle dit n'est que la vérité partielle. Il n'y a pas que moi. Il y avait Seagrave et le SOC. Parce que je me suis embourbée dans les sables mouvants et le système était prêt à me retirer complètement du jeu. Ils m'ont rendu ma vie et m'ont offert une belle carrière.

Et maintenant, grâce à moi, l'un des criminels qu'ils souhaitaient le plus faire venir et interroger est mort.

Décidément, je fais tout de travers.

Eliza se lève et me prend dans ses bras.

— Je suis désolée pour Tony. Tu veux rester pour le dîner ? Quincy sera à la maison dans quelques heures. On pourrait manger des spaghettis, regarder un film d'action ridicule avec des espions, et tous les deux, vous passerez tout le film à vous plaindre que ce n'est pas réaliste du tout.

— Waouh, tu me connais si bien. Mais non. J'ai besoin de rentrer chez moi.

— Appelle-moi si tu as besoin de moi. Quand tu veux.

— Je sais, lui dis-je avant de la serrer de nouveau dans

mes bras. Écoute, El, commencé-je alors que nous nous séparons.

— Oui ?

Je pèse mes mots avant de répondre :

— Rien.

J'aimerais lui demander combien de temps il lui a fallu pour savoir que Quincy était l'homme qu'il lui fallait, mais je connais déjà la réponse. Elle l'a su quelques minutes après l'avoir rencontré dans un parc de Londres.

C'était le coup de foudre. Jusqu'à ce qu'il merde, en tout cas. Au moins, maintenant, il a réparé son erreur.

Je ne sais pas si ce que je ressens est de l'amour, du désir ou quelque chose d'entièrement différent. Quoi qu'il en soit, je sais que ça fait mal.

Et je n'ai aucune idée de la façon d'arranger les choses.

CHAPITRE DIX-HUIT

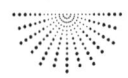

J'ai quitté mon pavillon à vélo pour me rendre chez Quincy et Eliza, à Santa Monica. Quand je rentre, l'effort physique et le soleil m'éclaircissent un peu les idées, à défaut de me remonter complètement le moral.

Le fait est que j'ai caché des choses à Tony. L'intérêt du SOC pour le Serpent. Mes intérêts pour son père.

Je ne lui en ai rien dit, parce que je n'ai jamais fait confiance à personne d'autre qu'Eliza.

Je suppose que Tony n'a pas vraiment confiance, lui non plus. Dieu sait qu'il n'a pas eu confiance en moi. Et cette méfiance réciproque est une mauvaise base pour une relation. Je ne suis pas sûre que ce soit une bonne base pour quoi que ce soit.

Cette pensée me déprime plus qu'elle ne le devrait. D'autant plus que c'est mieux ainsi. Même si cela signifie qu'il doit sans doute rester hors de ma vie pour toujours.

Mes pensées sur Tony et sur l'île – les bonnes, les *très*

bonnes et les mauvaises – tournent dans mon esprit au rythme de mes pédales. C'est un soulagement quand je rentre enfin chez moi. Je range mon vélo dans mon petit garage, puis je me dirige tout droit vers la douche. Je suis en train de me sécher quand on sonne à la porte. Je cherche mon téléphone par réflexe pour vérifier la vidéo de l'interphone, mais je me rappelle que je l'ai laissé sur la table de la cuisine en entrant.

Je me dis que ça ne peut pas être Tony, même si je l'espère. Comme je ne veux pas admettre cet espoir, pas même à moi, j'enfile un pantalon de survêtement élimé et un vieux t-shirt de concert de Dave Matthews Band. L'imprimé est presque illisible et le col est déchiqueté. Cette tenue devrait faire comprendre à la personne qui vient de sonner que je suis complètement blasée.

Je crie que j'arrive en me dépêchant dans cette direction, toujours pieds nus. Et surtout, je refuse de m'attarder sur le picotement d'impatience et d'espoir que je ressens. Cela ne me ressemble pas, ce n'est qu'une lubie plutôt tenace, mais sans importance.

J'arrive à la porte, vérifie le petit moniteur à hauteur des yeux et sens tout mon corps s'affaisser avec déception.

Je prends une seconde pour me ressaisir, puis j'affiche un sourire en ouvrant la porte à Winston, qui se tient nonchalamment sur le seuil, en jean et chemise, sous le col de laquelle on devine un tricot de corps blanc.

— Entre, dis-je dans un souffle. Tu es fou ?

Une fois qu'il est à l'intérieur et que la porte est fermée derrière lui, je m'exclame :

— Et si quelqu'un t'avait vu ?

— Qu'ils me voient. Tu fais partie de l'Agence maintenant, tu as oublié ? Et je suis ici pour des raisons officielles.

Je me détends, puis je passe les doigts dans mes cheveux en retournant à la cuisine.

— Bon, excuse-moi. J'ai passé une journée de merde, et hier c'était encore pire. Whisky ? demandé-je alors qu'il s'assied sur l'un des tabourets à l'îlot central.

— Tu as de la bière ?

— La meilleure, lui dis-je en sortant une Guinness. Pas cette pisse diluée que tu bois.

— Un whisky, rectifie-t-il. Pur.

Je nous en verse un chacun, puis je m'appuie contre le plan de travail, près de l'évier.

— Alors, qu'est-ce qui se passe ? Est-ce que Ryan nous a mis ensemble pour une mission ?

Ça me conviendrait. Winston est discret, toujours détendu jusqu'au moment de passer à l'action. C'est le genre de gars que personne ne voit venir. Comme Liam Neeson dans *Taken*. Lent et facile à vivre au début, peut-être même un peu ringard et tiède, mais il se révèle être un vrai dur quand il le faut.

— Non, c'étaient des conneries. Je ne suis pas ici en rapport avec l'Agence. Mais, ajoute-t-il en levant un doigt avant que je le resserve, tu es nouvelle, alors il est logique que je vienne t'accueillir. On peut faire comme si j'avais apporté ce whisky.

Il en prend une autre gorgée.

— Dis donc, j'ai sacrément bon goût.

— Écoute, mon vieux, ça ne peut pas attendre plus

tard ? J'ai eu une journée difficile. J'aimerais juste aller me coucher et me réveiller dans une autre décennie.

— Seagrave m'a dit ce qui s'est passé.

Je croise les bras sur ma poitrine et je fronce les sourcils.

— Et tu es là pour quoi ? J'ai déjà été débriefée. Il est temps de passer à autre chose.

Je me suis rendue directement de l'aéroport au SOC pour tout raconter à mon ancien patron. Enfin, tout ce qui était pertinent. Seagrave n'a pas été ravi d'apprendre que le Serpent était mort, mais étant donné les circonstances, il a dû admettre que j'avais fait ce qu'il fallait.

— Laisse tomber, Emma. Tu n'es pas obligée de jouer constamment à la dure à cuire. Je te connais depuis trop longtemps.

— Je *suis* une dure à cuire. Ce n'est pas un rôle. Et je suis sérieuse, c'est fini. Terminé. J'ai peut-être passé du temps en débriefing, mais pas de là à m'infliger deux heures sur un canapé pour une psychanalyse. Ni avec le psy du boulot, ni même avec un ami bien intentionné.

— Au moins, tu reconnais que je suis bien intentionné.

Il termine son whisky, puis il sort un paquet de chewing-gums et fourre un bâtonnet dans sa bouche. Il m'a dit une fois qu'il n'avait jamais fumé jusqu'à ce qu'il commence à travailler incognito. Il a fini par devenir accro. Maintenant, chaque fois qu'il en ressent l'envie, il mâche un chewing-gum à la menthe verte.

J'imagine que ma personnalité un peu maussade vient de déclencher cette envie. Ce n'est probablement pas mon heure de gloire.

— Je m'assure juste que tu vas bien. Et comme nous avons tous les deux le même patron, maintenant, je peux le faire en toute liberté. Nous pouvons laisser libre cours à notre amour. Lâchez les violons, plus besoin de se cacher dans le placard.

Je dois réprimer un sourire en disant :

— Ne cherche pas à être drôle. Ça ne te va pas.

— Sérieusement, Seagrave m'a parlé de la mission. La fille. Tony.

Je me raidis.

— Que t'a-t-il dit sur Tony ?

— Que le Serpent t'a fait passer pour une pourrie.

Il secoue la tête.

— Tu n'aurais pas dû t'enfuir. D'après ce que disent Quincy et Liam, Antonio Santos n'est pas du genre à croire ça. Pas après avoir passé du temps avec toi.

— Tu n'as pas vu sa tête.

Il hésite, puis répond :

— C'est sûr. Mais qu'est-ce que tu en penses ?

Je hausse les épaules.

— Il n'y a rien à en penser. On a fait le job, c'était une mission rapide. J'y suis allée sur ordre de Damien Stark. Tu étais au courant ?

C'est seulement quand j'entends la dureté de mon timbre de voix que je réalise combien je suis furieuse. C'est Damien Stark qui m'a mise dans cette situation. C'est à cause de lui que je suis allée sur cette foutue île, et s'il n'avait pas avancé mon nom, mon cœur ne serait pas meurtri maintenant.

— En d'autres termes, dit Winston, tu ne vas pas bien.

— Merde, la mission est complètement partie en vrille. Je suis censée danser la gigue, à ton avis ?

Je termine mon whisky et m'en verse un autre. Je commence à remplir son verre, mais il met sa main dessus.

— Ça ne fait pas bon ménage avec la menthe verte.

— Rappelle-moi de ne jamais commencer à fumer, dis-je sèchement, ce qui le fait rire.

— Je comprends pourquoi tu es frustrée, dit-il sans relever la mention des cigarettes. Mais le résultat est plutôt positif. Le Serpent est mort, comme tu le voulais. Et il n'y aura pas de retour de bâton officiel.

— Tu as fini, là ?

— Oui.

Je m'approche de lui, à l'îlot.

— Merci. Je suis contente qu'on ait traversé l'enfer ensemble à l'époque.

Je parviens à afficher un sourire de biais.

— C'est bien de savoir que quelqu'un veille sur moi.

— Tu as toujours été là pour moi.

Ses paroles sont simples, mais j'y perçois de la tristesse. J'ai presque envie de lui dire combien je suis désolée pour tout ce qui s'est passé, il y a tant d'années. Mais je garde le silence. Il sait déjà tout cela.

— Je suis surtout content que tu aies signé sur la ligne en pointillés, poursuit-il. L'Agence est une bonne boîte. Je commence à m'y sentir chez moi.

— Tant mieux. Tu veux rester un peu ? Traîner et regarder un film ou quelque chose ?

— Non. Je suis censé passer chez Leah.

— Une mission ?

Il secoue la tête.

— Lave-vaisselle cassé. Mais elle a promis de commander une pizza pour le dîner, alors je me suis dit que c'était de bonne guerre.

Je l'accompagne jusqu'à la porte. Quand il l'ouvre, je découvre la Land Rover de Tony garée juste en face. Avec Tony au volant.

Je me force à l'ignorer, malgré la réaction spontanée de mon corps et l'envol de papillons dans mon ventre. Je me hisse sur la pointe des pieds pour embrasser Winston sur sa joue rugueuse.

— Merci d'être passé. Sérieusement. C'est important pour moi.

— Tu veux que je te penche en arrière pour un vrai baiser de cinéma ?

Je fais la grimace.

— J'oublie que si tu as été shérif de ce patelin paumé, ce n'est pas uniquement à cause de cet accent traînant du Texas. Tu as un cerveau, aussi.

— Alors, pas de baiser de fin de film ? Merde.

— Très drôle.

Il rit, visiblement d'accord avec ma remarque.

— Écoute, rends-moi service. Je comprends que tu sois en colère contre lui, mais ne le tue pas. Tu ne peux pas imaginer le pataquès quand on tue un collègue de l'Agence.

— Il n'a pas signé, lui, tu as oublié ?

Le sourire de Winston s'agrandit et ses yeux pétillent.

— Dans ce cas, fais-toi plaisir.

Je secoue la tête, amusée, alors qu'il se dirige vers son pick-up Ford. Je lui fais signe quand il s'en va, puis je reporte mon attention sur Tony, le mettant silencieusement au défi, par mon regard, de dire quelque chose, de sortir de la voiture, n'importe quoi.

*Rien.*

Alors, je retourne à l'intérieur, ferme la porte et retourne à la cuisine pour aller chercher mon téléphone.

CHAPITRE DIX-NEUF

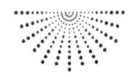

Tony ne savait pas ce qu'il faisait.
Ou plutôt, il le savait très bien. Il se comportait comme un adolescent troublé, trop effarouché pour aller parler à la jolie fille parce qu'elle risquait de lui claquer la porte au nez.

Il y avait de bonnes chances que ce soit exactement ce qui se passerait. Elle l'avait fait en esprit, sinon en acte, quand elle avait embrassé Winston, puis lui avait jeté un coup d'œil avant de retourner à l'intérieur sans même un signe de la main.

Et le voilà, toujours assis au volant, en train de débattre s'il devait rester ou s'enfuir, en mode *Should I Stay Or Should I Go* des Clash.

*Merde*. Il aurait dû attendre le lendemain. Il savait que son vol était arrivé tard, la veille au soir. Il aurait mieux fait de lui laisser une journée pour se détendre.

Lui-même descendait tout juste de l'avion. Après avoir atterri à Los Angeles, il était venu directement de l'aéroport. Honnêtement, il aurait plus de chances s'il prenait une bonne douche avant d'essayer de lui parler.

Il n'avait pas encore pris de décision. Peut-être qu'il avait merdé, après tout, mais c'était une situation délicate, et elle était partie sans attendre. Emma Tucker, une dure à cuire, avec son talent de tireuse d'élite et son permis de tuer, avait tourné les talons et avait détalé sans demander son reste.

Ses doigts lui faisaient mal et il se rendit compte qu'il serrait le volant si fort qu'il risquait d'y laisser une marque. Il avait beau s'intimer de rester calme lorsqu'il lui parlerait, il était toujours à cran.

Alors, oui. Mieux valait qu'il rentre chez lui pour prendre une douche. Il réessaierait demain.

Il était sur le point de passer la marche arrière quand on frappa à sa vitre.

Il tourna la tête pour découvrir un torse fluet dans un maillot jaune. Le gamin se pencha, révélant des cheveux blonds et un peu d'acné.

Tony baissa sa vitre et l'adolescent lui fit un sourire gêné.

— Euh, vous êtes Tony, c'est bien ça ?

— Tout dépend de qui le demande.

— Je, euh... Greg, répondit le jeune en montrant le nom cousu sur son t-shirt. On me demande rarement de livrer aux voitures. Tenez.

Il lui tendait un sac blanc avec le logo d'un restaurant de hamburgers populaire imprimé sur le côté.

— Bon appétit, monsieur. Oh, et...

Il se pencha vers le sol avant de se relever en brandissant un grand gobelet en papier. Sans doute sorti d'une glacière.

— J'ai failli oublier le milk-shake.

— Je dois payer ? demanda Tony en essayant de garder son sérieux.

— Non. C'est déjà fait en ligne. Le pourboire aussi. Très généreux. Merci.

— Ce n'était pas moi. Mais il n'y a pas de quoi.

Le gamin haussa les épaules.

— Il faut croire que quelqu'un s'occupe bien de vous.

— Oui. On peut dire ça.

Il se pencha en arrière sur le siège, laissant la vitre baissée alors qu'il ouvrait le sac et sortait une frite. C'était comme une bouchée de paradis croustillante, qu'il fit passer avec une gorgée de nirvana glacé.

— Alors, va pour aujourd'hui, dit-il à son reflet dans le rétroviseur.

Il prit son milk-shake et son sac en papier, remonta la vitre et coupa le moteur. Puis il sortit de la Land Rover et traversa la rue en appuyant sur sa télécommande pour verrouiller la voiture.

Une fois devant la porte d'Emma, il sonna. Il l'avait déjà fait auparavant, dans des circonstances un peu similaires. À cette époque, c'était contre Damien qu'elle était en rogne, pas contre lui.

Il s'attendait à ce qu'elle ignore la sonnette. Ou qu'elle lui réponde dans l'interphone pour l'envoyer se faire voir.

En revanche, il n'était pas préparé au choc que subit son organisme lorsqu'elle ouvrit la porte. Elle s'était coiffée en queue de cheval. Son t-shirt avait un col déchiré, lavé si souvent que le logo du groupe ne ressemblait plus qu'à une ombre. Quant à son pantalon de survêtement, il semblait être au moins deux tailles trop grand, si bien qu'elle le portait bas sur ses hanches. Elle semblait sur le point de se lancer dans un grand ménage.

Mais surtout, elle était absolument magnifique.

Il commença à parler pour se rendre compte que sa bouche et sa gorge étaient complètement desséchées. Il dut tout reprendre de zéro. Pendant qu'il balbutiait, elle resta là, les bras croisés sur sa poitrine, sans rien dire.

— On peut parler ?

— Non.

Elle fit un pas en arrière et commença à refermer la porte, mais il s'y avança, déterminé à ne pas reculer sous son regard furibond.

— Merci pour le burger. J'aurais aimé du fromage, mais les frites et le milk-shake ont compensé cet oubli.

— Ce n'était pas un oubli.

Ses bras restèrent croisés, mais elle inclina la tête. Elle faisait souvent cela quand elle était amusée.

— Vraiment ?

— J'estimais que tu ne méritais pas de fromage.

— Il faudrait un crime assez grave pour priver quelqu'un de fromage. Peut-être quelque chose qui s'élève au niveau de... oh, je ne sais pas, planter un mec sans un regard en arrière et laisser des consignes au personnel de l'île pour éviter de le voir ou d'être placée dans le même avion de retour. Étant donné que les infirmiers m'ont retrouvé avec une cliente morte, tes instructions n'ont pas vraiment favorisé le calme et l'apaisement dans le traitement que le personnel du complexe m'a réservé.

— Et pourtant, tu es là.

Il haussa les épaules. C'était vrai.

— Tu t'es enfuie, répliqua-t-il sans ambages. Tu ne m'as pas dit un mot. Tu t'es contentée de ficher le camp.

— Tu voulais que je dise quoi ? C'était sympa de baiser avec toi. Dommage que tu aies vraiment cru que je travaillais avec ce sac à merde.

— Je n'ai pas...

— Ne t'avise même pas de le nier, s'exclama-t-elle. J'ai vu ton visage. Ce connard a laissé entendre que j'avais couché avec lui en disant que je travaillais pour son patron, et tu as douté. Pendant un instant, tu l'as cru.

— N'importe quoi !

Elle le regarda fixement et il se félicita de ne pas se recroqueviller sous son regard. Elle pouvait être terriblement intimidante quand elle s'y mettait.

— Continue.

— Ce n'est pas parce que je l'ai cru que je n'ai pas réagi. Peut-être que j'ai envisagé cette éventualité, ne serait-ce que pour l'écarter, et peut-être que ça s'est vu sur mon visage. Mais tu n'as pas à me juger sur ce point. Devant une accusation, j'ai le droit de la soupeser, puis de décider si elle est vraie en me basant sur les preuves, sur mon instinct ou même sur des cartes de tarot si ça me chante. Et d'abord, tu es mal placée pour parler. J'ai bien vu ta tête quand je t'ai dit que je voulais être ton partenaire, tu te souviens ? Ce n'était pas exactement la réaction que j'espérais.

— Tony...

Il leva la main pour l'interrompre, mais il perçut l'ombre d'une excuse dans son intonation et il comprit qu'il avait bien fait valoir son point de vue.

— Je ne pense pas qu'il s'agisse de moi. Je pense que c'est à propos de nous.

Elle se mit sur la défensive, mais garda le silence.

— Je pense qu'à ce moment-là, tu as réalisé la même chose que moi.

Elle déglutit.

— Quoi donc ?

— Que tu n'es pas le genre de personne à se laisser passer la corde au cou. Qu'on a trop ressenti, tous les deux, et qu'on est allés trop vite.

Il passa les doigts dans ses cheveux. Tout ce qu'il disait était vrai, aussi douloureux que ce soit, mais c'était vrai.

— Je pensais me remettre à traquer le Serpent une fois que nous aurions quitté l'île. Je croyais vraiment que je le descendrais et qu'ensuite, *pouf*, j'aurais une vie normale et heureuse, avec un salaire stable, une adresse permanente et une femme à mes côtés.

Elle changea de position sans détourner le regard un seul instant.

— Mais ce n'est pas le cas. Et ce que j'ai réalisé sur cette île, c'est que j'ai été bête d'y croire. Je pense que tu as eu la même révélation. Tu ne crois pas que je trempe dans des affaires louches, ce n'est pas le sujet, mais tu regrettes ce qu'on s'est dit. Moi aussi.

Cette dernière partie était techniquement vraie, mais uniquement parce qu'il ne pouvait pas être avec elle, quoi qu'il ressente. Et la vérité, c'était qu'il ressentait trop de choses.

— Alors, tu accuses la fièvre des îles ? La luxure des tropiques ?

Il perçut la nervosité dans sa voix et s'efforça de ne pas grimacer. Au lieu de quoi, il traversa l'entrée pour aller s'asseoir sur son canapé. Puisqu'elle ne lui disait pas de foutre le camp, il prit cela comme un progrès.

— Je t'ai dit ce que je ressentais pour toi, et je le pensais.

Il déglutit en croisant son regard.

— Il ne s'agit pas de ce que je ressens. Il s'agit de ce que je suis.

Elle prit place à l'autre bout du canapé.

— Et qui es-tu ?

— Quelqu'un qui n'a pas de place pour les relations, pas plus qu'un emploi stable.

Il croisa les mains derrière sa nuque, essayant d'atténuer la tension.

— Tout compte fait, je ne vais pas intégrer l'Agence.

Elle fronça les sourcils.

— À cause de moi ? C'est de la folie. Je suis une grande fille. Et tu n'es pas bête, tu sais très bien que Stark Sécurité est l'endroit idéal, comme tu l'as dit. Tu t'es donné pour mission de tuer le Serpent, et après sa mort, tu avais l'intention de te poser, de prendre racine. C'est ce que tu m'as dit. Eh bien, maintenant il est mort. Alors, tu es libre.

Il grimaça.

— J'aurais aimé que ce soit par ma main, mais vu les circonstances, je ne peux pas me plaindre.

— Pourtant, c'est exactement ce que tu es en train de faire.

Il secoua la tête.

— Non. S'il n'était pas mort, nous aurions une tout autre conversation.

— Tu crois vraiment ?

Que pouvait-il répondre ? Que sans ce tout nouveau but qu'il s'était fixé, il s'accrocherait à elle en lui disant que, si elle n'avait pas peur d'affronter un tueur de sang-froid, elle ne devrait pas avoir peur d'être avec lui ? Parce qu'il était bel et bien question de peur, il en était certain. Elle avait vu une réaction sur son visage – qui, franchement, était bien compréhensible –, et elle s'était enfuie. Ce n'était pas parce qu'elle était vexée que l'ombre d'un doute puisse lui traverser l'esprit. Elle était mieux formée que lui, et ils savaient tous les deux que la première règle dans ce métier était de tout remettre en question, de tout examiner, d'analyser les preuves sans pour autant ignorer son instinct.

Et l'instinct d'Emma, c'était la peur.

Cela dit, pour l'instant, c'était sans importance. Il ne resterait pas, et ils n'étaient pas ensemble. Il se contenta de lui annoncer :

— Mon père est vivant, Emma. Et tant que ça durera, je ne peux me concentrer sur rien d'autre. Ni toi et moi, ni Stark Sécurité. C'est ma mission depuis longtemps, et il est hors de question que je m'arrête maintenant.

## CHAPITRE VINGT

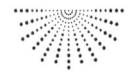

*Vivant.*

Ce mot tourne en boucle dans ma tête et je n'arrive pas à bien le saisir. À le rendre réel.

*Clyde Morgan est vivant.*

Tout mon corps est en feu. Brûlant. Je peux presque sentir le poids d'une arme à feu dans ma main. Je l'imagine se recroqueviller alors que je vise, que je tire.

*Vivant.* Est-il vraiment en vie ? Comment a-t-il pu disparaître pendant si longtemps ? Et comment vais-je le retrouver ?

— Emma ?

Tony se penche vers moi, me touche légèrement le genou.

— Allô, la Terre à Emma. Est-ce que ça va ?

Je hoche la tête.

— Oui, excuse-moi. Je n'en reviens pas qu'il soit vivant. C'est vrai, ce type s'est volatilisé quand on était enfants. C'est ce que tu as dit, non ?

Je le sais pertinemment, je me souviens de tout.

— Je ne peux pas croire qu'il ait été en vie pendant tout ce temps et qu'on n'en ait rien su.

— On ? répète-t-il. Je pensais que tu ne te souvenais même pas des actualités de l'époque.

Je hoche la tête. En effet, j'ai dit à Tony que je ne me rappelais pas avoir entendu la nouvelle quand le corps de son père avait été découvert.

— C'est un *on* général. Les forces de l'ordre. Ce type a complètement disparu des radars.

— Apparemment.

Sa voix est froide et sèche.

J'essaie de me ressaisir, de trouver quoi faire avec cette nouvelle information, cette clé inattendue qui s'insère dans une porte de mon passé.

Je me lève et me dirige vers la fenêtre. Je ne veux pas qu'il voie mon visage, le fatras d'émotions tourmentées emportées par un tourbillon d'incertitudes tant professionnelles que personnelles.

J'ai été très en colère – ou plutôt *vexée* – quand il m'a regardée comme ça sur l'île, mais à vrai dire, je peux le comprendre. Ce n'est pas qu'il ne me faisait pas confiance, mais qu'il ne *se* faisait pas confiance. Est-ce que je ne ressens pas la même chose, après tout ? N'est-ce pas pour ça que je suis tellement furieuse ? Parce que je me suis ouverte à lui, parce que je lui ai fait confiance et qu'il m'a brisé le cœur ?

L'ennui, c'est que je ne lui faisais pas entièrement confiance. Et maintenant, si je veux participer à ses recherches pour retrouver Clyde Morgan, je vais devoir me montrer parfaitement honnête.

J'ai passé ma vie à jongler avec les mensonges, à les retenir près de moi ou les enterrer profondément. Je suis douée pour ça.

Mais dire la vérité ? C'est quelque chose que je redoute.

*C'est maintenant ou jamais*, me dis-je avant de me tourner vers lui.

— Alors, c'est pour ça que tu refuses la proposition de Stark Sécurité. Parce que tu veux poursuivre cette quête. Tu veux retrouver Clyde Morgan.

Il acquiesce.

— Reste, lui dis-je. Intègre l'Agence. Les ressources sont démentes. Bien meilleures que ce que tu peux gérer par toi-même.

— Emma...

— Non. Écoute. Il ne s'agit pas de ce qui s'est passé entre nous sur l'île. Je comprends que tu cherches uniquement à descendre ce type. Moi aussi. Mais on peut le coincer beaucoup plus vite si on travaille ensemble et si on profite des ressources de l'Agence. Enfin, toi ou moi, ajouté-je avec un haussement d'épaules. Tu ne voudrais pas que je te batte au poteau, si ?

Je dois absolument le convaincre d'accepter. Bien sûr, ce sera gênant de travailler ensemble, mais il a raison. C'est toujours mieux de se concentrer sur le travail. Si on ouvre son cœur, on risque d'être blessé. N'est-ce pas ce qu'il m'a prouvé lors de notre dernière nuit sur l'île ?

— Pourquoi l'idée de poursuivre mon père te plaît autant ?

Voilà la question que j'attendais. Je prends une inspiration, la laisse s'échapper lentement, puis je reprends ma place au bout du canapé.

— Quand j'ai vu la tête que tu faisais sur l'île, j'ai vraiment eu l'impression qu'on me plantait un couteau dans les tripes.

— Enfin, Emma. Je t'ai déjà dit ce que j'avais pensé, je ne peux pas te l'expliquer plus d'une fois...

— *Non*. Attends. Laisse-moi parler.

Après une autre expiration, je me lance :

— Quand j'ai vu ta mine, je me suis sentie mal, je te jure. En partie parce que j'avais l'impression que tu ne me faisais pas confiance.

Je déglutis et poursuis :

— Mais surtout, parce que tu avais raison.

Je garde les yeux rivés sur lui tout en parlant. Il s'est penché en avant, le front soucieux.

— Nous étions censés être partenaires sur cette mission, mais j'avais ma propre idée en tête. Maintenant, cela dit, j'aimerais vraiment m'associer avec toi. Et je te dois plus qu'une semi-vérité.

Je ferme les yeux, répugnant à fouiller dans mon passé pour l'examiner au grand jour. Ce que je déteste encore plus, c'est que mon silence le blesse.

— Tu te rappelles quand je t'ai dit qu'Eliza et moi, nous nous sommes enfuies parce que j'ai appris que notre père allait nous vendre ?

— C'était mon père ? Oh, mon Dieu, mon père était l'acheteur ?

Je hoche la tête et il frissonne.

— Je t'ai dit que je n'avais jamais entendu parler de lui, mais c'est faux. Bien sûr que j'en avais entendu parler. Quand il a été soi-disant assassiné, j'ai fait la fête, crois-moi. Apparemment, son corps était tellement abîmé qu'il était pratiquement méconnaissable.

Je croise son regard et ajoute :

— Maintenant, je comprends que c'était une mise en scène.

— Oui, fait-il en hochant la tête. Bien sûr. Il savait que ses perversions avaient éclaté au grand jour. Il devait disparaître. Alors, il a organisé sa fausse mort. Il a probablement soudoyé quelqu'un de la police de New York, un médecin légiste, va savoir. Ensuite, il s'est fait opérer pour changer d'apparence, et il a revu son train de vie à la baisse. Quel connard.

— Comment sais-tu qu'il est vivant ?

— Thea, explique-t-il en croisant mon regard. Elle me l'a dit juste avant de mourir.

— La pauvre.

Même si elle a travaillé pour le Serpent, il a l'air compatissant.

— Elle s'est laissé aspirer dans une vie qu'elle ne voulait pas, et elle ne pouvait plus s'enfuir.

Il soupire en me regardant.

— Ça aurait pu être toi. Ou Eliza.

— Je le sais bien.

Il me touche, mais il s'interrompt et retire sa main.

— Merci de m'avoir dit tout ça.

J'aimerais le rattraper pour ne pas qu'il s'éloigne, me raccrocher à lui. Au lieu de quoi, je le regarde enfouir son visage dans ses mains.

— Je n'intégrerai pas Stark Sécurité, dit-il. Si je fais ça, les pistes se refroidiront et je serai coincé, à devoir me rendre à l'autre bout du monde pour une autre mission. J'ai fait ça quand je travaillais pour Délivrance, et c'était très bien, car je ne savais jamais où se terrait le Serpent. Mais maintenant que je sais que mon père est vivant, je le traquerai sans relâche jusqu'à ce qu'il meure.

— Mais les ressources sont...

— C'est à l'Agence que je dis non, pas à toi.

Mon cœur fait un soubresaut de bonheur, même si je sais pertinemment qu'il ne parle pas de nous en tant que couple.

— Explique-moi.

— C'est *toi* qui vas commander la mission. Dis à Stark et à Ryan ce que Morgan représente pour toi. Dis-le aussi à Quincy et Eliza, ajoute-t-il.

Je hoche la tête. Il est temps que ma sœur le sache, de toute façon.

— Et ensuite, dis-leur ce que tu sais. On pourra faire équipe. Ce sera comme un groupe de travail commun. Comme ça, je profiterai de Stark Sécurité sans les contraintes, et toi, tu obtiendras un partenaire plutôt génial.

— C'est vrai, dis-je en riant. Mais ce n'est pas vraiment toi que j'obtiens.

J'ai parlé avant de m'en rendre compte, et je m'empresse aussitôt de couvrir ma gaffe.

— Je ne parle pas de petits cœurs, de bouquets de fleurs et d'un bonheur éternel. Je veux juste dire qu'on a passé un bon moment sur l'île.

— Oui, répond-il avant de froncer les sourcils. C'est ce que tu veux ? Un accord comme sur l'île ? Qu'on soit amis avec des avantages en nature ?

Une partie de moi aimerait sauter sur l'occasion. Ses caresses me manquent. Ça me manque de l'avoir à mes côtés. Son odeur, quand il est près de moi. Je ne me souviens même pas de la dernière fois où j'ai refusé un plan cul avec quelqu'un qui m'attirait, mais cette fois-ci, je ne suis même pas tentée. Parce que la vérité, c'est que j'en veux plus. Ça ne m'était encore jamais arrivé. Et j'ignore si ça m'arrivera à nouveau un jour.

Bien sûr, je ne vais pas le dire tout haut, parce que je sais que ce n'est pas ce dont il a besoin. Lui, il a besoin de liberté. Il a besoin de sa vendetta. Et tant que son père ne sera pas mort, tant que ce feu brûlera en lui, il ne restera pas. Et il ne sera jamais à moi, c'est une certitude.

---

— Je ne dis pas non, dit Ryan Hunter, assis derrière son bureau face à Tony et moi. Je veux juste que tu m'exposes tout dans les détails. Je veux savoir combien de temps tu seras indisponible, ajoute-t-il, les yeux rivés sur moi. Et je veux avoir une idée du temps qu'il nous faudra pour convaincre Santos de s'engager définitivement.

— Je ne suis pas opposé à cette idée, répond Tony. Mais tant que je ne l'aurai pas trouvé, je resterai un agent libre. Cette mission doit occuper cent pour cent de mon temps. Qu'elle dure dix minutes ou dix ans.

— Compris.

— Tu dois également comprendre que cela ne concerne en rien la police. Tu sais ce qu'il m'a fait. À moi et à ma famille.

D'un geste, il me désigne.

— Tu sais dans quoi Eliza et Emma ont failli être entraînées. Et qui sait combien de filles n'ont pas eu leur chance ?

— Je sais.

— Vraiment ? Parce que je veux être clair comme de l'eau de roche. Si je le trouve, je le descends. Il n'y aura pas d'autre fin à cette mission.

— Comme il ne s'agit pas d'une mission de l'Agence, ça ne nous concerne pas. Bien sûr, c'est avec plaisir que nous mettrons à ta disposition certaines ressources, ainsi que le temps et les compétences de l'agent Tucker. En tout cas, pendant une période limitée. À toi de décider de la manière dont tu comptes mener la mission pendant cette période.

Il parle avec une formalité rigide, mais j'entends le sourire dans sa voix, surtout quand il ajoute :

— Bienvenue chez Stark Sécurité, Santos. Même si ce n'est qu'en tant qu'invité.

À côté de moi, Tony sourit :

— Tout le plaisir est pour moi. Je serai encore plus heureux si je peux faire quelques progrès.

— Tu comptes commencer par Dailey ? s'enquiert Ryan en référence à l'homme qui est censé avoir repris le business de Morgan.

— Emma et moi, nous avons passé en revue les options hier soir. Nous allons jeter plusieurs appâts et voir ce qui mord à l'hameçon. Dailey est la priorité. Si nous pouvons trouver un lieu ou un associé, ce sera une piste formidable.

— Mais nous allons aussi suivre l'argent, ajouté-je. Morgan a forcément mis en place un trust qui finance la poursuite de ses activités.

— Je n'ai jamais suivi la piste financière, parce que je croyais que mon père était mort. Mais maintenant...

Ryan hocha la tête.

— Maintenant, il faut bien qu'il puise son argent quelque part.

— Exactement.

— D'autres angles d'attaque ? demande Ryan.

— La fille, expliqué-je. Elle a travaillé pour Dailey, donc il y a un lien. Apparemment, elle couchait avec le Serpent, ce qui constitue une autre piste. Et elle savait que Clyde Morgan était toujours en vie.

— Vraisemblablement, acquiesce Ryan.

C'est un autre sujet dont nous avons discuté hier soir. Thea avait peut-être entièrement tort. Ou bien, nous l'avons mal jugée et, au lieu d'être innocente, elle était aussi mauvaise que le Serpent et voulait juste embrouiller la tête de Tony.

— Bon, reprend Ryan. Ce sont trois pistes solides. Je pense que vous êtes bien partis, tous les deux.

Il reporte son attention vers Tony.

— Quelles que soient les ressources dont tu as besoin, demande-moi. Et pour ce qui est des recherches, en dehors du temps consacré à leurs missions habituelles, n'hésite pas à faire appel à Mario ou à Denny pour tout ce dont tu auras besoin. Il n'y a pas meilleurs techniciens à l'ouest du Texas.

Il sourit et je sais qu'il pense à Noah Carter, un ancien membre de Délivrance, qui travaille maintenant pour Stark Technologies Appliquées. Quand je vois Tony sourire, je sais qu'il a compris, lui aussi.

— Nous avons bien l'intention de te faire aimer cet endroit, poursuit Ryan, que tu aies le sentiment de faire partie de l'équipe. Avec un peu de chance, tu auras envie de rester.

Tony fait un signe de tête, puis me jette un rapide coup d'œil.

— Il n'en faudrait pas beaucoup pour me convaincre, dit-il.

Je suis certain que la chaleur que j'entends dans sa voix n'est pas le fruit de mon imagination.

— Mais Morgan est ma priorité, ajoute-t-il. Tout le reste passe en second.

Je sens une tension indésirable dans ma poitrine. Je m'en veux de réagir de manière aussi viscérale à cet homme, d'autant plus que nous n'avons pas le choix. Honnêtement, à sa place, je ressentirais la même chose.

Nous terminons notre conversation avec Ryan, puis nous sortons de son bureau et entrons dans l'open-space de Stark Sécurité. Il y a plus d'une douzaine de bureaux, certains assignés à un agent, d'autres ouverts à tous ceux qui ont besoin d'un espace supplémentaire ou à des invités comme Tony.

Alors que je regarde autour de moi à la recherche d'un poste libre que Tony pourrait réquisitionner, Liam et Quincy franchissent la porte. Je donne un coup de coude à Tony, les désignant d'un mouvement de tête.

— Si tu allais chercher Liam ? Dis-lui que tu es un semi-agent ici maintenant.

— Très drôle.

— Quoi ? C'est vrai. Tu sais qu'il va essayer de te convaincre de rester définitivement.

— Je n'ai pas besoin d'être convaincu.

— Je sais, ce dont tu as besoin, c'est de tourner la page. Mais quand même, va lui parler. Il pourra te présenter à Mario et à Denny. Je parie qu'il en sait déjà un rayon sur ce que tu fais...

— Pas tout, mais un peu. Nous sommes devenus plutôt proches, chez Délivrance.

Il penche la tête et me dévisage en haussant un sourcil.

— Tu es déjà lassé de moi ? Tu regrettes ce nouveau partenariat ?

Je lève les yeux au ciel.

— Il y a quelque chose de personnel dont je dois parler avec Quincy.

— Est-ce en rapport avec ta sœur ?

— Sans commentaire.

Il me fait un sourire complice, puis il part les rejoindre et appelle Liam, qui tend les bras avec un sourire éclatant.

— Tony, mon pote ! Je suis si content que tu sois là. Que se passe-t-il ?

Alors que Tony commence à lui expliquer ce dont il a besoin, je me dirige tout droit vers Quincy.

— Qu'est-ce que tu as dans ta poche ? demandé-je d'un ton espiègle. J'imagine qu'il y a toujours une bague qui s'entrechoque avec ta monnaie et tes clés de voiture, là-dedans.

— Emma...

— Parce que ma sœur ne m'a toujours pas appelée pour m'annoncer qu'elle est fiancée à l'amour de sa vie.

Je plisse les yeux.

— Pourtant, l'amour de sa vie m'a dit qu'il allait bientôt faire sa demande.

— Tu es pire qu'une mère dans une de ces vieilles séries américaines.

— J'avoue. Quand comptes-tu faire de ma sœur une honnête femme ?

— Dire que tu seras ma belle-famille un jour...

Il me fait un clin d'œil et s'empresse de continuer quand je penche la tête et croise les bras.

— J'ai préparé la soirée parfaite. Je viens de faire une réservation. Tu ne vas pas tout ficher en l'air, n'est-ce pas ?

— Jamais, dis-je en le toisant du regard. À moins que tu ne sois pas assez viril pour le faire.

Il roule de gros yeux.

— J'aime ta sœur. Dommage que je doive aussi accepter tous ses bagages.

Je ris.

— Je t'aime aussi, mon futur beauf.

Un soupçon de couleur lui monte aux joues et je regrette presque de m'être moquée de lui. *Presque.* J'ai appris à aimer cet homme comme un frère. Et plus vite il rendra ma sœur heureuse – correction, *plus heureuse* qu'elle ne l'est déjà –, mieux ce sera.

Honnêtement, je ne sais pas exactement d'où vient cette impatience à précipiter les fiançailles. Puis je vois Tony et Liam, penchés sur l'ordinateur de Mario, et je dois admettre que j'ai peut-être ma petite idée.

Cette impatience vient du bonheur. Le besoin de le cueillir, d'en prendre possession.

Si je ne peux pas saisir ma propre chance, alors je veux au moins qu'Eliza en ait assez pour deux.

CHAPITRE VINGT-ET-UN

Je dirais une chose sur les opérations secrètes : il n'y a pas beaucoup de temps morts. Il faut dire que je n'ai jamais été responsable de la recherche en amont. Au contraire, je prenais le dossier qu'on me donnait, puis j'utilisais les informations soit pour attraper le malfrat recherché et le ramener en vue d'un interrogatoire, soit pour le supprimer directement.

En d'autres termes, je suis habituée à l'action.

Certes, j'ai passé beaucoup d'années en tant que détective privée, mais c'était surtout une couverture pour mon travail pour le compte du SOC. Je devais tout de même passer des jours à fouiller dans des relevés de cartes de crédit et de vieilles coupures de journaux jusqu'à ce que mes yeux brûlent à force de fixer un écran d'ordinateur. Ou pire encore, de longues nuits en planque devant une maison, avec un appareil photo, un thermos de café, et nulle part où soulager ma vessie. Ces missions étaient les pires, et certainement les moments les plus assommants de ma carrière d'enquêtrice privée.

Au moins, à l'Agence, il y a des toilettes immaculées, des ordinateurs super rapides, une salle de repos formidable et un snack-bar plus fourni que les placards d'une grand-mère gâteau. Je considère ce changement de carrière comme une avancée.

Cependant, après deux jours à fouiller dans les documents, entre les théories et les impasses, je deviens si nerveuse que je suis prête à demander à Ryan s'il n'a pas quelqu'un à traquer – n'importe qui, dans n'importe quel domaine. Parce que j'irais volontiers sur le terrain pour le ramener par la peau du cou.

— On dirait que tu vas poignarder quelqu'un avec une fourchette.

Je lève la tête pour découvrir Tony qui me sourit, l'écho de sa voix basse et sexy s'attardant dans mon esprit. Je me force à ne pas sourire et lui offre ma plus belle grimace à la place.

— Tu n'as pas tort. Attention que je ne te vise pas.

Il rit, puis s'approche de mon bureau et s'y accoude. Il est à quelques centimètres de moi maintenant, et j'aimerais qu'il s'éloigne un peu. Histoire que je ne puisse pas sentir le parfum de son eau de Cologne, une odeur qui m'embrouille l'esprit.

Depuis quarante-huit heures, j'ai passé un temps fou à me concentrer sur mon travail. Comment puis-je réussir cet exploit alors qu'il est assis à deux bureaux d'écart ? J'ai beau me rappeler que je ne suis pas une adolescente, chaque fois que je termine une tâche et que je fais une pause, je me surprends à le regarder en cachette.

Le plus frustrant ? La moitié du temps au moins, j'ai surpris son regard sur moi.

La dernière fois, il y a moins d'une heure, avant que je ne m'échappe pour aller chercher un croissant au snack-bar, j'ai encore croisé son regard. Je n'ai rien dit, mais je n'ai pas détourné les yeux. J'ai envie de lui. Ce petit jeu me plaît. Et je comprends très bien pourquoi il se retient. C'est normal. Si c'était moi, je ferais certainement la même chose. Dieu sait que j'ai souvent fait passer mon travail avant mes partenaires de baise.

Mais c'est là que le bât blesse. Pour des raisons que je ne saisis pas, Tony est dans une catégorie à part. Et je dois être une vraie peste, parce que je ne lui facilite pas la tâche.

Alors, oui, j'ai peut-être envie de le poignarder avec une fourchette.

— Tu veux bien me dire pourquoi tu es ici ?

Je n'ai pas voulu parler sèchement, mais c'est plus fort que moi.

Il lève les mains en signe de capitulation.

— Je viens juste aux nouvelles.

— Non. Tu étais... *merde !*

Je recule ma chaise et penche la tête vers lui.

— Viens avec moi.

Sans vérifier qu'il me suit, je traverse la pièce en trombe et sors par la porte vitrée qui s'ouvre sur un charmant salon extérieur que l'Agence partage avec d'autres locataires du Domino, un complexe commercial de Santa

Monica appartenant à Stark et à son demi-frère, l'architecte Jackson Steele.

— Mais qu'est-ce que tu fais ? demandé-je une fois que nous avons franchi la porte et tourné au coin de la rue, afin de ne pas être exposés à la vue de tous nos collègues.

— J'allais te demander comment se passent les recherches. Mais tu avais l'air si ronchonne que j'ai changé d'avis. Tu veux bien me dire pourquoi tu m'engueules ?

— Je ne... eh merde. Bon, d'accord.

Je me laisse tomber sur l'un des bancs de pierre.

— Je suis désolée. C'est ma faute. Seulement... bon sang, Tony, il y a un truc entre nous. Une connexion. Et je sais que tu la ressens, toi aussi, parce que je te surprends à me regarder. C'est bien réel.

— Quoi donc ?

— Je ne sais pas. Une lumière, une chaleur. C'est là, entre nous. Est-ce que je suis folle ? Tu ne le vois vraiment pas ? Ce serait à sens unique ? Dis-moi si c'est le cas, je m'en irai en moins de temps qu'il n'en faut pour dire : « ordonnance restrictive temporaire ».

Il ne rit pas. Au contraire, il a l'air un peu dépité.

— Non. Ce n'est pas à sens unique.

— Alors, pourquoi est-ce qu'on l'ignore ?

— Pour faciliter les choses.

J'éclate de rire. Au moins, voilà qui le déride, lui aussi. Puis il passe les doigts dans ses cheveux, les décoiffant de telle sorte qu'ils me rappellent un peu leur allure après le sexe.

Je résiste à l'envie de le recoiffer et je m'efforce de faire ralentir mon pouls.

— Écoute, dit-il enfin. Je ne l'ignore pas. Mais je n'agis pas en fonction, c'est tout. Je ne sais pas. Peut-être que je n'aurais jamais dû mener cette enquête chez Stark Sécurité.

Maintenant, je me sens nulle.

— Non. Tu as joué au loup solitaire pendant trop longtemps. Tu as besoin de soutien. De personnel et de matériel. Ce n'est pas ta faute. C'est la mienne. Je ne suis pas comme ça, en temps normal. Jamais. Seulement, tu as...

Je ne termine pas ma phrase et hausse les épaules.

— Quoi ?

— Tu as... disons que tu étais inattendu.

Il acquiesce lentement et nous partageons un petit sourire.

— Oui, eh bien, toi aussi.

Je soupire en regrettant que ce ne soit pas plus facile. Mais je comprends sincèrement. Il m'a clairement indiqué que tant que cette affaire ne serait pas close, il ne voudrait pas de relation. Et il ne veut pas être un simple copain de baise.

Pour la première fois, ce n'est pas ce que je veux, moi non plus. Pas avec lui, du moins. Avec Tony, ce serait comme une gifle. Je veux une véritable relation ou rien du tout.

Je suis plus frustrée par moi-même que par la situation. Ce n'est pas comme si nous étions des amoureux du lycée qui se séparent après des années de fréquentation. Tout cela est tout nouveau, et pourtant je n'ai jamais rien ressenti de tel auparavant. Et je me connais assez bien pour savoir que c'est réel. Ça me rend folle de ne pas l'avoir, mais je ne vais pas insister. Je ne pourrais pas me regarder en face s'il cédait à cause de mon insistance.

C'est pour cela que je suis dans tous mes états. J'ai beaucoup de mal à me concentrer au travail quand il est là.

Mais peut-être que Tony n'en est pas vraiment responsable. C'est peut-être parce que j'ai l'impression que nos recherches ne mènent à rien. Thea, Dailey, Morgan. On dirait qu'ils n'existent pas. Parce qu'après deux jours de recherches, l'équipe pourtant experte de Stark Sécurité creuse toujours. Jusqu'à présent, aucun n'a encore trouvé de piste en or.

— Du nouveau du côté de la chirurgie plastique ? demandé-je à Tony, qui a suivi la théorie selon laquelle, pour disparaître, Morgan a dû se donner une nouvelle apparence – avec l'aide de quelqu'un.

— J'ai une piste sur un médecin au Costa Rica qui aurait pu travailler sur lui. J'attends qu'il me rappelle. Et toi ? Est-ce que Lorenzo t'a rappelée pour Thea ?

Mon ancien partenaire détective, policier à la retraite, est l'un des meilleurs pour traquer les gens les plus insaisissables, même ceux dont la résidence principale est une voiture à l'abandon ou une maison au porche encombré d'ordures.

— Pas encore. J'espérais avoir...

Au même instant, la sonnerie de mon téléphone m'interrompt et nous regardons tous les deux le nom sur l'écran. *Lorenzo.*

Je rencontre les yeux de Tony et il croise les doigts. Je souris en mettant le téléphone sur haut-parleur.

— Je suis avec Tony, dis-je d'emblée.

Eliza lui a un peu parlé de lui et il m'a appelée pour me donner un discours aux accents paternels, qui se résumait au fait que je devais arrêter de faire l'idiote – pour reprendre son terme – et me caser. D'après lui, si ma sœur aime ce mec, alors c'est un bon.

Si ça avait été n'importe qui d'autre, je l'aurais envoyé se faire voir. Mais Lorenzo est ce qui se rapproche le plus d'un père pour moi, et ses conseils attentionnés font autant partie de lui que son caractère bourru.

— Qu'est-ce que tu as trouvé ?

— C'est difficile, mais le puzzle commence à s'assembler. J'ai trouvé une adresse qui date d'il y a quatre ans. Elle a déménagé depuis longtemps, mais je peux confirmer son nom. Theadora Dempsey. Elle se fait appeler Thea. J'ai réussi à retrouver son agent, quand elle essayait de devenir actrice. Ce qui m'a conduit à un restaurant de Studio City où elle était serveuse, et le plongeur s'est souvenu d'elle, et...

— Lorenzo, je sais déjà que tu es formidable, mais peux-tu aller droit au but ? La piste t'a mené à Dailey ou à Morgan ?

Je l'entends souffler et je vois Tony sourire.

— J'y viens, j'y viens. Je n'ai pas d'adresse précise, ni pour elle, ni pour son lieu de travail. Mais j'ai obtenu quelques résultats intéressants sur sa carte de crédit. Elle conduisait une petite Fiat. Elle la remplissait environ une fois par semaine. Et toujours dans une station Chevron, à

Brentwood. Je viens de t'envoyer l'adresse par texto. J'imagine qu'elle a un petit ami ou bien un travail dans le coin. Et comme la plupart des pleins ont été effectués avant neuf heures du matin, j'opterais pour un boulot.

— Lorenzo, c'est Tony. Vous êtes un sacré enquêteur.

— Comme si je ne le savais pas. Vous me devez une pizza, tous les deux. Tu sais ce que j'aime, ma belle.

— Je commande dès qu'on raccroche.

— J'appellerai si j'ai du nouveau. Embrasse ta sœur de ma part.

— Tu me manques aussi, et je le ferai. À plus tard, dis-je avant de raccrocher.

Quand je lève les yeux, Tony me sourit.

— Quoi ?

J'envoie l'adresse de la station-service à Denny par texto, puis je commande une pizza à livrer au bureau de Lorenzo, qui s'avère être aussi chez lui. Je fais si souvent appel à Flying Saucer Pizza que mon numéro de carte de crédit figure déjà dans leurs dossiers. Je jette un coup d'œil vers Tony, qui n'a toujours pas répondu, et je lui fais signe de parler.

— Je l'aime bien, c'est tout. Et j'apprécie de savoir qu'il vous a aidées, Eliza et toi.

— C'était un bon flic, c'est un excellent détective privé et c'est le meilleur homme que je connaisse. Même si tu es en haut de ma liste, toi aussi, avoué-je sans me reprocher de franchir la ligne que nous nous sommes fixée.

Tony me répond :

— Merci. Ça compte beaucoup pour moi.

Ses yeux restent rivés sur moi pendant tout ce temps

et je sens le crépitement dans l'air. Du genre dangereux, comme la sensation dans l'atmosphère avant que la foudre ne frappe. Pendant un instant, nous restons là, tous les deux. Puis il s'éclaircit la gorge et je m'affaisse un peu, sans trop savoir si je suis soulagée ou déçue.

Je remarque alors que Quincy me regarde à travers la porte vitrée, le front soucieux. Je me retourne rapidement, refusant de me demander à quoi il pense, pour me rendre compte que Tony a parlé et que je n'ai pas entendu un mot.

— Quoi ?

— J'ai dit que la pizza, c'était une bonne idée. Si on en commandait une douzaine pour le bureau ? Avec différentes garnitures. C'est moi qui régale, puisque tout le monde est encore au travail. Et avec cette info sur la station-service, j'ai le sentiment qu'on va travailler encore plus tard.

— Excellente idée. C'est très gentil.

— Je ne fais que nourrir les troupes, dit-il alors que nous retournons à l'intérieur.

Pourtant, je sais que c'est plus que cela. Lorsque Ryan a accepté pour la première fois de nous laisser confier l'enquête de Tony à l'Agence, ce n'était encore qu'un inconnu. Maintenant, il fait partie intégrante de l'équipe. Et sur cette mission, c'est même le leader. Et un leader prend soin de ses forces vives.

— *Putain, dites-moi que je rêve !*

C'est Denny qui vient de crier et je fronce les sourcils, craignant qu'elle se plaigne de travailler tard. Son mari, Mason, est toujours en congé officiel. Il poursuit son débriefing à rallonge auprès du SOC. Je n'ai pas travaillé avec lui là-bas, mais je connais son histoire, et ses réunions quotidiennes pour essayer d'extraire des bouts de mémoire doivent être usantes. Mason m'a pourtant assuré que ce n'était pas le cas. « C'est idéal, au contraire, m'a-t-il dit. Chaque jour, je me souviens un peu plus de Denny. C'est comme si c'était Noël en permanence. »

C'est un sentiment agréable, mais je pense toujours que le processus me rendrait folle. Cela dit, après tout ce que Mason a traversé, il a peut-être décidé que la seule façon de vivre sa vie était de toujours voir le verre à moitié plein.

Je regarde Tony et soupire. Je devrais peut-être prendre exemple sur Mason, et au lieu de me morfondre en pensant que je n'ai pas tout ce que j'attends de cet homme, me montrer reconnaissante pour ce que nous avons vécu. Sans Tony, je crois que je n'aurais jamais ressenti cela. Et même si cette partie est douloureuse à endurer, ce que nous avons partagé a été merveilleux. Peut-être est-ce censé me suffire. Pour certaines personnes, en tout cas, ce serait suffisant.

Je crains seulement de ne pas pouvoir m'en contenter.

— Eh, oh ! lance Denny. Vous ne m'avez pas entendue ? Venez par ici.

Je croise le regard de Quincy et de Tony, et nous pressons le pas. Mario se retourne, sa chaise de bureau en parfait alignement avec Liam, dont la carrure de colosse dissimule presque entièrement son collègue moins massif.

— Désolé. Je n'avais pas réalisé que c'était un cri de guerre, dit Quincy.

Denny lui lance un regard assassin qui ne l'effarouche même pas. Ils travaillent souvent en partenariat, alors il doit être habitué à ses yeux de tueuse.

— Je me demande bien pourquoi la recherche d'hier n'a pas abouti à ça, mais regardez.

Elle écarte une mèche de cheveux blonds de son visage tout en désignant son écran, et nous nous penchons tous comme un seul homme.

— La *Daily Meditation Foundation*, dis-je en lisant le titre du dossier à haute voix. Fondation pour la méditation quotidienne... Je suis peut-être trop fatiguée, mais je ne comprends pas.

— C'est l'une des entités créées à partir du trust de Morgan. Et c'est exactement le genre de chose que je cherchais, alors pourquoi ce n'est pas ressorti lors de ma première recherche, j'aimerais bien le savoir ! Enfin, bref. L'important, c'est le nom. Quotidienne. Daily. *Dailey*. Vous saisissez ?

— Tu crois que cet organisme serait une couverture pour Harvey Dailey ?

Elle nous regarde par-dessus son épaule.

— Je crois surtout que pour le moment, c'est la meilleure piste que nous ayons.

— Tu as une adresse ? demande Tony.

— C'est ce qui fait toute la beauté de la chose, répond Denny. C'est apparu alors que je faisais des recoupements dans un rayon de trois kilomètres autour de votre station-service. Je ne sais pas si c'est votre réponse, mais au moins, c'est une piste.

## CHAPITRE VINGT-DEUX

La *Daily Meditation Foundation* avait beau être une piste solide, elle était inutile sans adresse. Pour cela, il fallait un peu plus de temps. Les documents officiels que Denny avait trouvés avaient été déposés auprès de l'État plus d'un an auparavant, et l'adresse indiquée était tout simplement une boîte postale dans un centre commercial non loin de la station-service.

Maintenant, Denny activait sa magie pour retrouver une adresse physique concrète, et Tony faisait les cent pas avec impatience derrière elle.

— Vous ne connaissez pas le dicton : l'eau ne bout jamais tant qu'on surveille la casserole ?

Elle pivota sur sa chaise et le regarda d'un air renfrogné.

— Va prendre un café ou quelque chose. Tiens, va m'en chercher un.

Comme fournir la jeune femme en caféine lui semblait être l'une des choses les plus utiles qu'il puisse faire, Tony hocha la tête et se dirigea vers la salle de repos. En cours de route, Emma se joignit à lui.

— Tu tiens le coup ? demanda-t-elle alors que Tony attendait que la machine à café remplisse son office.

— Je suis prêt à bondir, répondit Tony. Je n'ai jamais été aussi proche jusqu'à présent. Ce qui est ironique, parce qu'après tout, j'en suis peut-être encore très loin.

— Je pense que tu touches au but. J'ai comme un pressentiment, quand on sent que ça chauffe.

Il partit d'un petit rire. C'était une drôle de façon de décrire ce sentiment familier, l'impression d'être à la fin d'une mission, une fois que tout se met en place. Amusant, mais tout à fait exact.

— Oui, acquiesça-t-il. C'est vrai.

Il retint son souffle avec l'envie d'en dire plus, sans trop savoir s'il devait le faire. Enfin, il se lança. Après tout, s'il commettait une erreur, tant pis. Il s'était trompé trop souvent dans sa vie pour savoir qu'il survivrait même si cela devait arriver une fois de plus.

— Emma ?

Elle s'apprêtait à ouvrir le réfrigérateur, mais elle se retourna. Elle regarda par-dessus son épaule. Pendant un instant, il crut voir de l'espoir dans ses yeux, mais ce sentiment disparut aussitôt et il n'obtint qu'une question neutre :

— Oui ?

— J'espère vraiment qu'on touche au but. J'espère que c'est la fin.

Les muscles de son visage se contractèrent et elle secoua tristement la tête.

— Ne fais pas ça, d'accord ? Je comprends ton raisonnement, mais tu ne fais que tracer une ligne dans le sable. Devine quoi, Tony, c'est toi qui tiens le bâton. Tu peux tracer cette ligne où tu veux. Alors, ne fais pas comme si la résolution de cette mission était déterminante. Tu as le pouvoir de la déplacer où tu veux, cette foutue ligne.

Elle haussa les épaules, comme si elle venait de dire la chose la plus élémentaire au monde, puis elle sortit de la pièce sans prendre la peine de chercher ce qu'elle était venue prendre dans le réfrigérateur. Il la regarda partir, conscient qu'elle avait raison, mais sans être certain d'avoir la force de déplacer la ligne sur le sable ni d'arrêter le mouvement constant des vagues.

Heureusement, il n'eut pas à s'appesantir plus longuement sur sa répartie, ses raisons ou ses blocages personnels, car le temps qu'il revienne avec le café de Denny, elle avait trouvé l'adresse.

La *Daily Meditation Foundation* était située dans une résidence privée de trois étages protégée par un mur d'enceinte, sur un terrain d'un hectare à Brentwood, ce qui correspondait parfaitement à ce qu'ils savaient des allées et venues de Thea. Tony envisagea de passer immédiatement à l'action, mais il était trop bien entraîné pour risquer de compromettre le succès d'une mission en se lançant prématurément.

Au lieu de quoi, il ordonna à cinq équipes tournantes de surveiller les lieux pendant quarante-huit heures complètes, aussi atrocement long que ce soit, dans le but de déterminer qui y entrait et en sortait, et à quelles heures.

Ce furent peut-être les deux jours les plus longs de sa vie, mais à la fin, ils avaient appris que la résidence recevait rarement des visiteurs, et que Harvey Dailey y habitait bel et bien.

Emma et lui étaient en planque lorsque Dailey avait franchi la grille pour faire le tour du pâté de maisons. Maigre et frêle, accusant ses soixante-dix ans passés avec des cheveux blancs clairsemés, il arborait une moustache fine qui lui donnait un petit côté acteur de parodies de westerns.

En l'absence de description, ils n'avaient pas reconnu le vieil homme la première fois qu'ils l'avaient vu. Ils l'avaient pris en photo pour l'envoyer à Denny, mais rien n'était apparu dans la base de données de reconnaissance faciale, même si cette opération pouvait parfois prendre des jours avant de donner le moindre résultat.

La perspective de plusieurs jours d'attente supplémentaire lui avait donné envie de lever les mains au ciel et il avait failli leur proposer d'entrer dans la résidence sans attendre de confirmation.

Heureusement, ils avaient obtenu une identification positive lorsqu'un voisin avait rejoint l'homme sur le trottoir, l'appelant par son nom avant d'entamer une conversation.

— Maintenant, nous en avons le cœur net, avait déclaré Tony.

À moins d'une rue plus loin, il avait observé la scène à l'aide de jumelles et était parvenu à lire sur ses lèvres pour confirmer le nom.

Sur le siège passager, Emma avait hoché la tête, mais il

y avait un petit V au-dessus de son nez, comme chaque fois quand elle réfléchissait.

— Bon, avait-il dit. Quel est le problème ?

Elle avait secoué la tête.

— Rien de concret. Il ne ressemble pas à l'image que je m'en faisais. Et il y a quelque chose qui cloche dans toute cette situation sans que j'arrive à mettre le doigt dessus.

Tony aussi l'avait perçu.

— Je n'imagine pas ce vieillard en cheville avec le Serpent ou mon père, avait-il répondu. En même temps, j'ai descendu beaucoup de sales types, et ils ne ressemblent pas tous à des criminels endurcis. Il y a plein de meurtriers qui ressembleraient à ton grand-père préféré.

— Je n'ai jamais connu mon grand-père, mais je vois ce que tu veux dire. Et je pense toujours que quelque chose ne va pas.

— Il pourrait être un pion, rien de plus. Il est possible que quelqu'un utilise son nom pour une opération de façade. Mais nous l'avons identifié comme un certain Harvey Dailey. Nous savons que Thea travaillait pour un Harvey Dailey. Et nous savons que cette maison appartient à une fondation au nom d'Harvey Dailey. À ce stade, je pense que nous n'avons pas d'autre choix que d'aller voir ce qu'il en est.

— C'est juste. Allons faire un rapport et établir un plan de mission.

Ils étaient rentrés en silence. Il était certain qu'elle se taisait par courtoisie, supposant qu'il était concentré sur la suite de sa mission. À vrai dire, ce n'était pas le cas. Il se fiait à son instinct, et ses inquiétudes concernant cet homme lui donnaient matière à douter. Dailey pourrait-il être innocent dans cette affaire ?

En fin de compte, pour les besoins de la mission, cela n'avait aucune importance. Il ne renoncerait jamais à entrer dans cette propriété pour jeter un coup d'œil. Il devait savoir si la *Daily Meditation Foundation* détenait des documents sur Clyde Morgan ou le Serpent. Ce dernier était mort, mais en découvrant son véritable nom, ils pouvaient retrouver la trace de Morgan.

Le lien entre Dailey et Morgan était la seule piste solide qu'il avait, et il était déterminé à la poursuivre. Après tout, c'était plus qu'une simple mission. C'était sa vie. Et il voulait vraiment en finir.

Dans le pire des cas, Dailey ne savait rien et n'était qu'un pion. Dans le meilleur des cas, il savait tout et pourrait même lui dessiner une carte.

Et si Dailey ne voulait pas parler ? Eh bien, il y avait toujours Quincy. Sa maîtrise parfaite des techniques d'interrogatoire avait été affûtée dans les services de renseignements britanniques. Si Quincy ne pouvait pas obtenir de réponses, alors c'était qu'il n'y avait pas de réponses du tout.

Lorsqu'ils arrivèrent à l'Agence, ils découvrirent une véritable ruche en effervescence, avec beaucoup plus de bruit et d'activité que d'habitude. Au début, Tony crut qu'il y avait eu une avancée majeure dans l'enquête, mais il écarta bien vite cette possibilité. Quelqu'un lui aurait envoyé un texto pour le prévenir.

Peut-être du nouveau concernant l'une des autres opérations ?

Il était sur le point de faire signe à Mario lorsque la foule se sépara et qu'il aperçut Eliza, debout à côté de Quincy, la main gauche tendue, une bague en diamant si brillante à son doigt qu'il en vit l'éclat de l'autre côté de la pièce, sans parler de la lueur que dégageait la jeune femme elle-même.

À côté de lui, Emma poussa un cri et se tourna avec un immense sourire qui fit battre son cœur. Aussitôt, elle s'avança pour aller embrasser sa sœur.

— Oh mon Dieu, tu t'es fiancée hier soir et tu ne m'as pas appelée ?

Elle jeta un regard agacé à Quincy, qui leva les mains en signe de légitime défense.

— Ça ne s'est pas exactement passé comme prévu.

— Je faisais la lessive, dit Eliza d'une voix éraillée. J'ai décidé de laver son pantalon. Je ne le ferai plus jamais sans sa permission.

— Oh, mon Dieu !

Tony ne comprit pas l'allusion, mais Emma semblait en savoir un rayon sur le pantalon de Quincy.

— Tu as trouvé la bague.

— Tu le savais ?

— Il me l'a dit, expliqua Emma. Je lui ai demandé quand il allait faire de toi une honnête femme. Je pense qu'il y avait un dîner de prévu.

— On a quand même fait le dîner, répondit Eliza, toujours rayonnante.

Elle se retourna vers son fiancé.

— Excuse-moi d'avoir tout gâché.

— Tu plaisantes, mon amour ? Tu as dit oui, n'est-ce pas ?

Quincy affichait un sourire si radieux que Tony était persuadé que ses muscles faciaux le feraient souffrir le lendemain matin. En même temps, Tony ne pouvait pas nier qu'il serait heureux de ressentir lui-même cette douleur un jour. Ce fut une révélation, aussi stupéfiante que sincère. Il n'avait jamais pensé au mariage auparavant. Et il savait très bien que ce n'étaient pas seulement les fiançailles de Quincy et Eliza qui lui venaient à l'esprit en cet instant.

De l'autre côté de la foule, Quincy croisa son regard. Puis il lui fit un clin d'œil avant de regarder Emma.

Tony secoua la tête comme s'il était exaspéré, puis il leva les yeux au ciel pour faire bonne mesure. Mais la vérité, c'était qu'il n'était pas du tout agacé. Bien au contraire, il pensait à la joie. À l'amour.

Et surtout, pour la première fois de sa vie, il entrevoyait un avenir.

---

Quincy et Liam entrèrent les premiers, ouvrant la voie au rez-de-chaussée avant de couper l'alarme de sécurité. Tony et Emma escaladèrent la façade pour entrer par le balcon du deuxième étage. Denny montait la garde dans la camionnette de contrôle, avec Mario et Trevor, un autre agent que Tony n'avait encore jamais rencontré.

Deux autres agents de Stark Sécurité, Winston et Leah,

ne faisaient pas partie de l'opération. Ils avaient été appelés en mission hors de la ville, la veille, avec une piste sur l'une de leurs enquêtes en cours.

— Rien à signaler dans le salon.

La voix de Quincy se fit distinctement entendre dans l'oreillette de Tony.

— En route vers la cuisine.

— Le hall d'entrée et la chambre principale sont vides, déclara Liam. Je me déplace dans le couloir.

Au deuxième étage, Emma était déjà à l'intérieur tandis que Tony attendait sur le balcon, guettant d'éventuels signes de vie dans le jardin. Rien ne bougeait. Quand il se retourna, Emma lui fit signe que la voie était libre.

Il se faufila à l'intérieur alors qu'elle ouvrait lentement la porte de la chambre. Ils ne s'attendaient pas à trouver quelqu'un dans la maison. Ils avaient utilisé une technologie de détection de chaleur pour scanner les lieux, et il n'y avait aucun signe de présence. Mais s'il existait une procédure, ce n'était pas sans raison. Mieux valait prévenir que guérir.

Tout en se déplaçant dans la maison, les deux équipes continuèrent à donner leurs positions. À l'étage inférieur, Quincy et Liam en faisaient de même.

— Le rez-de-chaussée est sécurisé, annonça Quincy. On passe au premier.

— Nous terminons notre reconnaissance maintenant, fit Emma. Il ne reste plus que le bureau.

Elle regarda par-dessus son épaule vers Tony, qui était toujours au bout du couloir. Il lui fit un signe de tête pour qu'elle se rende dans la dernière pièce. Là, elle fit un pas et se figea, le dos raide.

— Nous avons un cadavre, dit-elle. Je répète, nous avons un cadavre.

Il accourut à ses côtés, prenant soin de chercher les problèmes éventuels en chemin. En arrivant dans le bureau, il découvrit ce qu'elle avait vu. Harvey Dailey, assis sur son fauteuil, une balle dans la tête.

— Il est là depuis un certain temps, dit-elle.

Tony acquiesça.

— Il a sans doute été tué peu de temps après qu'on l'a vu. Il était déjà froid quand on a fait le scan thermique, c'est sûr.

— On arrive, dit Quincy, sa voix vibrant à l'oreille de Tony.

— Négatif, répondit Emma. Sécurisez le premier étage. Tout est sous contrôle.

Elle regarda Tony :

— Ça n'a aucun sens. Ça ne peut pas être une coïncidence.

— Non. Quelqu'un savait que nous venions. Et cette personne ne voulait pas qu'on lui parle.

— Mais c'est insensé. Dailey est arrivé à ta connaissance à cause de Thea, et elle est morte. La seule personne qui aurait pu avoir une raison de savoir qu'elle te parlerait de lui, c'est le Serpent, et je l'ai tué.

— Oui, Thea est morte, dit Tony, mais il est possible que quelqu'un m'ait identifié pendant que nous étions sur l'île.

— Tu penses que parce que Thea a travaillé pour

Dailey, il y a peut-être un autre joueur qui supposait que tu ferais le lien et que tu suivrais la piste jusqu'ici ?

Il hocha la tête.

— Je crois que ça confirme nos soupçons sur Dailey. Mais nous ne savons toujours pas quelles informations il détenait.

Elle haussa une épaule.

— C'est pour ça que nous allons passer les prochaines heures à fouiller dans ses affaires. Et on devrait faire venir Denny ou Mario pour pirater son ordinateur.

Il hocha la tête et tapa sur son oreillette, transmettant au reste de l'équipe l'ordre de se rendre au bureau.

— Voici une autre information intéressante, dit Denny dans l'oreillette. J'ai parcouru les dossiers en essayant de comprendre pourquoi j'ai raté ce document la première fois. Il n'a été chargé dans les archives du secrétariat d'État qu'une vingtaine de minutes avant que je ne le trouve.

Emma et Tony échangèrent un regard. Il vit le moment où elle comprit, tout comme lui.

— Oh, mon Dieu. C'est un coup monté, déclara Denny, manifestement sur la même longueur d'onde qu'eux. Partez de là.

Ils avaient déjà commencé à bouger, mais il était trop tard. Il entendit le craquement du plancher et se retourna juste à temps pour voir l'un des panneaux latéraux en bois s'ouvrir, révélant non seulement une cachette camouflée, mais également un homme familier en combinaison moulante. Le genre de costume conçu pour se cacher des technologies de détection de chaleur. Et il tenait un pistolet dans sa main.

*Le Serpent.*

Mais il n'avait pas encore tiré et, alors qu'il changeait de cible, Tony s'élança, projetant Emma au sol au moment où le coup de feu retentissait.

Il fut immédiatement suivi d'un second, et depuis sa position protectrice, Tony vit la jambe du Serpent s'effondrer. Il tomba, fauché par la force de la balle à la cuisse, et sans doute par la douleur cuisante de la blessure.

Liam se précipita vers lui, l'arme qu'il venait de dégainer toujours brandie. Il repoussa celle du Serpent blessé, puis braqua l'homme.

Quincy apparut dans l'embrasure de la porte, également armé et prêt à faire feu. Immédiatement, il évalua la situation, puis leva la main à l'attention de Tony et Emma.

Il tendit le menton vers le Serpent et regarda Tony en haussant les épaules.

— Pour être honnête, j'aimerais mieux tuer cet enfoiré. Mais on devrait plutôt le ramener au bureau et je l'interrogerai.

Son sourire menaçant fit frémir l'homme à terre.

— On va faire une petite fête, toi et moi. Et tu pourras me dire chacun de tes foutus secrets.

## CHAPITRE VINGT-TROIS

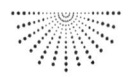

Je fais les cent pas devant la vitre sans tain, à regarder Quincy assis devant le Serpent. Sa jambe est maintenant bandée, et d'après ce que me dit le colonel Anderson Seagrave, le Serpent ne ressent aucune douleur. En plus des médicaments que le médecin de l'Agence lui a administrés avant de recoudre la blessure, Quincy lui a injecté tout un cocktail pharmaceutique qui non seulement soulage la douleur dans sa jambe, mais le rend également plus disposé à partager tous ses secrets.

Je jette un coup d'œil à Seagrave, qui déplace son fauteuil roulant d'avant en arrière tout en regardant le spectacle se dérouler derrière la vitre. Il a une quarantaine d'années, les cheveux foncés grisonnants aux tempes et un sourire avenant qui n'enlève rien à son autorité naturelle. Nous avons travaillé ensemble pendant longtemps, et bien que nous nous soyons souvent tapé sur la tête, je n'éprouve que du respect pour lui.

— Combien de temps faut-il, habituellement ? demandé-je.

Derrière moi, Tony marche de long en large.

— Ce n'est jamais très rapide. Plus le sujet est costaud, plus c'est long. Étant donné ce que nous savons sur le Serpent, ça pourrait prendre une éternité.

— Dans ces circonstances, je suis prêt à attendre éternellement.

— En ce moment, Quincy s'attache à obtenir des informations sur votre père, explique Seagrave en regardant Tony. Après ça, il pourra faire une pause. On ramènera votre nouvel ami au SOC, on le cuisinera un peu. Au fait, vous avez fait un travail incroyable, tous les deux. Vraiment incroyable.

Tony hausse les épaules et je sais ce qu'il pense. Seagrave n'a pas besoin de lui passer de la pommade. Tant qu'il en sait plus sur son père, il se fiche de ce qui arrivera au Serpent.

Mais moi, ça m'intéresse. Parce que le Serpent connaît le passé de Winston et que je tiens à mon ami.

Je lui ai envoyé un texto il y a une heure, lui faisant savoir que le Serpent était entre nos mains. Il est dans un autre État pour le moment, mais je sais qu'il va s'intéresser à ce qui se cache dans la tête de cette ordure. Peut-être même que ça lui permettra de tourner la page.

J'en doute, cependant.

Je m'approche de Tony et lui tends la main. Toutefois, je la retire à la dernière minute, de peur de ne plus jamais vouloir le lâcher si j'établis une connexion.

— Tu tiens le coup ?

— Je m'accroche. Je n'en reviens pas que nous soyons si proches de la fin. J'ai l'impression que le temps s'écoule plus lentement.

— On tient le bon bout. Quincy finira par découvrir où se terre ton père.

Tony hoche la tête.

— Je sais. J'ai travaillé des années avec cet homme. Si Quincy n'apprend pas où se trouve mon père, alors c'est que mon père n'existe pas sur cette planète.

Il m'adresse un sourire et je sens un léger soulagement me traverser. Je n'imagine pas à quel point c'est difficile pour lui, savoir que son père est en vie depuis tout ce temps alors que la seule chose qu'il ait jamais voulu faire, c'était de faire payer ce fils de pute pour avoir détruit sa famille et son enfance.

Il me regarde, puis tend la main et glisse une mèche de mes cheveux derrière mon oreille. C'est un geste désinvolte et intime en même temps. Je sens le frisson du contact physique me traverser.

Exactement ce que je ne voulais pas ressentir et exactement ce à quoi j'aspire.

Je me persuade que ce n'est ni le moment ni le lieu pour ces émotions. En l'occurrence, il s'agit de Tony, de son père et de ce qui se déroule dans cette salle d'interrogatoire.

— Tu veux faire partie de l'équipe quand nous irons chercher mon père ? demande Tony.

Je sens mes yeux s'écarquiller sous l'effet de la surprise.

— Oui, carrément !

Un soupçon de sourire effleure ses lèvres.

— Nous sommes d'accord sur le fait que c'est moi qui dirige l'équipe ? précise-t-il.

— Honnêtement, je crois que tu es trop impliqué émotionnellement. Mais je sais aussi que tu piqueras une crise si tu ne diriges pas les opérations.

Il rit.

— Évidemment.

Après m'avoir observée, il ajoute :

— Tu es épuisée.

— Parce que toi, tu es dynamique et tu as l'air en forme.

— Je suis sérieux. Tu as l'air lessivée. Moi aussi, je sais que je le suis. Si tu veux faire partie de l'équipe, j'ai besoin que tu sois en forme. Tu dois te reposer. Tout comme moi.

— Bon, dis-je en le regardant. Je rentre chez moi pour faire une sieste. J'ai une chambre d'amis. Tu veux venir avec moi ou on se retrouve ici plus tard ?

Il hésite avant de répondre :

— La chambre d'amis, c'est parfait.

Moins de quinze minutes plus tard, nous sommes dans mon salon. Et une fois de plus, j'ai envie de le toucher, de lui dire que tout ira bien, de lui faire savoir que ce sera bientôt fini, j'en ai la conviction.

Et de le rassurer quant au fait que je suis là pour tout ce dont il aura besoin.

En ce qui concerne mes besoins, eh bien...

J'ai besoin de sentir ses bras autour de moi, son corps contre le mien. J'ai besoin que tout cela se termine pour pouvoir retrouver cet homme.

Mais je dois aussi être réaliste. Je sais que cela pourrait ne jamais être terminé. Le Serpent pourrait ne pas savoir où se trouve Clyde Morgan. Ou s'il le sait, Morgan pourrait bien avoir tourné la page. Il n'y a aucune certitude dans ce domaine. Comme je l'ai vite appris, il n'y a pas non plus de certitudes dans les relations.

Je ne dis rien de tout cela, bien sûr. Au lieu de quoi, j'indique simplement à Tony la chambre d'amis et je lui pose une simple question.

— Tu me réveilleras si Quincy appelle ?
— Bien sûr.
Je hoche la tête.
— Bon, d'accord. On se voit quand il appellera ou quand on se réveillera tous les deux, selon ce qui arrive en premier.

Je ne prends pas la peine de me changer. Je suis trop rincée. Tout ce que je fais, c'est enlever mes chaussures, puis retirer la couette et me glisser en dessous. Je pense que je suis endormie avant même que ma tête ne touche l'oreiller, mais je me réveille en sentant le matelas bouger.

— N'aie pas peur. C'est moi.
Je sens sa main sur ma hanche en même temps qu'il parle, et je me détends contre mon oreiller.

— Seigneur ! Tu réalises que je garde un pistolet dans ce tiroir ? Tu pourrais être mort à l'heure qu'il est.

— Je ne pense pas. Tu es bien trop douée pour tirer sans savoir qui tu vises.

— Peut-être que j'allais te tirer dessus pour m'avoir réveillée, rétorqué-je. J'ai à peine réussi à dormir.

Je me redresse sur un coude et j'essaie de faire disparaître les toiles d'araignée du sommeil en clignant des paupières.

— Des nouvelles de Quincy ?

Il secoue la tête.

— Non. Pas encore.

Je fronce les sourcils, tout à coup inquiète.

— Qu'est-ce qui ne va pas ?

Je me hisse en arrière jusqu'à ce que mon dos repose contre la tête de lit.

— Tony, dis-moi ce qui se passe.

— Il faut qu'on parle.

Mon estomac se noue quand j'entends le timbre tout en retenue et si peu familier de sa voix.

— Oh.

Je ne sais vraiment pas quoi dire d'autre.

— Ça ne marche pas pour moi, ajoute-t-il, enfouissant son visage dans ses mains avant de me regarder. Je suis vraiment désolé.

— Oh, répété-je.

Je me sens mal. Je ne comprends pas comment il peut rompre avec moi une deuxième fois, alors que nous ne sommes même pas ensemble en ce moment.

— J'aurais pu mourir dans le bureau de Dailey. Toi aussi, tu aurais pu. Dieu merci, tu étais là pour me sauver, mais nous aurions pu y passer. Nous avons survécu par pure chance.

— Ce n'est pas vrai, et tu le sais. Nous avons survécu grâce à notre formation. Des instincts aiguisés. Des réactions rapides.

— Peut-être. Peut-être pas. Aucune importance.

Il prend une inspiration, puis expire lentement.

— Le fait est que je ne veux pas attendre de ne pas avoir de mission. Il y aura toujours une mission.

Je fronce les sourcils, essayant de replacer ses mots dans le contexte où je pensais que cette conversation allait se dérouler. Mais comme une pièce de puzzle appartenant à une image entièrement différente, rien ne colle.

— Je ne sais pas si je trouverai mon père demain, après-demain, ou même jamais. Peut-être que je continuerai à le chercher, peut-être pas. Peut-être que je le trouverai, peut-être pas. Mais le fait est que je t'ai déjà trouvée, toi.

Il me caresse la joue alors que j'essaie de ne pas laisser l'espoir qui a commencé comme un mince filet d'eau se transformer en inondation massive.

— Je veux que tu sois là avec moi. Je te veux à mes côtés, Emma. Je veux m'enrôler chez Stark Sécurité. Je veux un partenaire, ma chérie, et pas seulement pour le travail.

Je le dévisage, le cœur rempli. J'ai l'impression que ma poitrine pourrait éclater. J'aimerais lui dire toutes sortes de belles paroles. Des mots d'amour, de passion, d'espoir et d'avenir. Mais je n'ai aucune idée de ce qu'il convient de dire. Tout ce que j'ai, ce sont ces sentiments dans mon cœur.

Ce doit être normal, car il semble avoir beaucoup de mots à ma place.

— Je suis tombé amoureux de toi, Emma, dit-il, le souffle court. J'ai passé toute ma vie à poursuivre une putain de vendetta, en pensant que sa conclusion me rendrait enfin entier. Mais ce n'est pas la réponse.

Il prend mes mains, et la chaleur de son contact coule à travers moi tel un élixir, me ramenant pleinement à la vie.

— C'est toi, Emma. Tu es la réponse. C'est toi qui me rends entier.

— Waouh, dis-je. Tony, je...

Je lutte toujours pour trouver les mots, alors je dis la seule chose qui me vient à l'esprit. La seule chose qui clignote comme un néon dans ma tête :

— Moi aussi, je suis tombée amoureuse de toi.

Il me regarde, et pendant un instant, je suis incapable de déchiffrer son expression. Puis je décèle le feu dans ses yeux. Et avant que je puisse dire ou faire quoi que ce soit d'autre, il m'attire tout près et rend ma bouche captive.

Je me fonds contre lui, si heureuse que cet homme m'appartienne que j'ai envie de pleurer. Pourtant, je ne suis pas comme ça. Je ne suis pas une femme qui s'émeut facilement. Je n'ai jamais pensé avoir besoin de quelqu'un d'autre que ma sœur.

Cependant, j'ai besoin de cet homme, c'est indéniable.

J'enroule mes bras autour de son cou et m'accroche à lui, redoutant presque que, si je le lâche, il disparaisse et que tout cela ne soit qu'un rêve.

Mais une fois encore, je ne suis pas comme ça. Je ne suis pas une fille qui esquive la réalité. Je n'ai pas peur de regarder les questions difficiles en face. Alors, je me retire lentement pour prendre son visage dans mes mains.

— Tu es sûre ? Parce qu'honnêtement, Tony, si tu t'en

vas... si tu changes d'avis... je ne pense pas que je pourrai survivre.

— Si, tu es la personne la plus forte que je connaisse. Mais ce ne sera jamais un problème, parce que je ne partirai pas.

— Tant mieux. Quoi qu'il arrive, je suis plus forte avec toi.

— Tu es absolument tout ce que je veux, dit-il. Tout ce dont j'ai besoin. J'ai pourchassé des ombres, je le sais. Ce que j'aurais dû chercher sans relâche, c'est l'amour. Bébé, s'il te plaît. Sache que je t'aime, s'il te plaît.

Je prends sa main et l'appuie contre mon cœur.

— Je n'ai jamais été très sentimentale, lui dis-je, mais je le sais.

Je prends sa main et la presse sur mes lèvres.

— Tu ferais quelque chose pour moi ?

— N'importe quoi.

— Tu voudrais me faire l'amour ?

Son sourire est lascif et délicieusement espiègle.

— Avec joie.

## CHAPITRE VINGT-QUATRE

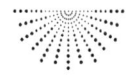

Tony se mouvait en elle avec une douceur infinie, ses yeux dans les siens. Elle avait les lèvres écartées et le visage rayonnant de plaisir, d'amour.

Même s'il vivait pendant mille ans encore, il ne comprendrait jamais ce qu'il avait fait pour mériter cette femme. Cette femme forte et belle, qui l'aimait si ouvertement et si complètement.

Elle était son autre moitié, et c'était un miracle que, malgré leurs vies chaotiques, ils aient réussi à se trouver.

— Eh, fit-elle, un sourire sensuel sur ses belles lèvres. Où es-tu ?

— Ici. Avec toi. Toujours.

— Bonne réponse.

Elle ondula du bassin.

— Mais je me demandais où ton esprit était passé.

— Je pensais à toi, dit-il, à combien je t'aime. Quel miracle tu es pour moi.

— Ce que *nous* sommes l'un pour l'autre, tu veux dire.

C'est un temps si court à l'échelle de mon existence, pourtant maintenant je ne peux même pas imaginer une vie sans toi. C'est bizarre, non ?

— Si tu es bizarre, alors je le suis aussi. Parce que je ne peux pas imaginer la vie sans toi, moi non plus.

Elle rit avant de demander :

— Est-ce que nous devenons un peu trop niais ? Je ne pense pas que ça fasse partie de mes attributions professionnelles. Je suis censée être une dure à cuire, moi.

— Personne n'en saura rien.

Elle gloussa et il profita de son inattention pour la retourner, s'allongeant sur le dos de sorte qu'elle se retrouve à califourchon sur son corps.

— Ça me plaît, dit-elle. J'aime avoir le dessus.

— Et moi, j'aime te laisser diriger. Mais ne t'attends pas à ce que ce soit comme ça tout le temps.

— Je pense qu'il va falloir tirer à pile ou face. On verra qui domine.

— J'ai une meilleure idée, répondit-il.

— Qu'est-ce que c'est ?

— En ce moment ? Je veux juste que tu me chevauches.

Elle eut un petit rire, mais elle s'exécuta volontiers, son corps ondulant avec le sien, leur plaisir s'élevant ensemble. C'était si bon d'être en elle, au plus profond, de partager cette connexion, de pouvoir contempler son visage alors qu'ils passaient ensemble par-dessus bord.

Pendant quelques instants encore, il songea à la chance qu'il avait, mais rapidement, toute pensée rationnelle l'abandonna. Il n'était que besoin et désir. Son désir à lui, son besoin à elle, et un peu l'inverse aussi.

Alors qu'elle reculait, ses hanches se balançant comme elle le conduisait vers un point culminant qui promettait d'être explosif, il glissa son doigt entre leurs corps. Par ses mouvements, elle frotta son clitoris sur sa main. Il regardait ses seins rebondir – comble de l'érotisme – et la sentait détrempée, serrée. Soudain, alors qu'elle montait en flèche vers le plaisir, il sentit ses parois internes se contracter autour de lui. La puissance de son orgasme le prit comme dans un étau et il émit un râle en se laissant aller à son tour.

Toujours assise, elle bascula en avant, leurs corps connectés. Il s'occuperait de ce foutu préservatif plus tard. Pour l'heure, il voulait juste sentir sa chaleur contre sa peau.

— C'était incroyable, murmura-t-elle alors que la vie lui revenait. *Tu* es incroyable.

— Je pense que nous avons déjà eu ce débat, dit-il, provoquant son éclat de rire.

— J'aime confronter nos différences au lit. La prochaine fois, on devrait peut-être faire un bras de fer.

Il rit avant de se retourner, l'étendant à côté de lui.

— Tu es peut-être une dure à cuire, Mademoiselle Tucker, mais je pense que je peux te battre.

— Ah oui ? C'est ce qu'on va voir.

Il était sur le point de relever ce défi, l'idée de la prendre dans ses bras presque trop belle pour la laisser passer, mais ils furent surpris par la sonnerie de son téléphone. En voyant que c'était Quincy, il appuya sur le bouton du haut-parleur.

— Nous l'avons, déclara-t-il sans préambule. Le

Serpent a donné l'adresse de Clyde Morgan. On monte une équipe. Il ne manque plus que toi.

— Une petite équipe, alors. Emma et moi, nous irons à l'intérieur. Toi et Liam, vous ferez le guet dehors. Denny dans le fourgon, à gérer les communications et les questions techniques.

— On pensait bien que tu dirais ça, répondit Quincy. Soyez prêts dans quinze minutes, on viendra vous chercher.

— Où est le Serpent en ce moment ?

— Son vrai nom est Nicol Vartac, et il a été renvoyé au SOC. Seagrave l'a placé en garde à vue. J'imagine qu'il va vivre sous l'hospitalité du gouvernement pendant très longtemps.

— Bon débarras, déclara Tony. Nous serons prêts quand vous arriverez.

Il mit fin à l'appel, puis fronça les sourcils devant l'expression d'Emma.

— Qu'est-ce qui ne va pas ?

— J'aimerais te dire quelque chose, avoua-t-elle. Je ne devrais pas, mais je ne veux pas de secrets entre nous.

Ce fut son tour de se renfrogner.

— Je t'écoute.

— Je t'ai dit que la mission commune tombait bien, tu te souviens ? Quand tu es venu chez moi, après l'île. Parce que ton père... enfin, tu sais.

— Oui. Ce n'était pas vrai ?

— Si, si, la pure vérité. Seulement, j'ai oublié la partie concernant le reste de la mission.

— Le Serpent, dit-il.

Elle hocha la tête.

— Il est sur mon radar depuis des années. C'était la figure centrale d'une affaire sur laquelle j'ai travaillé au Texas, il y a environ un milliard d'années.

Tony se rembrunit.

— Bon, et pourquoi tu ne me l'as pas dit ?

— Ça n'a rien à voir avec lui ou avec toi. Mais bon, tu intègres Stark Sécurité, nous sommes ensemble et je ne veux pas que tu le découvres accidentellement.

— Je t'écoute.

— Je n'ai rien dit, parce que c'est le secret de Winston plus que le mien. On travaillait ensemble, et le Serpent était à cheval sur nos deux missions. Il s'est passé des choses vraiment atroces et Winston n'a rien dit.

Elle secoua la tête.

— Je suis désolée. Je partagerai presque tout avec toi, mais je ne peux pas divulguer l'histoire de quelqu'un d'autre. Je suis désolée.

— Chérie, tu n'as pas à être désolée. Crois-moi quand je te dis que je comprends les secrets.

— Bien. Tu sais, celui-là est difficile. Même Eliza ne le sait pas.

— Et pourtant, tu me l'as dit, fit-il en ricanant. Ça doit signifier que tu m'aimes vraiment.

— Il faut croire que oui.

Elle se leva et l'embrassa.

— Oui, vraiment. Maintenant, allons voir ce qui se passe avec ton connard de père.

— D'après ce que Vartac nous a dit et ce que nous avons pu faire rapidement, il semble que ton père ait souvent changé d'apparence.

Liam secoua la tête.

— Il n'a pas fait les choses à moitié, ça c'est sûr. Apparemment, les opérations n'ont pas bien marché, car des infections le rongent depuis des années.

Quincy ajouta :

— En plus d'une hygiène de vie déplorable. Il n'est pas si vieux. Mais d'après les photos, il semble avoir bien plus de quatre-vingt-dix ans. Je crois que ses jours sont comptés.

Tony opina en les écoutant. Il se demandait si cela faisait de lui une mauvaise personne, parce qu'il se fichait éperdument que son père vive ou meure. Non, rectificatif : il aurait encore préféré que Clyde Morgan soit mort. Le monde serait bien meilleur.

— Alors, il a bâti cette maison sous une douzaine de comptes fictifs, s'y est installé et a engagé des infirmières privées, devina-t-il.

— Tu as tout compris, répondit Denny. Mais pas de soins infirmiers multiples. Une seule infirmière. Ton père n'est pas du genre confiant.

— Ne l'appelle pas comme ça.

— Oui, désolée. Morgan n'est pas très confiant. Il a une infirmière qui s'occupe de lui. De neuf heures à dix-sept heures. Elle reste la nuit s'il ne va pas bien, mais en ce moment, je suppose que ça va, parce qu'elle est partie il y a un quart d'heure. J'ai envoyé Mario en planque devant la maison, le temps qu'on passe vous chercher, tous les deux.

— Alors, quel est le plan ? demanda Quincy. Tu es ici pour l'arrêter pour avoir organisé les meurtres de ta mère et de ton oncle ? Vartac a avoué. Il était un peu dans les vapes à cause des produits chimiques, mais je suis sûr qu'on peut obtenir des aveux signés sans l'influence de la drogue.

— C'est le plan, fit Tony.

Bien sûr, ce n'était pas exact. Quincy devait bien le savoir, et Liam aussi. Ils avaient tous travaillé ensemble chez Délivrance. Ses amis savaient qu'il n'était pas question que Tony laisse ce minable ersatz d'être humain vivre un jour de plus.

Quant à Denny, il doutait sérieusement que sa morale soit altérée par ses intentions, et il savait qu'Emma non plus n'y verrait aucun inconvénient.

Pourtant, chacun joua le jeu.

Il regarda Emma, à présent vêtue d'un jean noir et d'un chemisier noir à manches longues. Elle était particulièrement sexy, et ressemblait plus à un chat cambrioleur qu'à un agent des renseignements.

— Prête ?

— Je te suis, dit-elle.

La maison disposait d'un système d'alarme, mais c'était un mauvais dispositif que Denny avait piraté en moins de dix minutes. Apparemment, Morgan ne pensait pas être sous surveillance.

Le fait qu'ils soient en train d'entrer par effraction était une preuve supplémentaire que tout le monde à bord de ce fourgon savait pertinemment qu'ils ne venaient pas pour arrêter Morgan. Quand on avait l'intention de mettre des menottes à un criminel en toute légalité, on entrait par la grande porte. Sans compter que l'on était généralement accompagné par les forces de l'ordre – pas par les membres d'une agence de sécurité privée, aussi prestigieuse fût-elle.

En tout cas, il était reconnaissant des compétences de Denny, car ils pénétrèrent dans la maison en moins de trois minutes.

— Test des communications, chuchota-t-il, recevant une réponse tout aussi basse.

Il vérifia son arme en même temps qu'Emma. Il ne s'attendait pas à une fusillade avec un vieil homme décrépit, mais il voulait être paré à toute éventualité. Si tout se déroulait comme prévu, il utiliserait une seule balle en tout et pour tout.

La chambre de Morgan était au rez-de-chaussée. Ce fut plus par la puanteur que par le plan de Denny qu'ils la trouvèrent. Le couloir était nauséabond, empestant les excréments humains et les fluides corporels.

— On dirait que quelqu'un a déversé toute une benne de couches usagées ici, commenta Emma. Avant de les asperger de viande putréfiée liquide.

— Merci. Comme si mon estomac n'était pas déjà retourné.

Elle ne répondit pas. Sans doute le temps de faire quelques pas de plus sans reprendre sa respiration.

La porte de la chambre de Morgan était ouverte. Il était allongé comme un spectre sur un grand lit d'hôpital, son corps frêle ne formant qu'une silhouette discrète sous le drap gris et miteux. Le visage tourné, il regardait par la fenêtre une volière de jardin. Il se demandait peut-être s'il aurait un jour la chance de s'envoler, lui aussi.

— Père.

La tête de Morgan pivota lentement. Comme si cela exigeait toutes ses forces vitales. Son visage était couvert de pustules, ses yeux rouges et purulents. Ses lèvres se fendillèrent pour laisser échapper un ricanement.

— Toi, fit-il d'une voix grinçante. Putain, pourquoi aurais-je envie de te revoir ?

— Je pourrais me poser la même question.

Il posa la main sur son arme alors qu'Emma s'avançait à côté de lui.

Bon Dieu, il ne pouvait pas se résoudre à tirer. Il savait très bien qu'il n'y aurait pas de conséquences. Si quelqu'un pouvait commettre un crime et s'en tirer, c'était bien lui.

Mais soudain, il n'en avait plus la moindre envie.

Pas par manque de courage. D'ailleurs, il danserait joyeusement sur la tombe de son père quand ce moment de fête arriverait.

S'il changeait de plan d'attaque, c'était parce que cet homme vivait déjà un enfer.

— Je suis juste venu te dire que je vais très bien. J'ai un boulot formidable, des amis incroyables, une petite amie belle et intelligente. Tout ça, c'est malgré toi, pas grâce à toi. Que ce soit bien clair.

Il tourna les talons pour s'en aller. Après tout, pourquoi rester ? Emma se tenait là, le regard fixe, un petit sourire aux lèvres.

— Il n'en vaut pas la peine, déclara-t-il.

— Non, vraiment pas.

Elle allait se retourner, elle aussi, et ce fut à ce moment qu'il l'entendit. Un étrange bruissement. Pas comme la peau contre un drap de coton, mais autre chose. Quelque chose de...

*Merde.*

Il bondit en même temps qu'Emma, leurs armes dégainées. Tous deux firent feu au même instant sur le vieil homme.

Ce dernier encaissa le tir de Tony dans la poitrine et celui d'Emma en pleine tête. Le pistolet que Morgan venait de sortir de sous le drap tomba de sa main avant qu'il n'ait l'occasion de tirer.

— Il n'en valait pas la peine, répéta Emma. Et maintenant, ce n'est plus un problème pour personne.

Tony acquiesça, puis il lui prit la main.

— Viens, mon cœur. Rentrons à la maison.

Ensemble, ils franchirent la porte.

Et Tony ne se retourna pas.

ÉPILOGUE

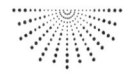

Je suis presque sûre que mon pavillon n'a jamais accueilli autant de monde. Cela dit, ce n'est pas pour me déranger. Après tout, les gens sont ici pour fêter les fiançailles officielles de ma sœur et de Quincy.

Cela fait trois semaines que Quincy l'a enfin demandée en mariage, mais je voulais organiser la fête moi-même. Tony est allé récupérer toutes ses affaires dans un entrepôt, à New York.

Alors, en plus d'avoir plus d'invités qu'autorisé par la prévention des incendies, j'ai aussi un garage plein de cartons. Mon obsession de l'ordre et de la propreté s'en trouve mise à mal, mais j'adore ça.

— Tout le monde s'amuse bien, me dit Tony en se glissant derrière, ses bras autour de ma taille. Mais je pense qu'il est temps de calmer Quincy.

J'étais dans la cuisine, à me demander si j'avais besoin de commander une autre livraison d'alcool, mais à présent je me retourne pour découvrir Quincy, titubant devant la cheminée, son verre levé dans ce qui doit être son troisième – non, son quatrième – toast à ma sœur. Tout le monde est tourné poliment vers lui, mais personne ne l'écoute vraiment. Il a déjà chanté ses louanges tant de fois qu'on pourrait les réciter par cœur.

Il faut dire qu'Eliza n'a pas l'air très gênée. Et quand elle me regarde, une seule pensée me vient : c'est une femme amoureuse.

Nous avons cela aussi en commun, maintenant.

Avec les bras de Tony autour de moi, je fais le point sur nos vies. Leah est en grande conversation avec Cass, et je me demande s'il n'y a pas anguille sous roche. Damien, Ryan et Jackson sont debout, avec leurs femmes, Nikki, Jamie et Sylvia. Ils rient et j'en déduis que leur discussion n'est pas de nature professionnelle.

Mario est accroupi devant ma chaîne stéréo et je lève les yeux au ciel. Mais s'il veut me proposer des améliorations, je ne dirai pas non. Liam et sa petite amie, Xena, sont sur la terrasse de derrière, à admirer le coucher du soleil que l'on devine à travers les feuilles des arbres.

Mason et Denny se trouvent dans la cuisine. Il lui concocte un cocktail sans alcool. D'après ce que je peux voir, c'est Winston qui supervise les opérations. Au même moment, ce dernier sort son téléphone de sa poche et fronce les sourcils en prenant l'appel.

Il se met à l'écart, puis lève les yeux, le front plissé. Nos regards se croisent.

— Des soucis ? murmure Tony.

Je secoue la tête.

— Je ne sais pas.

Je me retourne dans ses bras pour lui faire face, puis je lui dépose un baiser rapide.

— Je vais aller le voir.

— Moi, je vais discuter avec nos invités. Et par là, je veux dire que je vais essayer d'éloigner Quincy de la cheminée.

Je ris avant de l'embrasser une dernière fois, puis je rejoins Winston. Il me retrouve à mi-chemin et m'entraîne de côté.

— Que se passe-t-il ?

— C'était Seagrave, m'annonce-t-il, les yeux sombres et hagards. Apparemment, je dois retourner au Texas.

FIN

J'espère que vous avez apprécié l'histoire de Tony et Emma ! Découvrez l'histoire de Winston dans le tome suivant, *En ton nom* !

Les intrigues de *Stark Sécurité* se déroulent dans le monde de Stark International, un monde qui a pris vie avec *Délivre-moi*, l'histoire de Damien Stark et Nikki Fairchild.

Vous avez peut-être déjà rencontré Quincy et Eliza dans *En mille éclats*, Denny et Mason dans *En mémoire de nous* ou encore Liam et Xena dans *En demi-teinte*.

Mais saviez-vous que vous pouvez découvrir l'histoire de Jamie et Ryan dans *Apprivoise-moi* ?

**Newsletter en français**
http://jkenner.com/FR-NL

**Newsletter en anglais**
http://jkenner.com/JK_NL

## EN TON NOM - UN EXTRAIT

L'ancien shérif Winston Starr ne pense pas au passé. Ce jour sombre où il a perdu la femme douce et innocente qu'il avait aimée, morte à cause de son erreur lors d'une mission à l'issue dramatique.

Désormais agent de Stark Sécurité, il a laissé le Texas derrière lui. Il se concentre uniquement sur son travail, son cœur fermé à l'amour, même si son âme hurle à la vengeance contre l'ordure qui a tué sa Linda. Lorsque de vieux amis mettent au jour de nouvelles preuves, Winston apprend que non seulement Linda est vivante, mais qu'elle a simulé sa mort dans une ultime trahison.

Il ne faut pas se fier aux apparences, cependant, et Winston se retrouve bientôt en fuite avec la femme qui lui a arraché le cœur. Maintenant, la seule chose plus forte que sa fureur est son désir envers cette femme qui l'a pourtant détruit.

## Prologue

*Je n'ai jamais voulu le blesser.*

*Je n'ai jamais voulu le décevoir.*

*Je regrette le passé tous les jours, mais j'ai appris à vivre avec le remords. Avec le manque.*

*J'ai appris à vivre dans l'obscurité.*

*J'ai surtout appris à vivre sans amour.*

*Maintenant, je me raccroche au souvenir des jours que nous avons passés ensemble. Je les serre dans mes bras, m'imprégnant de la douce clarté de ces moments passés, des regards partagés, des baisers volés, de ces longs après-midi ensoleillés au lit, ma peau chaude et lisse contre la sienne.*

*Je ferme les yeux et me laisse aller aux souvenirs. J'ignore la douleur, le deuil, le chagrin. Je m'accroche à ces moments parce qu'ils sont tout ce que j'ai, désormais. Tout ce que je pourrai jamais avoir.*

*Je ne serai plus jamais avec lui. Je le sais.*

*Même s'il voulait de moi – et, bon Dieu, pourquoi m'aimerait-il encore ? –, je ne pourrais pas accepter.*

*Il était amoureux d'une femme qui n'existait pas. Sa Linda, m'appelait-il, alors qu'en réalité, il parlait à une chimère. Je suis peut-être en chair et en os, mais je ne suis pas réelle. Je ne suis même pas sûre de l'avoir jamais été.*

*C'est le seul homme avec lequel je me sentais entière, mais je ne peux pas être avec lui.*

*Même si j'avais le courage de lui confier mes secrets, cela n'aurait aucune importance. Tout ce qu'il verrait, c'est une femme qu'il n'a jamais connue. Une femme qu'il ne pourra jamais aimer.*

*Tout ce qui a existé entre nous s'évaporerait à ce moment-là, et où serais-je alors ?*

*Toujours seule, avec mes souvenirs en lambeaux et mes fantasmes enfouis.*

*Au moins, maintenant, je peux songer au passé. Je peux l'extraire et le polir, le faire briller dans mes souvenirs. Je peux l'étreindre dans mes bras et regretter que la vie n'ait pas tourné autrement.*

*Bien sûr, c'est impossible.*

*Je ne peux pas être autre chose que la femme que je suis.*

*Et la vérité crue est toute simple. En fin de compte, je ne suis pas la femme qu'il aime.*

*Je ne l'ai jamais véritablement été.*

## Chapitre 1

— Et il ne t'a vraiment rien dit ? demanda Emma, adossée contre Old Blue, le vieux pick-up Ford de Winston Starr.

« *Il* », *c'était le* colonel Anderson Seagrave du commandement des opérations sensibles, un service de renseignement d'élite du Conseil national de sécurité, connu sous l'acronyme de SOC. L'appel de Seagrave avait interrompu Winston alors qu'il faisait la fête avec ses amis à la soirée de fiançailles de la sœur d'Emma.

— Tout ce qu'il a dit, c'est qu'il veut me voir, répondit Winston.

L'air nocturne du bord de mer était épais autour d'eux. Une légère brise provenant de l'océan charriait vers eux un souffle frais, mais Winston ne le remarquait pas. Au contraire, il avait chaud. Il brûlait de l'intérieur. Son esprit et ses sens étaient en surrégime, alors qu'il retournait toutes les possibilités dans sa tête pour en arriver à une conclusion inévitable.

— Mais il a mentionné le Texas, reprit-elle. Après le coup de fil, tu m'as dit que tu retournais au Texas.

Winston hocha la tête.

— Demain. Apparemment, il m'expliquera le reste quand je le verrai ce soir.

— Toi, souligna Emma, plissant ses yeux noisette. Pas nous.

— Rien que moi.

— Tu n'es pourtant plus sous les ordres de Seagrave, observa Emma.

Fut un temps où Winston et Emma étaient tous deux agents du SOC, mais cette époque était révolue. Maintenant, ils opéraient dans le secteur privé, pour le compte de l'agence Stark Sécurité, une organisation d'élite fondée par le milliardaire Damien Stark après l'enlèvement de sa plus jeune fille.

— Non, fit Winston. Plus du tout.

Emma le regarda d'un air renfrogné. Elle n'était pas dupe de son attitude prétendument décontractée.

— S'il veut te voir seul à seul, ce n'est pas pour l'opération au Texas. À la fin, nos missions se chevauchaient trop. Il nous enverrait ensemble s'il y avait du nouveau.

Elle fronça les sourcils, puis prit une grande inspiration en le regardant droit dans les yeux.

— Linda, déclara-t-elle sur un ton à la fois dur et compatissant. Ça doit avoir un rapport avec Linda.

Sa gorge se noua à la mention de sa femme et il fourra

les mains dans ses poches pour les empêcher de trembler. Elle lui manquait tant. Même après plus de quatre ans, elle lui manquait avec une intensité qui frôlait la douleur. Non, c'*était bel et bien de la* douleur. Une douleur profonde, puissante, qui persistait encore. Longtemps après que ses blessures par balle eurent guéri ou que ses os se furent ressoudés, il le ressentait encore. Le manque. La culpabilité. Les coups de couteau dans son cœur. Les griffes qui lacéraient ce qui le maintenait encore en vie.

Son cœur était mort le soir où il l'avait perdue et il n'était plus qu'une coquille vide, depuis. Elle était innocente, prise malgré elle dans une intrigue dont elle ne savait rien.

Cela aurait dû être lui, bon sang. S'il y avait une vraie justice dans l'univers, il aurait dû mourir à sa place, ce soir-là.

Pourtant il était là, sain et sauf, du moins à l'extérieur. Intérieurement, cependant... eh bien, intérieurement, il était aussi mort qu'elle.

Il effectuait son travail, bien sûr. Il fonctionnait, riait avec ses amis, mais il n'était plus entier. Plus maintenant. Et il ne le serait sûrement plus jamais.

Comme pour le narguer, des rires dérivèrent dans la brise. Il jeta un coup d'œil à la maison. Le petit pavillon d'Emma était illuminé, et à l'intérieur, leurs amis continuaient à boire et à s'amuser. Sa sœur et Quincy allaient se marier, après tout. Preuve que la vie continuait.

Winston se dit que c'était une bonne chose.

Emma attendait une réponse et il s'efforça de hausser les épaules d'un air désinvolte.

— C'est peut-être autre chose. Rien à voir avec Linda.

Il entendit l'accent texan dans sa voix et voulut ravaler ses mots. Il s'était en grande part débarrassé de son accent, mais il avait tendance à s'y laisser aller quand il était contrarié ou troublé. Ou ivre.

Ce soir, il était un peu les trois à la fois.

— N'importe quoi, dit Emma. Tu n'y crois pas plus que moi. Tu as été parfaitement clair sur le fait que tu ne retournerais jamais au Texas, et encore moins à Hades, ajouta-t-elle en faisant référence au chef-lieu du comté au nom sinistre, où il avait servi comme shérif. Il le sait. Il ne t'y renverrait pas à moins que ce ne soit non seulement important, mais capital pour toi.

Winston inspira, essayant de chasser son engourdissement. Enfin, il releva la tête pour rencontrer le regard de son amie et ancienne partenaire.

— Ce n'est peut-être rien. Ça ne concerne peut-être même pas Hades.

Elle secoua la tête, libérant une mèche de cheveux roux de sa queue de cheval. Il voyait pratiquement les rouages tourner derrière ses yeux noisette quand elle dit :

— J'ai raison. Tu le sais. Je le sais. Il t'a appelé de nuit, un week-end. Ce n'est pas un hasard. Il y a une raison, et nous savons tous les deux quelle est cette raison. Si tu vas au Texas, alors je viens avec toi.

— Non.

Il la vit se raidir et il entendit presque sa protestation avant qu'elle ne franchisse ses lèvres.

— Merde, Starr. Ne t'inflige pas ça. Tu as oublié ? Je te

connais très bien. J'étais là. Et je vais rester à tes côtés pour te rappeler que ce n'était pas ta putain de faute.

— Emma, n'essaie même pas...

Elle leva une main pour l'interrompre.

— Non. *Non.* Si tu dois y retourner, si tu dois tout déterrer à nouveau, alors tu auras besoin d'une amie.

— Déterrer ? fit-il en secouant la tête. Écoute, ma vieille, je ne vais rien déterrer du tout. Il n'y a rien à découvrir.

Il vit les émotions se succéder sur son visage, et pendant un moment, il la prit en pitié. Emma Tucker avait pour habitude d'obtenir tout ce qu'elle voulait, d'être aux commandes. Elle n'aimait pas les refus.

Qu'à cela ne tienne. Il se redressa légèrement et fit rouler ses épaules. Il ne reviendrait pas sur sa décision. En ce moment, la place d'Emma était ici, en Californie, avec leurs amis. Avec sa sœur. Et surtout, avec Antonio Sanchez, l'homme qu'elle aimait.

Winston n'avait pas eu de femme dans sa vie depuis la mort de Linda. Il n'allait certainement pas priver Emma ou Tony de ce bonheur. Lentement, il s'approcha et posa une main sur son bras.

— Je vais y aller seul. Et ça se passera très bien.

— Tu es une sale tête de mule.

— C'est drôle. C'est ce que Linda me disait tout le temps.

Il esquissa un sourire et sentit une partie de la tristesse qui s'était accumulée dans ses tripes s'apaiser lorsqu'elle le lui rendit.

— Promets-moi de m'appeler. N'importe quand. Jour

et nuit. Si tu as besoin de parler, ou même de rester en silence avec quelqu'un qui respire à l'autre bout de la ligne, n'hésite pas. Appelle.

— Oh, je ne sais pas, dit-il en penchant la tête vers la porte ouverte, où Tony apparaissait dans la lumière de l'embrasure. Il y a des choses qu'un homme n'aime pas interrompre.

Elle lui répondit avec un sourire en coin.

— Toi, tu peux, Starr. On a vécu l'enfer ensemble, au Texas, et je pensais ce que j'ai dit. Si tu as besoin de quelque chose, appelle-moi. N'importe quand, de jour comme de nuit.

Il hocha gravement la tête, surpris d'être touché par la détermination dans sa voix.

— Je pourrais te prendre au mot.

Penchant la tête vers Tony, il ajouta :

— Il est au courant pour le Texas ?

— Pas vraiment. Il sait surtout que c'est là-bas que nous nous sommes rencontrés. Que nos affaires se sont chevauchées.

— Tu peux lui raconter le reste, si tu veux. Les couples ne devraient pas avoir de secrets. Et vous deux, vous faites un couple parfait.

Elle soutint son regard.

— Ce n'était pas ta faute, répéta-t-elle. Tu étais sous couverture. Tu ne pouvais pas le lui dire.

— Si, j'aurais pu. Ma bouche fonctionnait très bien. Mais je ne l'ai pas fait. Et elle est morte.

— Winston, arrête. Tu t'es battu contre toi-même

pendant des années. Tu dois avoir des hématomes plein le dos à force de t'auto-flageller.

Il faillit sourire. Elle n'avait pas tort.

— Même si tu le lui avais dit, rien ne serait différent. Tu crois qu'elle t'aurait quitté ? fit Emma en secouant la tête. Cette femme t'adorait. Elle serait restée à tes côtés, et en fin de compte, elle serait tout aussi morte.

Elle tendit la main et prit la sienne, la serrant vigoureusement.

— C'était leur faute, pas la tienne.

Seigneur, comme il voulait la croire. Mais il se contenta de répondre :

— Je vais sortir d'ici maintenant. Embrasse Eliza pour moi.

Avec un soupir, elle lui lâcha la main.

— Tu devrais rester.

— Sans doute. Ça vaudrait mieux. Mais je ne me sens pas d'humeur très sociable en ce moment. Et j'ai dit à Seagrave que je passerais avant dix heures.

— Winston, je...

— Tout va bien ? lança soudain Tony.

Emma se tourna vers lui et Winston en profita pour ouvrir la portière de son Old Blue.

— Non, répondit-il avant de se glisser derrière le volant. Je ne pense vraiment pas.

---

— À Austin ?

Winston fronça les sourcils en regardant l'homme assis de l'autre côté de la table grise éraflée, en face de lui.

— Vous m'envoyez à Austin, pas à Hades ?

— Déçu ?

Winston secoua la tête, essayant de faire le tri dans les émotions confuses qui le traversaient.

— Non, je...

Il inspira, s'efforçant de regarder posément l'homme qui avait été son supérieur.

— Je pensais que c'était à propos de la mort de Linda.

— Vraiment ?

Anderson Seagrave s'adossa dans son fauteuil roulant, les doigts repliés sous son menton. Âgé d'une quarantaine d'années, Seagrave avait des cheveux noirs grisonnants aux tempes et une autorité indéniable.

— Que pensez-vous que j'allais vous apprendre ? Nous avons fait tomber le Consortium il y a des années. Bon sang, vous avez pratiquement mené cette opération tout seul.

Winston déglutit. Ce n'était pas un moment dont il était fier. Il avait été tellement consumé par la fureur contre les meurtriers de Linda qu'il avait pris des initiatives dont il aurait dû s'abstenir, allant jusqu'à tuer Horace McNally, l'homme qui avait ordonné sa mort.

C'était un point de non-retour. Il n'était pas en danger, à ce moment-là, il aurait pu facilement appréhender l'homme. Mais à la place, il l'avait tué, d'une seule balle dans le cerveau. Le seul regret qu'il avait ressenti était de ne pas avoir fait souffrir ce fumier davantage.

Cette époque était dure, un vrai chaos. Le Consortium

manipulait la ville par le meurtre, la cupidité et la corruption. Emma et Seagrave avaient dit à Winston qu'ils comprenaient, que ce qu'il avait fait était justifié et que McNally aurait bien plus souffert en prison. Après tout, ce monstre s'adonnait à la prostitution pédophile. En détention, il aurait fini par être la pute de quelqu'un, ou par mourir dans des souffrances bien plus atroces.

Winston était d'accord avec tout ce qu'ils disaient. Il avait bien fait d'éliminer ce moins que rien. Mais ce faisant, il avait bafoué son propre code d'honneur et brisé quelque chose en *lui.*

Alors, il avait pris sa retraite, quittant à la fois le SOC et son poste de shérif, un travail qu'il avait adopté comme couverture au départ, mais qu'il avait appris à aimer. Il avait déménagé à Newport Beach uniquement parce que c'était la ville préférée de Linda. Il n'avait pas besoin de travailler, après avoir appris à la mort de Linda qu'elle avait souscrit une assurance-vie aux montants impressionnants. Il s'était donc impliqué dans du bénévolat, dans un refuge pour animaux, remplissant ses journées avec l'amour sans réserve des chiens et des chats qui ne se souciaient pas de ses échecs ni de ses états d'âme.

La nuit, cependant, il restait seul avec ses souvenirs.

Il savait qu'il devait se pardonner. Après tout, il ne l'avait pas tuée. Seul le Consortium en était responsable, lui seul méritait sa haine. C'était la vérité, aussi dure et froide qu'elle soit.

Et pourtant, il avait joué un rôle, lui aussi. Il n'aurait jamais dû se marier, car il avait fait d'elle une cible ambulante. Il avait été égoïste en croyant que leur amour était spécial, magique, en pensant qu'il la protégerait. Il avait été assez bête pour croire que, s'il ne la possédait pas, il en mourrait.

Eh bien, c'était son sort, maintenant. Il ne la possédait plus, et il était presque mort à l'intérieur. Ou du moins, jusqu'à ce que Seagrave se présente au refuge un jour. Il avait dit à Winston que s'il se croyait vraiment coupable, alors il devait faire quelque chose pour réparer ses torts. Il devait revenir sur le terrain et lutter contre toutes les pourritures de ce monde.

Après un temps d'introspection, Winston avait accepté. Il s'attendait à signer à nouveau avec le SOC. Au lieu de quoi, Seagrave lui avait présenté l'ancien tennisman devenu milliardaire, Damien Stark.

Stark et Ryan Hunter, son ami à la tête de Stark Sécurité, étaient les seuls dans l'organisation à connaître les liens de Winston avec les opérations de renseignement du gouvernement. Et encore, ils ne savaient même pas qu'il avait été agent à part entière. Seagrave leur avait seulement dit qu'il avait été « rattaché » à l'enquête sur Hades dans le cadre de ses activités de shérif. Ce n'était pas un mensonge, mais c'était loin d'être toute la vérité, d'autant plus qu'il avait postulé au poste de shérif alors qu'il était officiellement un agent du SOC.

Ainsi, jusqu'à ce qu'Emma rejoigne Stark Sécurité, tout le monde à l'agence croyait simplement qu'il avait été un shérif de petite ville et qu'il avait joué une ou deux fois dans la cour des grands avant de signer avec l'organisation d'élite.

En plus de la douloureuse vérité, à savoir que Winston

avait quitté le Texas après que sa femme eut été tuée par une voiture piégée.

Son travail pour Stark Sécurité n'avait pas effacé sa douleur, mais lui avait donné du baume au cœur. Maintenant, cependant...

Eh bien, maintenant, la douleur et les souvenirs refaisaient surface à la seule mention du Texas.

— Si ce n'est pas à propos de Linda, alors qu'est-ce qui se passe ?

Il entendait l'agacement dans sa voix, mais ne fit rien pour l'atténuer.

— Vous m'avez balancé le Texas à la figure ? Et il fallait que ce soit vous ?

Seagrave ne broncha même pas.

— J'ai dit qu'il ne s'agissait pas de sa mort, dit-il gravement. Du moins, pas exactement.

Winston fronça les sourcils, trop curieux pour être en colère contre son ami dans cet échange insensé.

— C'est quoi ce bordel, Anderson ? Y avait-il quelqu'un d'autre qui tirait les ficelles de McNally ? Quelqu'un qui nous a échappé au plus haut niveau du Consortium ? Parce que, si c'est le cas, indiquez-moi ce fils de pute et je vous jure que je le ferai tomber en un temps record.

Il avait passé des années sous couverture à Hades, en tant que shérif d'un comté rural, travaillant avec la ville et les fonctionnaires régionaux. Les hauts responsables de chaque service, depuis le bureau du maire jusqu'au département de police, étaient corrompus jusqu'à la moelle, entre trafic de drogue et chantage, en passant par la fraude massive au gouvernement et aux entreprises de l'industrie pétrolière et gazière.

Après l'avancée phénoménale de l'opération où Linda avait perdu la vie, le SOC et Winston avaient refermé la toile d'araignée des opérations illégales. Pour autant qu'il le sache, seuls deux hommes avaient réussi à échapper au filet. C'étaient des larbins de bas niveau, qui avaient poursuivi leurs affaires louches dans d'autres coins du pays.

L'un d'eux, connu sous le nom de Serpent, était maintenant sous la garde du SOC grâce à la dernière opération d'Emma et Tony. L'autre, Cane, était mort. Et bon débarras.

La possibilité qu'il y ait d'autres malfrats encore en liberté faisait bouillir son sang. Il pensait avoir épuisé sa fureur au fil des ans, mais maintenant, il découvrait que ce n'était pas le cas. Les braises étincelaient toujours, prêtes à s'enflammer à tout moment.

Il prit une inspiration et croisa le regard de Seagrave.

— Dites-moi tout, demanda-t-il. Dites-moi qui nous avons manqué et je vous apporterai sa tête sur un plateau.

— Je n'en doute pas, répondit Seagrave. Mais c'est un peu plus compliqué que ça.

Winston se redressa en regardant le commandant. Il essayait de deviner ce que l'homme lui cachait. Et, plus important encore, pourquoi il ne lui disait pas franchement la raison de sa convocation.

— Alors, expliquez-moi ça.

— Vous êtes ici à cause d'une femme, dit Seagrave sans ambages.

Ses épaules s'affaissèrent et il soupira, paraissant soudain plus vieux que ses quarante et quelques années.

— Bon sang, Starr. Vous êtes ici à cause de Linda.

Winston se renfrogna, certain que sa confusion se lisait sur son visage.

— Vous m'avez dit, quand je suis arrivé, que ça n'avait rien à voir avec sa mort.

— Je n'ai pas exactement dit ça. Et pourtant, vous avez raison. Cela n'a rien à voir avec sa mort.

Ses mains quittèrent la table pour se poser sur les roues de son fauteuil, puis il recula avant de la contourner en direction de Winston. Il disposait des milliards de dollars de technologie gouvernementale, et pourtant Seagrave préférait encore un bon vieux fauteuil roulant manuel à un véhicule robotisé avec boutons, capteurs et autres « bidules », comme il les appelait.

— Ne jouez pas avec moi, dit Winston. Vous savez mieux que quiconque à quel point sa mort m'a détruit.

Emma avait été transférée peu de temps après l'attentat. Même elle ne connaissait pas entièrement les abysses de désespoir dans lesquels il avait sombré après que l'équipe médico-légale eut identifié l'ADN de Linda. Des dents. Deux dents, c'était tout ce que l'on avait retrouvé dans la carcasse d'une voiture calcinée. Mais cela avait suffi pour prouver que la femme de sa vie était morte.

Seagrave croisa son regard, puis sortit une télécommande d'une poche sur le côté de son fauteuil. Il appuya sur un bouton et un écran vidéo descendit du plafond en tournant sur lui-même.

— Je suis désolé, dit-il. Ça ne va pas vous plaire.

Winston garda le silence alors que les lumières s'éteignaient.

La pièce s'assombrit, l'écran s'alluma et une image apparut. Un trottoir animé, dans une zone urbaine. Austin, peut-être. Ou peut-être Manhattan, allez savoir. Seattle. Los Angeles. Impossible à dire au premier coup d'œil. L'angle de l'objectif se concentrait plus sur les piétons que sur l'environnement.

— Qu'est-ce qu'on...

Les mots restèrent suspendus dans sa gorge, car soudain, la réponse le regarda bien en face.

*Linda.*

Oh, mon Dieu, il regardait sa Linda.

— Ce sont de vieilles images, dit-il, son corps entier devenant glacial alors que la peur et l'espoir se disputaient la domination de son âme. C'est forcé.

— Non, ce n'est pas le cas.

Les yeux de Winston restaient braqués sur l'écran.

— Quand a été captée cette image ? Et où ?

— La semaine dernière, reprit Seagrave.

L'estomac de Winston fit un saut périlleux.

— À Seattle, ajouta l'homme.

— Alors, quoi ? Pour une raison quelconque, votre organisation gouvernementale de renseignement est tombée par hasard sur les images d'une morte déambulant dans les rues de Seattle ?

— Vous savez bien que non.

Cette fois, la voix de son ancien supérieur était douce.

— Depuis combien de temps ?

Winston dut s'éclaircir la gorge pour pouvoir continuer.

— Depuis combien de temps la surveillez-vous ? Dites-moi depuis combien de temps vous savez qu'elle est en vie. Et ensuite, dites-moi pourquoi vous ne m'avez pas mis au courant plus tôt, putain.

— Regardez.

— Bon sang, Anderson, je...

— C'est un ordre, Starr. Regardez ce foutu écran.

Winston la regarda entrer dans un immeuble de bureaux et il prit alors conscience que les images étaient prises par drone. On apercevait toute la ligne d'horizon de Seattle alors qu'il s'élevait de plus en plus haut pour finalement rester en vol stationnaire de l'autre côté de la rue, toujours au niveau du bâtiment dans lequel elle était entrée. L'image fit un zoom avant, se concentrant sur un accès au toit avec une porte métallique fermée.

Quelques instants plus tard, la porte s'ouvrit et un homme en sortit. Il balaya le toit du regard, fronça les sourcils, puis consulta sa montre.

Bientôt, la porte s'ouvrit à nouveau. Au début, personne n'apparut, mais Winston aperçut une silhouette de femme dans l'encadrement. Ses tripes se nouèrent, et lorsqu'elle posa le pied sur le toit de gravier et de goudron, il se rendit compte qu'il avait cessé de respirer.

L'homme se tourna alors vers elle, les bras tendus comme pour la saluer, puis il s'avança. La bouche de la femme ébaucha un sourire si familier qu'il en eut mal au cœur. Son corps se crispa, en proie à un désir inconnu, puis il recula lorsqu'elle leva la main pour révéler le pistolet qu'elle avait dissimulé dans les replis de sa jupe.

Elle visa, puis tira.

Après quoi, Linda tourna le dos à sa victime, se faufila de l'autre côté de la porte et disparut.

L'HOMME DU MOIS

*Qui sera votre Homme du mois ?*

Lorsqu'un groupe d'amis à la détermination farouche apprend que son bar préféré risque de fermer ses portes, ils prennent les choses en mains pour faire revenir les clients séduits par la concurrence. Investis d'une énergie vibrante, ils ripostent sous la forme d'épaules larges, de tablettes de chocolat et de torses nus : ceux d'une douzaine d'hommes du coin qu'ils tentent de convaincre, par la douceur et par la force, de participer au concours de l'Homme du mois pour leur grand calendrier.

Mais le sort de leur bar n'est pas le seul enjeu. Au fur et à mesure que la température monte, chacun des hommes va rencontrer sa moitié dans cette série de douze romances sexy et légères que vous ne pourrez pas lâcher jusqu'à la dernière page, sous la plume de J. Kenner, auteure de best-sellers classés par le New York Times.

— *Chacun de ces tomes aborde une intrigue qu'on adore*

*retrouver dans les romances – la belle et la bête, le bad boy milliardaire, l'amitié transformée en amour, l'histoire de la seconde chance, le bébé secret et bien plus encore – pour une série qui touche au cœur et à l'âme de la romance.* — Carly Phillips, auteure de best-sellers classés par le New York Times

**Ne manquez aucun tome de la série pour savoir à quel homme du mois ira votre préférence !**

Droit au cœur - Mister Janvier
Vague à l'âme - Mister Février
Raison d'être - Mister Mars
Coup de sang - Mister Avril
État d'âme - Mister Mai
Droit au but - Mister Juin
Au beau fixe - Mister Juillet
Diable au corps - Mister Août
Cri du cœur - Mister Septembre
Corps à corps - Mister Octobre
État d'esprit - Mister Novembre
Force d'âme... - Mister Décembre

**Chaque tome de la série est un roman indépendant qui ne laisse pas le lecteur sur sa faim et se termine toujours bien !**

## J. Kenner

J. Kenner (alias Julie Kenner) est une auteure de best-sellers internationaux figurant aux classements des journaux *New York Times*, *USA Today*, *Publishers Weekly* et *Wall Street Journal*. Elle a écrit plus d'une centaine de romans, de romans courts et de nouvelles dans toutes sortes de genres littéraires.

Selon *Publishers Weekly*, JK est une auteure qui a un « don pour le dialogue et la création de personnages excentriques », et le *RT Bookclub* estime qu'elle a su « répondre aux besoins du marché en créant des antihéros scandaleusement attirants et dominateurs, et des femmes qui fondent pour eux. » Six fois finaliste de la prestigieuse récompense RITA (*Romance Writers of America*), JK a remporté son premier trophée RITA en 2014 pour son roman *Claim Me* (tome 2 de sa trilogie *Stark*) et le second en 2017 pour son roman *Wicked Dirty*. Elle a vendu des millions de livres, publiés dans plus de vingt langues.

Au cours de sa précédente carrière, JK a exercé comme avocate en Californie du Sud et au Texas. Elle vit actuellement dans le centre du Texas, avec son mari, ses deux filles et deux chats plutôt lunatiques.

Visitez son site web www.juliekenner.com pour en savoir plus et pour entrer en contact avec JK sur les réseaux sociaux !

**www.jkenner.com**

**Newsletter en français**
http://jkenner.com/FR-NL

**Newsletter en anglais**
http://jkenner.com/JK_NL

CPSIA information can be obtained
at www.ICGtesting.com
Printed in the USA
LVHW022120190222
711546LV00015B/1007